中國婦女文學史

謝無量 編

貴州出版集團
貴州人民出版社

圖書在版編目（CIP）數據

中國婦女文學史 / 謝無量編 . -- 貴陽 : 貴州人民出版社 , 2024. 9. -- ISBN 978-7-221-18620-1

Ⅰ . I209

中國國家版本館 CIP 數據核字第 2024KW8777 號

中國婦女文學史

謝無量　編

出 版 人　朱文迅
責任編輯　馬文博
裝幀設計　采薇閣
責任印製　衆信科技

出版發行　貴州出版集團　貴州人民出版社
地　　址　貴陽市觀山湖區中天會展城會展東路 SOHO 辦公區 A 座
印　　刷　三河市金兆印刷裝訂有限公司
版　　次　2024 年 9 月第 1 版
印　　次　2024 年 9 月第 1 次印刷
開　　本　710 毫米 ×1000 毫米 1/16
印　　張　23
字　　數　138 千字
書　　號　ISBN 978-7-221-18620-1
定　　價　88.00 元

出版説明

《近代學術著作叢刊》選取近代學人學術著作共九十種，編例如次：

一、本叢刊遴選之近代學人均屬于晚清民國時期，卒于一九一二年以後，一九七五年之前。

二、本叢刊遴選之近代學術著作涵蓋哲學、語言文字學、文學、史學、政治學、社會學、目録學、藝術學、法學、生物學、建築學、地理學等，在相關學術領域均具有代表性，在學術研究方法上體現了新舊交融的時代特色。

三、本叢刊遴選之近代學術著作的文獻形態包括傳統古籍與現代排印本，爲避免重新排印時出錯，本叢刊據原本原貌影印出版。原書字體字號、排版格式均未作大的改變，原書之序跋、附注皆予保留。

四、本叢刊爲每種著作編排現代目録，保留原書頁碼。

五、少數學術著作原書内容有些許破損之處，编者以不改變版本内容爲前提，稍加修補，難以修復之處保留原貌。

六、原版書中個别錯訛之處，皆照原樣影印，未作修改。

由于叢刊規模較大，不足之處，懇請讀者不吝指正。

目録

緒言……九

第一編 上古婦女文學

第一章 婦女文學之淵源……一一

第二章 周之婦女文學……一四

第二編上 中古婦女文學（兩漢）

第一章 漢之宫廷文學……四七

第二章 婦女與五言詩之淵源……六二

第三章 班昭……六四

第四章 徐淑……七四

第五章 蔡琰……七六

第六章 漢代婦女雜文學……八二

第二編中 中古婦女文學（魏晉南北朝）
第一章 魏之婦女文學……八五
第二章 晉世婦女之風尚……八八
第三章 左九嬪……九四
第四章 子夜與樂府諸體……一〇四
第五章 蘇蕙迴文詩……一〇九
第六章 晉之婦女雜文學……一五二
第七章 宋齊婦女文學……一六二
第八章 梁陳婦女文學……一六五
第九章 北朝婦女文學……一七四
第二編下 中古婦女文學（唐五代）
第一章 唐之宮庭文學……一八三
第二章 武則天……一九二
第三章 五宋與鮑君徽（附牛應貞）……二〇四
第四章 唐之女冠文學……二〇九

第五章　薛濤與娼妓文學……二一五
第六章　唐之婦女雜文學……二二一
第七章　五代婦女文學與花蕊夫人……二四二

第三編上　近世婦女文學（宋遼）

第一章　宋之宫廷文學……二四九
第二章　李易安……二五二
第三章　朱淑真……二七〇
第四章　宋婦女之詞……二七三
第五章　宋之婦女雜文學……二七八
第六章　遼之婦女文學……二八五

第三編下　近世婦女文學（元明）

第一章　元之婦女文學……二八九
第二章　明之宫廷文學……二九七
第三章　朱妙端（附陳德懿）……三〇二
第四章　陸卿子與徐小淑……三〇六

第五章　文氏之擬騷……三一〇
第六章　沈宛君與葉氏諸女……三一八
第七章　方維儀……三二三
第八章　明代閨閣文學雜述……三二五
第九章　明之娼妓文學……三四五
第十章　許景樊……三五〇

中國婦女文學史

梓潼 謝旡量 編

中華書局印行

中國婦女文學史目錄

緒言

第一編　上古婦女文學　中國婦女文學史一……三

第一章　婦女文學之淵源……三

第二章　周之婦女文學……六

第一節　總論……六

第二節　詩經與婦女文學……一一

第三節　春秋時婦女雜文學……二二

第四節　戰國婦女文學……三一

第二編上　中古婦女文學（兩漢）中國婦女文學史二……一

第一章　漢之宮廷文學……一

第一節　唐山夫人……一

第二節　班倢伃……三

第三節　後漢馬皇后……六

第四節　後漢鄧皇后……九
第五節　漢之宮廷雜文學……一一
第二章　婦女與五言詩之淵源……一六
第三章　班昭……一八
第四章　徐淑……二八
第五章　蔡琰……三〇
第六章　漢代婦女雜文學……三六
第二編中　中古婦女文學（魏晉南北朝）中國婦女文學史三……一
第一章　魏之婦女文學……一
第二章　晉世婦女之風尚……四
第三章　左九嬪……一〇
第四章　子夜與樂府諸體……二〇
第五章　蘇蕙迴文詩……二五
第六章　晉之婦女雜文學……六八
第七章　宋齊婦女文學……七八

第八章　梁陳婦女文學……八一
第九章　北朝婦女文學……九〇
第二編下　中古婦女文學（唐五代）中國婦女文學史四……一
第一章　唐之宮庭文學……一
第二章　武則天……一〇
第三章　五宋與鮑君徽 附牛應貞……一二
第四章　唐之女冠文學……一七
第五章　薛濤與娼妓文學……三三
第六章　唐之婦女雜文學……三九
第七章　五代婦女文學與花蕊夫人……六〇
第三編上　近世婦女文學（宋遼）中國婦女文學史五……一
第一章　宋之宮廷文學……一
第二章　李易安……四
第一節　李易安事略……四
第二節　李易安與詞學……九

第三節　李易安之詩……一四
第四節　李易安雜文與四六……一八
第三章　朱淑眞……二二
第四章　宋婦女之詞……二五
第五章　宋之婦女雜文學……三〇
第六章　遼之婦女文學……三七
第三編下　近世婦女文學(元明)中國婦女文學史六……一
第一章　元之婦女文學……一
第二章　明之宮廷文學……九
第三章　朱妙端　附陳德懿……一四
第四章　陸卿子與徐小淑……一八
第五章　文氏之擬騷……二三
第六章　沈宛君與葉氏諸女……三〇
第七章　方維儀……三五
第八章　明代閨閣文學雜述……三七

第九章　明之娼妓文學……五七
第十章　許景樊……六二

中國婦女文學史

緒言

天地之間一陰一陽。生人之道。一男一女。上世男女同等。中世貴男賤女。近世又倡男女平權。上世之男女同等者。自然之法也。中世貴男賤女者。勢力之所致也。近世復倡男女平權者。公理之日明也。古所謂夫妻本有匹敵之義。故記曰。妻者齊也。營蕩爲齊司寇。太公問以治國之要。對曰。任仁義而已。仁義奈何。曰。愛人尊老而已。愛人尊老奈何。曰。愛人者有子不食其力。尊老者妻長而夫拜之。太公以爲亂齊而誅營蕩。營蕩猶沿上世仁義自然之法則尊老一也。夫可以拜妻。太公已開中世法術勢力之治。是以不然營蕩之言。自是以來。男日益尊。女日益卑。夫男女之天性。其始豈有異哉。近世生物學家。以婦人之能力所以終弱於男子者。蓋由數千年以來之境遇。習慣。遺傳。有以致之。純出於後天之人事。而非其先天之本質。即有異也。上世游獵時代。男子恆掠妻於外羣。又日馳逐山林淸曠之地。以奮鬬爲業。其身體益强。而婦人每居家內。主飲食衣服之事。身體漸弱。加之多妻之習。尤使女子不得與男子同等。久而久之。男尊女卑。幾成定義。要決非生物本原便有此區別也。生物原始大法。男女無二。人類與禽獸同爲生物。禽獸之中。一雄一雌相匹者。雌雄之力常相若。鳩鴿之類是也。一雄而匹多雌者。雌之力卽遜於雄。象類是也。女性不勝。大半自有多妻之法以後。男子可以多妻。斯女子恆制於男子。而其他不平之境遇。緣之以生矣。於是生男則多得男性。生女多得女性。又傳以多方之束縛。女性終劣。殆坐此也。然亦體力之不齊耳。至於心智之在內者。固不能有所損。歐美諸邦。凡男女皆敎之學。則女子之才能。已往往與男子爭衡。任職受事。敏達不減男子。近且爭參與政治之權。美利堅女子尤爲自由。近來學者多持男女同性之公理。故男女終有趨於平等之一日。斷可知也。

夫男女先天之地位。旣無有不同。心智之本體。亦無有不同。則凡百事之才能。女子何遽不若男子。卽以文學而論。女子固亦可與男子爭勝。然自來文章之盛。女子終不逮於男子者。莫不由境遇之差。有以致之。考諸吾國之歷史。惟周代略有女學。則女子文學。較優於餘代。此後女學衰廢。惟薦紳有力者。或偶敎其子女。使有文學之才。要之超奇不羣者。蓋亦僅矣。今世女學稍稍爲敎育界所注意。使益進其勸厲之方。加以歲月。自不難與歐美相媲。男女終可漸幾於同等。非特文學一事而已。

婦女文學。自古已盛。及塗山氏作南音。則周公取風焉。以爲周南召南。成周之時。婦學規模大具。婦人之辨通有文者。所在而有。仲尼刪詩。多取婦人之作。然皆傳其篇章。未有專集。漢志始有李夫人歌詩。及孺子妾冰未央材人歌詩。隋志始有班婕妤集。是爲婦人專集之最古者。至於選錄婦人文章。雖肇自孔門。六朝以來。始專以婦人名集。蓋有數家。而其書不傳。近世惟明鍾伯敬之名媛詩歸。清王西樵之然脂集。取材較富。然鍾書體裁頗陋。王書未播藝林。自餘作者。或錄詩詞而不及文。或錄文而不及詩詞。眞僞錯陳。淫猥不棄。罕能綜其源流。會其體格。故覽者不足以觀婦女文學之盛衰也。

玆編起自上古。曁於近世。考歷代婦女文學之升降。以時繫人。附其製作。合者固加以甄錄。僞者亦附予辨析。固將會其淵源流別。爲自來婦女文學之總要。惟古時婦人專集。多就亡佚。清世可考者較多。故玆編至明而止。清以下當別采集以爲續篇也。舊選咸不錄詩經。此是婦女文學之祖。如何可闕。故考四家義。確知其何人所作者。並以入錄。後世謂詩經多婦人矢口成章。然是說晚出。非古義。又不知誰何作者。殆未可從矣。自詩經以下。其他篇章亦擇其精者。並先述作者小傳。其事無可稽而文采不可沒者。亦偶著之。此本編體例之大略也。分爲上古、中古、近世、三編。

第一編　上古婦女文學

第一章　婦女文學之淵源

洛書摘亡辟曰。人皇兄弟九人。別長九州。離艮地精之女。出爲之后。夫婦之道始此。杜佑通典。以遂皇氏始有夫婦之道。舊說以人皇時始有人。亦有以遂皇爲人皇者。遂皇在伏羲前。

此婦人之厥初也。至於伏羲又制嫁娶之禮。或云當時已有琴瑟。女媧嗣伏羲。又作笙簧。樂器所興。詩歌繼作。故詩疏謂神農時已有詩。則婦人文學。亦宜起自皇時也。蓋太古之民。知有母而不知有父。固無男女尊卑之辨。樂歌播習。應是男女所同。神農時旣有詩。婦人豈無爲詩者。惟皇代篇章。湮滅舉不可考。僅其理猶可推知耳。黃帝時玄女素女。蓋天神而降人間。啟兵法術數之道。要爲荒遠難信。顓頊始立男女之別。其法曰。婦人不避男子於道者。拂之四達之衢。後來禮教。益以加厲。拾遺記載少昊母皇娥歌。此是依託。拾遺記曰少昊以金德王母曰皇娥處璇宮而夜織或乘桴木而晝游經歷窮桑滄茫之浦時有神童容貌絕俗稱爲白帝之子卽太白之精降乎水際與皇娥讌戲並坐撫桐峯梓瑟皇娥倚瑟而淸歌曰天淸地曠浩茫茫萬象迴薄化無方浛天蕩蕩望滄滄乘桴輕漾著日傍當期何所至窮桑心知和樂悅未央更歷唐虞。婦人文章。罕有傳者。而娥皇女英。爲有虞二妃。劉向列女傳。敍於母儀之首。姜嫄淸靜專一。好種稼穡。實誕后稷。后稷承母之教。以興農桑。簡狄生契。爲堯司徒。簡狄性好人事之治。上知天文。樂於施惠。教契以理順之序。契敷五教。多禀母訓。而北音亦簡狄所作。呂覽音初曰。有娀氏有二佚女。爲之九成之臺。飮食必以鼓。帝令燕往視之。鳴若謚隘。二女愛而爭搏之。覆以玉筐。少選發而視之。燕遺二卵。北飛。遂不反。二女作歌。一終曰。燕燕往飛。實始作爲北音。舊說有娀佚女。卽簡狄。高誘注曰。帝天也。天令燕降卵於有娀氏女。呑之生契。詩云。天命玄鳥。降而生商。又曰。有娀方將立子生商。此之謂也。古有東西南北四音。北音與南音最先。皆婦人所作。餘則夏孔甲作破斧之歌。實始爲東音。殷整甲徙宅西河。猶思故處。實始作爲西音。（秦音所本）是謂四音也。北音雖先於南音。而南音所被尤廣。周南召南之所取風也。呂覽曰。禹行功見塗山之女。禹未之遇而巡省南土。塗山氏之女乃令其妾候禹於塗山之陽。女乃作歌。歌曰候人兮猗。實始作爲南音。周公及召公取風焉。以爲周南召南。高誘注曰。南方國風之音取塗山女南音以爲樂歌也。吳越春秋曰。禹年三十未娶。行塗山。恐失之暮。失其度制。乃辭云吾娶也。必有應矣。乃有白狐九尾造於禹。禹曰。白者吾之服也。九尾者王之證也。於是塗山之人歌之曰。綏綏白狐。九尾龐龐。我家嘉夷。來賓爲王。成子室家。我都攸昌。天人之際。於茲則行。明矣哉。（呂覽亦有此歌僅四句）禹因娶塗山。謂之女嬌。列女傳曰。啟母者。塗山氏長女也。夏禹娶以爲妃。既生啟辛壬癸甲。啟呱呱泣。禹去而治水。惟荒度土功。三過其家。不入其門。塗山獨明教訓。而致其化焉。及啟長。化其德而從其教。卒致令名。則塗山女不惟作南音。兼有德行。塗山在今重慶。杜預曰。江州巴國也。有塗山。禹娶塗山。華陽國志曰。帝禹之廟銘存焉。案周召所以取南音爲風者。南音出於巴國。武王伐紂。庸蜀巴渝之人實從。所謂前歌後舞者。即巴渝之歌舞而南音之遺也。晉書樂志曰。高祖爲漢王時。自蜀定三秦。率賓人以從。勇而善鬭。其俗喜舞。高祖樂其猛銳。數視其舞。曰此武王伐紂歌也。使工習之。名巴渝舞。舞曲四篇。魏雖有改作。而其淵源並自南音。蓋南音歷千餘年。其節奏尚在。始爲周召德化之音。繼爲漢魏勇武之樂。蓋詩樂是一。北音南音其辭雖僅存一句。而南音於文學創造之力尤偉也。

第二章　周之婦女文學

第一節　總論

周時婦學始備。故上古婦女文學。亦周代爲盛。周禮九嬪掌婦學之法。以教九御。婦德、婦言、婦容、婦功。鄭注婦德謂貞順。婦言謂辭令。婦容謂婉娩。婦功謂絲枲。又有女祝掌王后之內祭祀。凡內禱祠之事。女史掌王后之禮職。掌內治之貳。以詔后治內政。逆六宮書內令。凡后之事以禮從。毛詩邶風靜女傳云。古者后夫人必有女史彤管之法。史不記過。其罪殺之。事無大小。記以成法。章學誠婦學曰。周官有女祝女史。漢制有內起居注。婦人之於文字。於古蓋有所用之矣。婦學之名。見於天官內職。德言容功。所該者廣。非如後世衹以文藝爲學也。又曰。男子弧矢。女子鞶帨。自有分別。至於典禮文辭。男婦皆所服習。蓋后妃夫人內子命婦。於賓享喪祭。皆有禮文。非學不可。又曰。婦學之目。德言容功。鄭注言爲辭令。自非嫻於禮經。習於文章。不足爲學。乃知誦詩習禮。古之婦學。略亞丈夫。又曰。婦學掌於九嬪。教法行乎宮壼內。而臣采外及侯封。六典未詳。自可例測。葛覃師氏。著於風詩。侯封婦學婉娩姆教。垂於內則。卿士大夫歷覽春秋內外諸傳。諸侯夫人。大夫內子。並能稱文道故。斐然有章。若乃盈滿之祥。鄧曼詳推於天道。利貞之義。穆姜精解於乾元。魯穆伯之令妻。典言垂訓。齊司徒之內主。有禮加封士師考終牖下。妻有誄文國殤魂返沙場。鏖辭郊弔。以至泉水毖流。委宛赴懷歸之什。燕飛上下。淒涼送歸媵之詩。凡斯經禮典法文采風流與名卿大夫有何殊別。然皆因事牽聯。偶見載籍非特著也。若出後代史必專篇類徵列女則如曹昭蔡琰故事。其爲喬皇彪炳。當十倍於劉范之書矣。是知婦學亦後世失傳三代之隆並與男子儀文率由故事初不爲矜異也。章氏論周時婦學頗得其要領。然謂婦學僅行於卿士大夫。非齊民婦女皆知學此亦未必然。案井田之制男女同巷相從夜績。男女有所怨恨相從而歌。饑者歌其食勞者歌其事男年六十。女年五十無子者。官衣食之。使之民間求詩。鄉移於邑邑移於國國以聞於天子。故王者不出牖戶。盡知天下所苦。不下堂知四方。是則民間女子。並能自歌其勞怨年老又能采詩春秋時雖下邑耕桑之女類有辨通之才。見於載記。則民間亦自有婦學可知。惟宮壼以及士夫之家。其婦女有賢德文采者。尤易爲人傳播耳。

周初太姜太任太姒。並稱周室三母。太任文王之母。能以胎教。太姒武王之母。生十男。太姒教誨十子。自少及長未嘗見邪僻之事。卒成武王周公之德。周時婦學最隆。當時本早有六藝之教。禮樂尤爲婦人所通習。故春秋婦人多能知禮。伯姬遇火。以保母不至。夜不下堂。竟逮於火而死。尤守禮之著者。其餘婦人雖行或不飭。而言有典則者甚多。禮樂之外。六藝亦當並在婦學。今列婦人所論易書詩義略可考者如下。

易敎　穆姜淫婦人也。其論易敎。孔子取之。左氏書之。列女傳曰。繆姜者。齊侯之女。魯宣公之夫人。成公母也。聰慧而行亂。故謚曰繆。初成公幼。繆姜通於叔孫宣伯名喬如。喬如與繆姜謀去季孟而擅魯國。晉楚戰於鄢陵。公出佐晉。將行。姜告公必逐季孟。是背君也。公辭以晉難。請反聽命。又貨晉大夫。使執季孫行父而止之。許殺季孫蔑。以魯士晉爲內臣。魯人不順喬如。明而逐之。喬如奔齊。魯遂擯繆姜於東宮。始往。繆姜使筮之。遇艮之六。史曰。是謂艮之隨。隨其出也。君必速出。姜曰。亡。是於周易曰。隨元亨利貞无咎。元善之長也。亨嘉之會也。利義之和也。貞事之幹也。終故不可誣也。是以雖隨无咎。今我婦人而與於亂。固在下位而有不仁。不可謂元。不靖國家。不可謂亨。作而害身。不可謂利。棄位而放。不可謂貞。有四德者。隨而无咎。我皆無之。豈隨也哉。我則取惡。能無咎乎。必死於此。不得出矣。卒薨於東宮。君子曰。惜哉繆姜。有聰慧之質。終不得掩其淫亂之罪。

書敎　列女傳記孫叔敖母及楚野辨女。並能稱書義。孫叔敖兒時出游。見兩頭蛇。殺而埋之。歸見其母而泣。母問其故。對曰。吾聞見兩頭蛇者死。今者出游見之。其母曰。蛇今安在。對曰。吾恐他人復見之。殺而埋之矣。其母曰。汝不死矣。夫有陰德者。陽報之。德勝不祥。仁除百禍。天之處高而聽卑。書不云乎。皇天無親。惟德是輔。爾嘿矣。必興於楚。及叔敖長爲令尹。君子謂叔敖之母。知道德之次。楚野辨女者。昭氏之妻也。鄭簡公使大夫聘於荆。至於狹路。有一婦人乘車與大夫遇。轂擊而折大夫車軸。大夫怒。將執而鞭之。婦人曰。妾聞君子不遷怒。不貳過。今於狹路之中。妾已極矣。而子大夫之僕不肯少引。是以敗子大夫之車。而反執妾。豈不遷怒哉。既不怒僕而反怒妾。豈不貳過哉。周書曰。毋侮鰥寡。而畏高明。今子列大夫而不爲之表。而遷怒貳過。釋僕執妾。輕其微弱。豈可謂不侮鰥寡乎。吾鞭則鞭耳。惜子大夫之喪善也。大夫慚而無以應。遂釋而問之。對曰。妾楚野之鄙人也。大夫曰。盍從我於鄭乎。對曰。既有狂夫昭氏在內矣。遂去。觀楚野之女。能引書義。知當時六藝之教。雖民間女子亦習之也。

詩教　周時婦人能誦詩者極多。而魏曲沃婦言關雎義尤可翫也。列女傳曰。曲沃負者。魏大夫如耳母也。秦立魏公子政爲魏太子。魏哀王使使者爲太子納妃而美。王將自納焉。曲沃負謂其子如耳曰。王亂於無別。女胡不匡之。方今戰國强者爲雄。義者顯焉。今魏不能强。王又無義。何以持國乎。王中人也。不知其爲禍耳。汝不言則魏必有禍矣。有禍必及吾家。汝言以盡忠。忠以除禍。不可失也。如耳未遇間。會使於齊。負因款王門而上書曰。曲沃之老婦也。心有所懷。願以聞於王。王召入。負曰。妾聞男女之別。國之大節也。婦人脆於志。窳於心。不可以邪開也。是故必十五而笄。二十而嫁。早成其號謚。所以就之也。聘則爲妻。奔則爲妾。所以開善遏淫也。節成然後許嫁。親迎然後隨從。貞女之義也。今大王爲太子求妃。而自納之於後宮。此毀貞女之行。而亂男女之別也。自古聖王。必正妃匹。妃匹正則興。不正則亂。夏之興也以塗山。亡也以末喜。殷之興也以有㜪。亡也以妲己。周之興也以太姒。亡也以褒姒。周之康王夫人晏出朝。關雎起興。思得淑女。以配君子。夫雎鳩之鳥。猶未嘗見乘居而匹處也。夫男女之盛。合之以禮。則父子生焉。君臣成焉。故爲萬物始。君臣父子夫婦三者。天下之大綱紀也。三者治則治。亂則亂。今大王亂人道之始。棄綱紀之務。敵國五六。南有從楚。西有横秦。而魏國居其間。可謂僅存矣。王不憂此而從亂無別。父子同女。妾恐大王之國政危矣。王曰。然。寡人不知也。遂與太子妃而賜貞粟三十鍾。曲沃負兼明詩禮。又知國情。以諫也。

周時婦女文學旣盛於國中。而又傳外國婦女之詩歌。周穆王至西王母國。西王母或以爲女仙人。殆當時外國之女王。與穆天子傳西王母爲天子謠曰。白雲在天。山陵自出。道里悠遠。山川間之。將子無死。尚能復來。又爲天子吟曰。徂彼西土。爰居其所。虎豹爲羣。烏鵲與處。嘉命不遷。我惟帝女。彼何世民。又將去予。吹笙鼓簧。中心翺翔。世民之子。惟天之望。丹鉛總錄曰。余嘗疑穆天子傳西王母歌詞出於後人粉飾。且山海經載西王母虎首鳥爪。形旣殊異。音亦不同。何其歌詞悉似國風乎。按此當經史臣潤色。是譯外國婦人詩歌之始。詞雖不同。必本原意也。周時婦學發達。自宮壼逮於齊民。無不有婦學。其精者研及六藝。著者見於詩歌。而海外婦人歌詞。亦以此時流入中國。可謂盛矣。

第二節　詩經與婦女文學

周時民間采詩。兼用老年之男女任之。其詩亦必男女均采。故詩經中宜多婦人之詞。然四家之說多異。今惟毛詩略具。及與列女傳他書所稱者而已。宋人訓詩。或不取古義。以爲國風男女之詞。多淫奔自述之詩。後人極論其非。章學誠婦學曰。不學之人。以溱洧諸詩。爲淫者自述。因謂古之婦孺。矢口成章。勝於後世之文人。不知萬無此理。又曰國風男女之辭。皆出詩人所擬。以漢魏六朝篇什證之。更無可疑。譬之男優飾靜女以登場。終不似閨房之雅素也。昧者不知斯理。妄謂古人雖兒女子亦能矢口成章。因謂婦女宜於風雅。是猶見優伶登場演古人事。妄疑古人動止。必先歌曲也。又曰優伶演古人故事。其歌曲之文。正如史傳中夾論贊體。蓋有意中之言。決非出於口者。亦有旁觀之見。斷不出本人者。曲文皆所不避。故君子有時涉於自贊。宵小有時或至自嘲。俾觀者如讀史傳。而兼得詠歎之意。體應如是。不爲嫌也。如使眞正出君子小人之口。無是理矣。國風男女之詞。與古人擬男女詞。正當作如是觀。如謂眞出男女之口。毋論淫者萬無如此自暴。卽貞者亦萬無如此自褻也。按章氏不喜宋人訓詩之說。故論之尤力。總之國風之中。雖其抒情寫怨。不妨偶有婦人自述之詞。

要古義無徵。難於臆測。今惟據古說確以爲婦人之作者。次論於下。

周南中如葛覃毛義以爲后妃之本。卷耳爲后妃之志。召南中草蟲爲大夫妻能以禮自防。采蘋爲大夫妻能循法度。殷其靁爲召南大夫室家能勸以義之屬。此並不知其爲自作之辭與。爲詩人之辭與。說者無明文。但舉其確有考者。

一　蔡人妻詩

周南芣苢三章。列女傳貞順傳。以爲蔡人妻作。蔡人之妻者。宋人之女也。既嫁於蔡。而夫有惡疾。其母將改嫁之。女曰。夫不幸。乃妾之不幸也。奈何去之。適人之道。一與之醮。終身不改。不幸遇惡疾。不改其意。且夫采采芣苢之草。雖其臭惡。猶始於捋采之。終於懷擷之。浸以益親。況於夫婦之道乎。彼无大故。又不遣妾。何以得去。終不聽其母。乃作芣苢之詩。君子曰。宋女之意甚貞而一也。其詩曰。采采芣苢。薄言采之。采采芣苢。薄言有之。采采芣苢。薄言掇之。采采芣苢。薄言捋之。采采芣苢。薄言袺之。采采芣苢。薄言襭之。劉向本學魯詩。此亦與韓詩義同。文選劉峻辯命論注。引韓詩芣苢傷夫有惡疾也。薛君云。詩人傷其君有惡疾。人道不通。求己不得。發憤而作。以事興芣苢雖臭惡乎。我猶采采而不已者。以興君子雖有惡疾。我猶守而不離去也。

二　周南大夫妻詩

劉向又以汝墳爲周南之妻作。列女傳曰。周南之妻者。周南大夫之妻也。大夫受命平治水土。過時不來。妻恐其懈於王事。蓋與其鄰人陳素所與大夫言。國家多難。惟勉强之。無有譴怒。遺父母憂。昔舜耕於歷山。漁於雷澤。陶於河濱。非舜之事而舜爲之者。爲養父母也。家貧親老。不擇官而仕。親操井臼。不擇妻而娶。故父母在。當與時小同。無虧大義。不罹患害而已。夫鳳凰不離於罻羅。麒麟不入於陷穽。蛟龍不及於枯澤。鳥獸之智。猶知避害。而況於人乎。生於亂世。不得道理。而迫於暴虐。不得行義。然而仕者。爲父母在故也。乃作詩曰。魴魚赬尾。王室如燬。雖則如燬。父母孔邇。蓋不得已也。君子以是知周南之妻能匡夫也。汝墳三章。其辭曰。

遵彼汝墳。伐其條枚。未見君子。惄如調飢。遵彼汝墳。伐其條肄。既見君子。不我遐棄。魴魚赬尾。王室如燬。（毛詩作燬）雖則如燬。父母孔邇。

三　申人女詩

劉向以召南行露爲申人女作。列女傳貞順傳曰。召南申女者。申人之女也。既許嫁於酆。夫家禮不備而欲迎之。女與其人言。以爲夫婦者人倫之始也。不可不正。傳曰。正其本則萬事理。失之毫釐。差之千里。是以本立而道生。源治而流清。故嫁娶者所以傳重承業。繼續先祖。爲宗廟主也。夫家輕禮違制。不可以行。遂不肯往。夫家訟之於理。致之於獄。女終以一物不具。一禮不備。守節持義。必死不往。而作詩曰。雖速我獄。室家不足。言夫婦之禮不備足也。君子以爲得婦道之儀。故舉而揚之。傳而法之。以絕無禮之求。防淫慾之行焉。又曰。雖速我訟亦不女從。此之謂也。行露三章。其辭曰。

厭浥行露。豈不夙夜。謂行多露。誰謂雀無角。何以穿我屋。誰謂女無家。何以速我獄。雖速我獄。室家不足。誰謂鼠無牙。何以穿我墉。誰謂女無家。何以速我訟。雖速我訟。亦不女從

四　衞寡夫人詩

邶風柏舟。劉向以爲衞寡夫人作。列女傳曰。夫人者。齊侯之女也。嫁於衞。至城門而衞君死。保母曰。可以還矣。女不聽。遂入。持三年之喪。畢。弟立。請曰。衞小國也。不容二庖。願請同庖。夫人曰。唯夫婦同庖。終不聽。衞君使人愬於齊兄弟。齊兄弟皆欲與後君。使人告女。女終不聽。乃作詩曰。我心匪石。不可轉也。我心匪席。不可卷也。厄窮而不閔。勞辱而不苟。然後能自致也。言不失也。然後可以濟難矣。詩曰。威儀棣棣。不可選也。言其左右無賢臣。皆順其君之意也。君子美其貞壹。故舉而列之於詩也。柏舟五章。其辭曰。

汎彼柏舟。亦汎其流。耿耿不寐。如有隱憂。微我無酒。以敖以游。我心匪鑒。不可以茹。亦有兄弟。不可以據。薄言往愬。逢彼之怒。我心匪石。不可轉也。我心匪席。不可卷也。威儀棣棣。不可選也。憂心悄悄。慍於羣小。覯閔既多。受侮不少。靜言思之。寤辟有摽。日居月諸。胡迭

而微。心之憂矣。如匪澣衣。靜言思之。不能奮飛。

五　衞莊姜詩

毛詩以綠衣、燕燕、日月、終風、四篇。並爲衞莊姜作。詩經取婦人詩。莊姜獨多也。小序曰。綠衣。衞莊姜傷己也。妾上僭夫人失位而作是詩也。其辭曰

綠兮衣兮。綠衣黃裏。心之憂矣。曷維其已。綠兮衣兮。綠衣黃裳。心之憂矣。曷維其亡。綠兮絲兮女所治兮。我思古人。俾無訧兮。絺兮綌兮。淒其以風。我思古人。實獲我心

小序曰。燕燕。衞莊姜送歸妾也。列女傳以爲定姜詩。定姜子死。其婦無子而歸。定姜送婦而作。禮記坊記引此篇先君之思。以畜寡人。鄭注亦以爲定姜詩云。畜孝也。獻公無禮於定姜。定姜作詩。言獻公當思先君定公。以孝於寡人。此與列女傳不合。陳碩甫謂邶鄘衞於文公以後無詩。不應獻公有定姜之詩。且毛傳釋南爲陳在衞南。仲爲戴嬀字。悉本左傳爲說。故鄭晚箋詩。卽以毛義爲長。今仍從毛說。以爲莊姜詩也。其詩曰

燕燕于飛。差池其羽。之子于歸。遠送于野。瞻望弗及。泣涕如雨。燕燕于飛。頡之頏之。之子于歸。遠于將之。瞻望弗及。佇立以泣。燕燕于飛。下上其音。之子于歸。遠送于南。瞻望弗及。實勞我心。仲氏任只。其心塞淵。終溫且惠。淑愼其身。先君之思。以勖寡人。

小序曰。日月。衞莊姜傷己也。遭州吁之亂。傷己不見答於先君。以至困窮之詩也。其詩曰。

日居月諸。照臨下土。乃如之人兮。逝不古處。胡能有定。寧不我顧。日居月諸。下土是冒。乃如之人兮。逝不相好。胡能有定。寧不我報。日居月諸。出自東方。乃如之人兮。德音無良。胡能有定。俾也可忘。日居月諸。東方自出。父兮母兮。畜我不卒。胡能有定。報我不述。

小序曰。終風衛莊姜傷己也。遭州吁之暴。見侮慢而不能正也。詩曰。

終風且暴。顧我則笑。謔浪笑敖。中心是悼。終風且霾。惠然肯來。莫往莫來。悠悠我思。終風且曀。不日有曀。寤言不寐。願言則嚏。曀曀其陰。虺虺其靁。寤言不寐。願言則懷。

六　黎莊夫人詩

衛風式微。劉向以爲黎莊夫人及其傅母作。列女傳貞順傳曰。黎莊夫人者。衛侯之女。黎莊公之夫人也。既往而不同欲。所務者異。未嘗得見。甚不得意。其傅母閔夫人賢。公反不納憐其失意。又恐其已見遣而不以時去。謂夫人曰。夫婦之道。有義則合。無義則去。今不得意。胡不去乎。乃作詩曰。式微式微。胡不歸。夫人曰。婦人之道。壹而已矣。彼雖不吾以。吾何可以離於婦道乎。乃作詩曰。微君之故。胡爲乎中路。終執貞壹。不違婦道。以俟君命。君子故序之以編詩。據此則式微詩是二人同作一篇。蓋聯句之所始也。詩曰。

式微式微。胡不歸。微君之故。胡爲乎中路。（毛詩作中露與泥中爲二邑名）式微式微。胡不歸。微君之躬。胡爲乎泥中。

七　邶風衞女詩

毛詩小序曰。泉水衞女思歸也。嫁於諸侯。父母終。思歸寧而不得。故作是詩以自見也。其詩曰。

毖彼泉水。亦流於淇。有懷於衞。靡日不思。孌彼諸姬。聊與之謀。出宿于泲。飲餞于禰。女子有行。遠父母兄弟。問我諸姑。遂及伯姊。出宿于干。飲餞于言。載脂載舝。還車言邁。遄臻於衞。不瑕有害。我思肥泉。茲之永歎。思須與漕。我心悠悠。駕言出游。以寫我憂。

八　衞伋傅母詩

新序以邶風二子乘舟篇爲伋傅母作。節士篇云。伋方乘舟時。伋傅恐其死也。閔而作詩。先是衞宣公夫人夷姜生伋子。以爲太子。爲伋取於齊而美。公奪之。生壽及朔。朔與其母愬伋於公。公令伋之齊。使賊先待於隘而殺之。壽知之。以告伋。伋曰。君命不可逃。壽竊其節先往。賊殺之。伋至曰。君命殺我。壽有何罪。賊又殺之。毛義以乘舟是詩人比喻之詞。新序以爲實乘舟。二子卽伋壽。詩曰。

二子乘舟。汎汎其景。願言思子。中心養養。二子乘舟。汎汎其逝。願言思子。不瑕有害。

九　衞共姜詩

毛詩鄘風柏舟序曰。柏舟。共姜自誓也。衞世子共伯蚤死。其妻守義。父母欲奪而嫁之。誓而弗許。故作是詩以絕之。詩曰。

汎彼柏舟。在彼中河。髧彼兩髦。實維我儀。之死矢靡他。母也天只。不諒人只。汎彼柏舟。在彼河側。髧彼兩髦。實維我特。之死矢靡慝。母也天只。不諒人只

十　鄘風妻諫夫詩

白虎通諫諍篇以相鼠為妻諫夫詩。作者未詳。詩曰。

相鼠有皮。人而無儀。人而無儀。不死何為。相鼠有齒。人而無止。人而無止。不死何俟。相鼠有體。人而無禮。人而無禮。胡不遄死。

十一　許穆夫人詩

左傳閔二年曰。許穆夫人賦載馳。毛詩小序曰。載馳。許穆夫人作也。閔其宗國顛覆。自傷不能救也。衞懿公為狄人所滅。國人分散。露於漕邑。許穆夫人閔衞之亡。傷許之小力不能救。思歸唁其兄。又義不得。故賦是詩也。又楚丘詩序曰。衞國有狄人之敗。出處於漕。齊桓公救而封之。是處漕即文公也。詩稱控于大邦。本欲希齊之救。而桓公果出兵以置文公。意者此詩有以感發乎。詩曰。

載馳載驅。歸唁衞侯。驅馬悠悠。言至于漕。大夫跋涉。我心則憂。既不我嘉。不能旋反。視爾不臧。我思不遠。既不我嘉。不能旋濟。視爾不臧。我思不閟。涉彼阿丘。言采其蝱。女子善懷。

亦各有行。許人尤之。衆穉且狂。我行其野。芃芃其麥。控於大邦。誰因誰極。大夫君子。無我有尤。百爾所思。不如我所之。

十二　莊姜傅母詩

劉向以衞風碩人爲莊姜傅母作。列女傳母儀傳曰。傅母者。齊女之傅母也。女爲衞莊公夫人。號曰莊姜。莊姜姣好。始往。操行衰惰。有冶容之行。淫佚之心。傅母見其婦道不正。諭之云。子之家。世世尊榮。當爲民法則。子之質聰達於事。當爲人表式。儀貌壯麗。不可不自脩。整衣錦絅裳。飾在輿馬。是不貴德也。乃作詩曰。碩人其頎。衣錦絅衣。齊侯之子。衞侯之妻。東宮之妹。邢侯之姨。譚公維私。砥厲女之心以高節。以爲人君之子弟。爲國君之夫人。尤不可有邪僻之行焉。女遂感而自脩。君子稱傅母之防未然也。莊姜者。東宮得臣之妹也。無子。娣戴嬀之子桓公。公子州吁。嬖人之子也。有寵。驕而好兵。莊公弗禁。後州吁果殺桓公。碩人全篇曰。

碩人其頎。衣錦絅衣。（毛詩絅作褧）齊侯之子。衞侯之妻。東宮之妹。邢侯之姨。譚公維私。手如柔荑。膚如凝脂。領如蝤蠐。齒如瓠犀。螓首蛾眉。巧笑倩兮。美目盼兮。碩人敖敖。說于農郊。四牡有驕。朱幩鑣鑣。翟茀以朝。大夫夙退。無使君勞。（女謂女君指夫人也）河水洋洋。北流活活。施罛濊濊。鱣鮪發發。葭菼揭揭。庶姜孽孽。庶士有朅。

十三　衞風衞女詩

毛詩小序曰。竹竿衛女思歸也。適異國而不見答思而能以禮者也。陳碩甫傳疏曰。此詩與泉水文略同而事實異。泉水之衛女思念父母而思歸。歸寧也。竹竿之衛女以不見答而思歸。歸宗也。歸宗義也歸寧非禮也。故序於泉水思歸不云禮而於竹竿之思歸爲能以禮者。

竹竿全篇曰。

籊籊竹竿。以釣於淇。豈不爾思。遠莫致之。泉源在左。淇水在右。女子有行。遠兄弟父母。淇水在右。泉源在左。巧笑之瑳。佩玉之儺。淇水滺滺。檜楫松舟。駕言出游。以寫我憂。

十四　宋襄公母詩

毛詩小序曰。河廣宋襄公母歸於衛。思而不止。故作是詩也。陳碩甫傳疏曰。序云宋襄公母者。宋桓公夫人也。何以不言宋桓夫人。以夫人終襄公世不返宋。故不繫諸宋桓而繫諸宋襄也。序云。歸於衛者。歸歸宗也。女既歸宗。義當廟絕。故詩錄河廣以存禮。又曰。當時衛有狄人之難。宋襄公母歸在衛。見其宗國顚覆。君滅國破。憂思不已。故篇內皆敍其望宋渡河救衛。辭甚急也。未幾而宋桓公逆諸河。立戴公以處曹。則此詩之作。自在逆河之前。河廣作而宋立戴公矣。載馳賦而齊立文公矣。載馳許詩。河廣宋詩。而繫列於鄘衛之風。以二夫人於其宗國皆有存亡繼絕之思。故錄之。若僅謂思子而作。孔子奚取焉。其詩曰。

誰謂河廣。一葦杭之。誰謂宋遠。跂予望之。誰謂河廣。曾不容刀。誰謂宋遠。曾不崇朝。

十五　息夫人詩

列女傳貞順傳。以王風大車爲息夫人作。夫人者。息君之夫人也。楚伐息。破之。虜其君使守門。將妻其夫人而納之於宮。楚王出游。夫人遂出見息君。謂之曰。人生要一死而已。何至自苦。妾無須臾而忘君也。終不以身更二醮。生離於地上。豈如死歸於地下哉。乃作詩曰。穀則異室。死則同穴。謂予不信。有如皦日。息君止之。夫人不聽。遂自殺。息君亦自殺。同日俱死。楚王賢其夫人守節有義。乃以夫人之禮合而葬之。君子謂夫人說於行善。故序之於詩。夫義動君子。利動小人。息君夫人不爲利動矣。其詩全篇曰。

大車檻檻。毳衣如菼。豈不爾思。畏子不敢。大車啍啍。毳衣如璊。豈不爾思。畏子不奔。穀則異室。死則同穴。謂予不信。有如皦日。

十六　陳辯女詩

續列女傳以陳風墓門爲陳辯女作。辯女者。陳國採桑之女也。晉大夫解居甫使於宋。道過陳。遇採桑之女。止而戲之曰。女爲我歌。我將舍女。女乃爲之歌。卽墓門首章也。大夫又曰。爲我歌其二。卽墓門二章也。大夫曰。其梅則有。其鴞安在。女曰。陳小國也。攝乎大國之間。因之以饑饉。加之以師旅。其人且亡。而況鴞乎。大夫乃服而釋之。君子謂辯女貞正而有辭。柔順而有守。墓門全篇云。

墓門有棘。斧以斯之。夫也不良。國人知之。知而不已。誰昔然矣。墓門有梅。有鴞萃止。夫也不良。歌以訊之。訊予不顧。顚倒思予。

右詩經所敍婦人詩十六家。內數家無名氏。蓋就古書確有考證者錄之。非詩經中婦人詩止於是也。其託於婦人之詞而疑莫能明者。並不著焉。兼存四家異說。以諸家去古近。說或各有所當。如蔡人妻。申人女。陳辯女等。大抵出齊民之家。皆能守禮。且有愛國之志。周時婦學之盛如此。故孔子錄詩多取婦人詩與。

第三節　春秋時婦女雜文學

春秋之時婦學未墜。故閨壼之彥。往往詞成經綸。言爲法則。若是者衆矣。至於詩歌文章。尤多有傳者。玆略擇而述之。

春秋時婦人。多能論事理。而魯季敬姜。明達於禮。其敎子每推言政治之道。列女傳曰。魯季敬姜者。莒女也。號戴己。魯大夫公父穆伯之妻。文伯之母。季康子之從祖叔母也。博達知禮。穆伯先死。敬姜守寡。文伯出學而還歸。敬姜側目而盼之。見其友上堂。從後階降而卻行。奉劍而正履。若事父兄。文伯自以爲成人矣。敬姜召而數之曰。昔者武王罷朝而結絲袜絕。（袜疑作袜同韈）左右顧無可使結之者。俯而自申之。故能成王道。桓公坐友三人。諫臣五人。日舉過者三十人。故能成伯業。周公一食而三吐哺。一沐而三握髮。所執摯而見於窮閭隘巷者七十餘人。故能存周室。彼二聖一賢者。皆霸王之君也。而下人如此。其所與游者。皆過己者也。是以日益而不自知也。今以子年之少而位之卑。所與游者。皆爲服役子之不益。亦已明矣。文伯乃謝罪。於是乃擇嚴師賢友而事之。所與游處者。皆黃耄倪齒也。文伯引衽攘捲而親饋之。敬姜曰。子成人矣。君子謂敬姜備於敎化。文伯相魯。敬姜謂之曰。吾語汝治國之要。盡在經矣。（御覽引注曰。經者總絲縷以成文。采有經國治民之象）夫幅者所以正曲枉也。不可不彊。故幅可以爲將。畫者所以均不均服不服也。故畫可以爲正。物者所以治蕪與莫也。故物可以爲都大夫。持交而不失。出入而不絕者。梱也。梱可以爲大行人也。推而往。引而來者。綜也。綜可以爲關內之師。主多少之數者。均也。均可以爲內史。服重任行遠道正直而固者。軸也。軸可以爲相。舒而無窮者。摘也。摘可以爲三公。文伯再拜受敎。文伯退朝。朝敬姜。敬姜方績。文伯曰。以歜之家而主猶績。懼干季孫之怒。其以歜爲不能事主乎。敬姜歎曰。魯其亡乎。使童子備官而未之聞耶。居。吾語汝。昔聖王之處民也。擇瘠土而處之。勞其民而用之。故長王天下。夫民勞則思。思則善心生。逸則淫。淫則忘善。忘善則惡心生。沃土之民不材。淫也。瘠土之民嚮義。勞也。是故天子大采朝日。與三公九卿。祖識地德。日中考政。與百官之政事。師尹維旅牧相。宣敘民事。少采夕月。與太史司載。糾虔天刑。日入監九御。使潔奉禘郊之粢盛。而後卽安。諸侯朝脩天子之業命。晝考其國職。夕省其典刑。夜儆百工。使無慆淫。而後卽安。卿大夫朝考其職。晝講其庶政。夕序其業。夜庀其家事。而後卽安。士朝而受業。晝而講貫。夕而習復。夜而計過無憾。而後卽安。自庶人以下。明而動。晦而休。無日以怠。王后親織元紞。公侯之大夫。加之以紘綖。卿之內子爲大帶。命婦成祭服。列士之妻。加之以朝服。自庶士以下。皆衣其夫。社而賦事。烝而獻功。男女效績。愆則有辟。古之制也。君子勞心。小人勞力。先王之訓也。自上以下。誰敢淫心舍力。今我寡也。爾又在下位。朝夕處事。猶恐忘先人之業。況有怠惰。其何以避辟。吾冀而朝夕脩我曰。必無廢先人。爾今曰胡不自安。以是承君之官。余懼穆伯之絕祀也。仲尼聞之曰。弟子志之。季氏之婦不淫矣。詩曰。婦無公事。休其蠶織。言婦人以織績爲公事者也。休之非禮也。敬姜能推治國之達道。以立人生義務之本。其言甚有法度。亦文章之工者也。故特著之於此焉。

婦人辯通者。如管仲妾婧。阿谷處女之類。今彙記之。列女傳曰。妾婧者。齊相管仲之妾也。甯戚欲見桓公。道無從。乃爲人僕。將車宿齊東門之外。桓公因出。甯戚擊牛角而商歌。甚悲。桓公異之。使管仲迎之。甯戚稱曰。浩浩乎白水。管仲不知所謂。不朝五日而有憂色。其妾婧進曰。今君不朝五日而有憂色。敢問國家之事耶。君之謀也。管仲曰。非汝所知也。婧曰。妾聞之也。毋老老。毋賤賤。毋少少。毋弱弱。管仲曰。何謂也。昔者太公望年七十。屠牛於朝歌市。八十爲天子師。九十而封於齊。由是觀之。老可老耶。夫伊尹有㜪氏之媵臣也。湯立以爲三公。天下之治太平、由是觀之。賤可賤耶、皋子生五歲而贊禹。詩正義引曹大家注云皋子皋陶之子伯益也由是觀之。少可少耶。駃騠生七日而超其母。由是觀之。弱可弱耶。於是管仲乃下席而謝曰。吾請語子其故。昔日公使我迎寗戚。寗戚曰。浩浩乎白水。吾不知其所謂。是故憂之。其妾笑曰。人已語君矣。君不知識耶。古有白水之詩。詩不云乎。浩浩白水。鯈鯈之魚。君來召我。我將安居。國家未定。從我焉如。此寗戚之欲得仕國家也。管仲大悅。以報桓公。桓公乃脩官府。齋戒五日。見寗子。因以爲佐。齊國以治。君子謂妾婧可與謀。又曰。阿谷處女者。阿谷之隧浣者也。孔子南游。過阿谷之隧。見處子佩璜而浣。孔子謂子貢曰。彼浣者其可與言乎。抽觴以授子貢曰。爲之辭。以觀其志。子貢曰。我北鄙之人也。自北徂南。將欲之楚。逢天之暑。我思譚譚。願乞一飲。以伏我心。處子曰。阿谷之隧。隱曲之地。其水一清一濁。流入於海。欲飲則飲。何問乎婢子。授子貢觴。迎流而挹之。投而棄之。從流而挹之。滿而溢之。跪置沙上。曰。禮不親授。子貢還報其辭。孔子曰。丘已知之矣。抽琴去其軫。以授子貢曰。爲之辭。子貢往曰。嚮者聞子之言。穆如清風。不拂不寤。私復我心。有琴無軫。願借子調其音。處子曰。我鄙野之人也。陋固無心。五音不知。安能調琴。子貢以報孔子。孔子曰。丘已知之矣。遇賢則賓。抽絺綌五兩。以授子貢曰。爲之辭。子貢往曰。吾北鄙之人也。自北徂南。將欲之楚。有絺綌五兩。非敢以當子之身也。願注之水旁。處子曰。行客之人。嗟然永久。分其資財。棄於鄙野。妾年甚少。何敢受子。子不早命。竊有狂夫名之者矣。（昏禮有問名言已受人之聘）子貢以告孔子。孔子曰。丘巳知之矣。斯婦人達於人情而知禮。詩云。南有喬木不可休思。漢有游女不可求思。此之謂也。孔子欲以觀風。故使子貢設辭以賤妾浣女而辯博達情如此。足見婦學之盛也。其餘當時婦人議論辭令之善者。具見載籍。不悉述焉。

春秋時婦人多愛國者。如許穆夫人之賦載馳。宋襄母之賦河廣。吟詠所感。宗國賴以不墜。前已述之矣。亦有編戶處女憂心民事。懷不能白。殉之以死。有仁者之志焉。魯漆室女是也。漆室女常倚柱悲吟而嘯。鄰人謂曰。欲嫁耶。何吟之悲耶。女曰。嗟乎吾傷民心悲而嘯。豈欲嫁哉。自傷懷潔而爲鄰人所疑。於是褰裳而去。之入山林之中。見女貞之木。喟然太息。援琴而歌。自縊而死。所謂志潔而行芳。何以異於屈原之徒者耶。其歌或謂之女貞木歌。或謂之貞女引。或謂之處女吟。其辭曰。

菁菁茂木。隱獨榮兮。變化垂枝。含蕤英兮。脩身養志。建令名兮。厥道不同。善惡并兮。屈躬就濁。世疑淸兮。懷忠見疑。何貪生兮。

春秋時婦人不僅爲詩歌。其雜文亦有傳者。後世嘗獲晉姜鼎。蓋齊女而爲晉侯夫人者也。王氏書苑云。春秋時齊歸晉女者獻公則齊姜文公則大姜平公則少姜其在春秋前則穆侯夫人。書傳雖間有缺遺。不得盡見。然其著者如此。齊少姜早死。齊姜不得主祀。穆侯世惟文公夫人當襄公世。猶不棄祀事。疑此大姜鼎也。其銘辭曰。

維王十月乙亥。晉姜曰。余維嗣先始君晉邦。余不敢荒寧。

柳下惠妻自爲柳下惠誄詞。是誄之最早者。列女傳曰。柳下惠處魯。三黜而不去。憂民救亂。妻曰。無乃瀆乎。君子有二恥。國無道而貴。恥也。國有道而賤。恥也。今當亂世。三黜而不去。亦近恥也。柳下惠曰。油油之民。將陷於害。吾能已乎。且彼爲彼。我爲我。彼雖裸裎。安能汚我。油油然與之處。仕於下位。柳下惠旣死。門人將誄之。妻曰。將誄夫子之德耶。則二三子不如妾之知也。乃自爲之誄。門人從之。莫能竄一字。君子謂柳下惠妻能光其夫。其誄曰。

夫子之不伐兮。夫子之不竭兮。夫子之信誠而與人無害兮。屈柔從俗。不強察兮。蒙恥救民。德彌大兮。雖遇三黜。終不蔽兮。愷悌君子。永能厲兮。嗟乎惜哉。乃下世兮。庶幾遐年。今遂逝兮。嗚呼哀哉。魂神泄兮。夫子之謚。宜爲惠兮。

此外春秋時婦人歌詩見傳記者。采錄如下。

風俗通曰。百里奚爲秦相。堂上樂作。所賃澣婦自言知音。因援琴撫絃而歌。問之。乃其故妻。還爲夫婦也。亦謂扊扅歌。其辭曰。

百里奚。五羊皮。憶別時。烹伏雌。炊扊扅。今日富貴忘我爲。

百里奚。初娶我時五羊皮。臨當相別時烹乳雞。今適富貴忘我爲。

百里奚。百里奚。母已死。葬南谿。墳以瓦。覆以柴。舂黃藜。搤伏雞。西入秦。五羖皮。今日富貴捐我爲。

琴苑要錄曰。伯姬引者。伯姬保母之所作也。伯姬魯女。爲宋共公夫人。公薨。伯姬執節守貞。魯襄公三十年。宋宮災。伯姬在焉。有司請曰。火將至矣。伯姬曰。吾聞婦人夜出不見傅母不下堂。逮乎火而死。其母自傷行遲。悼伯姬之遇災。援琴而歌曰。

嘉名潔兮行彌彰。託節鼓兮令躬喪。歔欷何辜遇斯殃。嗟嗟奈何罹斯殃

列女傳曰。杞梁妻者。齊杞梁殖之妻也。莊公襲莒。殖戰而死。莊公歸。遇其妻。使使者弔之於路。杞梁妻曰。令殖有罪。君何辱命焉。若令殖免於罪。則賤妾有先人之弊廬在。下妾不得與郊弔。於是莊公乃還車詣其室。成禮然後去。杞梁之妻無子。內外皆無五屬之親。乃枕其夫之尸於城下而哭之。內誠動人。道路觀者。莫不爲之揮涕。十日而城爲之崩。遂赴淄水而死。琴操云。殖死。其妻援琴作歌曰。

樂莫樂兮新相知。悲莫悲兮生別離。

揚雄琴清英曰。衞女傳母作雉朝飛操（與崔豹古今注異）辭曰。

雉朝飛兮鳴相和。雌雄羣游於山阿。我獨何命兮未有家。時將莫兮可奈何。嗟嗟莫兮可奈何。

列女傳貞順傳曰。陶嬰者。魯陶門之女也。少寡。養幼孤。無强昆弟。紡績爲產。魯人或聞其義。將求焉。嬰聞之。恐不得免。作歌明己之不更二也。魯人聞之曰。斯女不可得已。遂不敢復求。其歌曰。

悲黃鵠之早寡兮。七年不雙。宛頸獨宿兮。不與衆同。夜半悲鳴兮。想其故雄。天命早寡兮。獨宿何傷。寡婦念此兮。泣下數行。嗚呼悲兮。死者不可忘。飛鳥尚然兮。況于貞良。雖有賢雄兮。終不重行。

列女傳辨通傳曰。女娟者。趙河津吏之女也。簡子南擊楚。津吏醉臥不能渡。簡子怒欲殺之。娟懼。持檝走前曰。願以微軀易父之死。簡子遂釋不誅。將渡用檝者少一人。娟攘拳操檝而請。簡子遂與渡中流。爲簡子發河激之歌。其辭曰。

升彼阿兮面觀清。水揚波兮杳冥冥。禱求福兮醉不醒。誅將加兮妾心驚。罰既釋兮瀆乃清。妾持檝兮操其維。蛟龍助兮主將歸。呼來櫂兮行勿疑。

搜神記曰。吳王夫差小女名玉。悅童子韓重。欲嫁之不得。乃結氣而死。重游學歸。知之。往弔於墓側。玉形見。顧重延頸而歌。此事甚怪。然是後世依託鬼詩之始。其傳又古。故以後不錄鬼詩。惟著此條。其歌曰。

南山有烏。北山張羅。意欲從君。讒言孔多。悲結成疹。歿命黃壚。命之不造。冤如之何。羽族之長名曰鳳凰。一日失雄。三年感傷。雖有衆鳥。不爲匹雙。故見鄙姿。逢君輝光。身遠心近。
何曾暫忘。

吳越春秋時越王將入吳。與諸大夫別於浙江之上。羣臣垂泣。越王夫人顧烏鵲啄江渚之蝦。飛去復來。因作歌。風雅逸篇以爲蓋依託也。其辭曰

仰飛鳥兮烏鳶。凌玄虛兮號翩。集洲渚兮啄蝦。恣矯翮兮雲間。任厥性兮往還。妾無罪兮負地。有何辜兮譴天。颿獨憂兮西往。孰知返兮何年。心惙惙兮若割。淚泫泫兮雙懸
彼飛鳥兮鳶烏。已迴翔兮翕蘇。心在專兮素蝦。何居食兮江湖。徊復翔兮游颺。去復返兮於乎。始事君兮去家。終我命兮君都。終來遇兮何辜。離我國兮去吳。妻衣褐兮爲婢。夫去冕兮爲奴。歲遙遙兮難極。寃悲痛兮心惻。腸千結兮服膺。於乎哀兮忘食。願我身兮如鳥。身翱翔兮矯翼。去我國兮心搖。情憤惋兮誰識

吳越春秋曰。越王自吳還國。勞身苦心。懸膽於戶。出入嘗之。知吳王好服之被體。使國中男女入山采葛。作黃絲之布。以獻之。吳王乃增越之封。賜羽毛之飾。几杖諸侯之服。越國大悅。采葛之婦。傷越王用心之苦。乃作若之何詩云。

葛不連蔓棻台。我君心苦命更之。嘗膽不苦甘如飴。令我采葛以作絲。女工織兮不敢遲。弱於羅兮輕霏霏。號絺素兮將獻之。越王悅兮忘罪除。吳王歡兮飛尺書。增封益地賜

羽奇。几杖茵蓐諸侯儀。羣臣拜舞天顏舒。我王何憂能不移。烏鳶歌及采葛婦歌。殆越人相傳已久。以為句踐時歌詞。故中時有越語。漢人乃次之以入吳越春秋與。

第四節　戰國婦女文學

戰國時婦學已漸微。而猶多賢母。如孟母之善教子。尤其著者也。初孟氏之舍近墓。孟子之少也。嬉游為墓間之事。踴躍築埋。孟母曰。此非吾所以居處子也。乃去舍市旁。其嬉戲為賈人衒賣之事。孟母又曰。此非吾所以居處子也。復徙舍學宮之旁。其嬉游乃設俎豆揖讓進退。孟母曰。眞可以居吾子矣。遂居之。及孟子長。學六藝。卒成大儒。孟子少時既學而歸。孟母方績。問曰。學何所至矣。孟子曰。自若也。孟母以刀斷其織。孟子懼而問其故。孟母曰。子之廢學。若吾斷斯織也。夫君子學以立名。問則廣知。是以居則安寧。動則遠害。今而廢之。是不免於斯役。而無以離於禍患也。何以異於織績而食。中道廢而不為。寧能衣其夫子。而長不乏糧食哉。女則廢其所食。男則墮於脩德。不為竊盜。則為虜役矣。孟子懼。旦夕勤學不息。師事子思。遂成天下之名儒。（或曰受業子思之門人）孟子既娶。將入私室。其婦袒而在內。孟子不悅。遂去不入。婦辭孟母而求去。曰。妾聞夫婦之道。私室不與焉。今者妾竊惰在室。而夫子見妾。勃然不悅。是客妾也。婦人之義。蓋不客宿。請歸父母。於是孟母召孟子而謂之曰。夫禮將入門。問孰存。所以致敬也。將上堂。聲必揚。所以戒人也。將入戶。視必下。恐見人過也。今子不察於禮。而責禮於人。不亦遠乎。孟子謝。遂留其婦。君子謂孟母知禮而明於姑母之道。孟子處齊。而有憂色。孟母見之曰。子若有憂色。何也。孟子曰。不也。異日閒居。擁楹而歎。孟母見之曰。鄉見子有憂色。曰不也。今擁楹而歎。何也。孟子對曰。軻聞之。君子稱身而就位。不爲苟得而受賞。不貪榮祿。諸侯不聽。則不達其上。聽而不用。則不踐其朝。今道不用於齊。願行而母老。是以憂也。孟母曰。夫婦人之禮。精五飯。羃酒漿。養舅姑。縫衣裳而已矣。故有閨門之脩。而無境外之志。易曰。在中饋。無攸遂。詩曰。無非無儀。惟酒食是議。以言婦人無擅制之義。而有三從之道也。故年少則從乎父母。出嫁則從乎夫。夫死則從乎子。禮也。今子成人也。而我老矣。子行乎子義。吾行乎吾禮。君子謂孟母知婦道。孟母達禮而言稱詩易。宜亦深通六藝者也。

戰國時縱橫長短之說方盛。而婦人亦操之以爲談辯。如列女傳辯通傳所記齊威虞姬。齊鍾離春。齊宿瘤女。齊孤逐女。楚處莊姪之類。皆縱橫家者流。與春秋之世婦人愛國者雖或形於詩歌。而多無術以自達。如魯漆室女則憂歎自殺而已。戰國之女子。遂能以其說干世主而傾動之。蓋當時戰爭相屬。人民常見亡國破家之事。因得間以察天下之大勢。孰思安危巧變之計。故有縱橫長短之術。其風氣乃漸於婦人。戰國婦人所以多辨通之才者。非盡習俗移人。實由大勢所迫。使不得不自奮而談國政。亦戰國婦人文學之特質也。今述鍾離春齊孤逐女楚處莊姪之事於此。鍾離春者。齊無鹽邑之女。宣王之正后也。其爲人極醜無雙。臼頭深目長壯大節。卬鼻結喉。肥項少髮。折腰出胸。皮膚若漆。行年四十。無所容入。衒嫁不讎。流棄莫執。於是乃拂拭短褐。自詣宣王。謂謁者曰。妾齊之不讎女也。聞君王之聖德。願備後宮之埽除。頓首司馬門外。唯王幸許之。謁者以聞。宣王方置酒於漸臺。左右聞之。莫不掩口大笑曰。此天下强顏女子也。豈不異哉。於是宣王乃召見之。謂曰。昔者先王爲寡人娶妃匹。皆已備有列位矣。今夫人不容於鄉里布衣。而欲干萬乘之主。亦有何奇能哉。鍾離春對曰。無有。特竊慕大王之美義耳。王曰。雖然。何善。良久曰。竊嘗善隱。宣王曰。隱固寡人之所願也。試一行之。言正卒。忽然不見。宣王大驚。立發隱書而讀之。退而推之。又未能得。明日又更召而問之。不以隱對。但揚目銜齒。舉手拊膝曰。殆哉殆哉。如此者四。宣王曰。願遂聞命。鍾離春對曰。今大王之君國也。西有衡秦之患。南有强楚之讎。外有二國之難。內聚姦臣。衆人不附。春秋四十。壯男不立。不務衆子而務衆婦。尊所好。忽所恃。一旦山陵崩弛。社稷不定。此一殆也。漸臺五重。黃金白玉。琅玕籠疏。翡翠珠璣。幕絡連飾。萬民罷極。此二殆也。賢者匿於山林。諂諛强於左右。邪僞立於本朝。諫者不得通入。此三殆也。飲酒沈湎。以夜繼晝。女樂俳優。縱橫大笑。外不脩諸侯之禮。內不秉國家之治。此四殆也。故曰殆哉殆哉。於是宣王喟然而歎曰。痛乎無鹽君之言。乃今一聞。於是折漸臺。罷女樂。退諂諛。去雕琢。選兵馬。實府庫。四辟公門。招進直言。延及側陋。卜擇吉日。立太子。進慈母。拜無鹽君爲后。而齊國大安者。醜女之力也。齊孤逐女者。齊卽墨之女。齊相之妻也。初逐女孤無父母。狀甚醜。三逐於鄉。五逐於里。過時無所容。齊相婦死。逐女造襄王之門。而見謁者曰。妾三逐於鄉。五逐於里。孤無父母。擯棄於野。無所容止。願當君王之盛顏。盡其愚辭。左右復於王。王輟食吐哺而起。左右曰。三逐於鄉者。不忠也。五逐於里者。少禮也。不忠少禮之人。何足爲貴。王曰。子不識也。夫牛鳴而馬不應。非不聞牛聲也。異類故也。此人必有與人異者矣。遂見與之語三日。始一日。曰。大王知國之柱乎。王曰。不知也。逐女曰。柱。相國是也。夫柱不正則棟不安。棟不安則榱橑墮。榱橑墮則屋幾覆矣。王則棟矣。庶民榱橑也。國家屋也。夫屋堅與不堅。在乎柱。國家安與不安。在乎相。今大王既有明知。而國相不可不審也。王曰。諾。其二日。王曰。吾國相奚若。對曰。王之國相。比目之魚也。外比內比。然後能成其事。就其功。王曰。何謂也。逐女曰。明其左右。賢其妻子。是外比內比也。其三日。王曰。吾相其可易乎。逐女對曰。中才也。求之未可得也。如有過之者。何爲不可也。今則未有。妾聞明王之用人也。推一而用之。故楚用虞邱子。而得孫叔敖。燕用郭隗。而得樂毅。大王誠能厲之。則此可用矣。王曰。吾用之奈何。逐女對曰。昔者齊桓公尊九九之人。而有道之士歸之。越王敬螳螂之怒。而勇士死之。葉公好龍。而龍爲暴下。物之所徵。固不須頃。王曰。善。遂尊相敬而事之。以逐女妻之。居三日。四方之士多歸於齊。而國以治。楚處莊姪者。（姪渚宮舊事並作姪。）楚頃襄王之夫人。縣邑之女也。初頃襄王好臺榭。出入不時。行年四十。不立太子。諫者蔽塞。屈原放逐。國既殆矣。秦欲襲其國。乃使張儀間之。使其左右謂王曰。南游於唐五百里。有樂焉。王將往。是時莊姪年十二。謂其母曰。王好淫樂。出入不時。春秋既盛。不立太子。今秦又使人重賂左右。以惑我王。使游五百里之外。以觀其勢。王已出。姦臣必倚敵國而發謀。王必不得反國。姪願往諫之。其母曰。汝嬰兒也。安知諫。不遣。姪乃逃。以緹竿爲幟。姪持幟伏南郊道旁。王車至。姪舉其幟。王見之而止。使人往問之。使者報曰。有一女童伏於幟下。願有謁於王。王曰。召之。姪至。王曰。女何爲者也。姪對曰。妾縣邑之女也。欲言隱事於王。恐壅閼蔽塞而不得見。聞大王出游五百里。因以幟見。王曰。子何以戒寡人。姪對曰。大魚失水。有龍無尾。牆欲內崩。而王不視。王曰。不知也。姪對曰。大魚失水者。王離國五百里也。樂之於前。不思禍之起於後也。有龍無尾者。年既四十。無太子也。國無强輔。必且殆也。牆欲內崩而王不視者。禍亂且成。而王不改也。王曰。何謂也。姪曰。王好臺榭。不恤衆庶。出入不時。耳目不聰明。春秋四十。不立太子。國無强輔。外內崩壞。强秦使人內間王左右。使王不改。日以滋甚。今禍且構。王游於五百里之外。王必遂往。國非王之國也。王曰。何也。姪曰。王之致此三難也。以五患。王曰。何謂五患。姪曰。宮室相望。城郭闊達。一患也。宮垣衣繡。民人無褐。二患也。奢侈無度。國且虛竭。三患也。百姓饑餓。馬有餘秣。四患也。邪臣在側。賢者不達。五患也。王有五患。故及三難。王曰善。命後車載之。立還反國。門已閉。反者已定。王乃發鄢郢之師以擊之。僅能勝之。乃立姪爲夫人。位在鄭子袖之右。爲王陳節儉愛民之事。楚國復强。君子謂莊姪雖違於禮而終守以正。按春秋時婦人多秉禮教。至戰國則又有談說游士之習。其所陳說。雖非政治根本之計。而亦足就權宜之用。蓋戰國女子。固往往明白時務也。

戰國時婦人詩歌。殊不多見。今亦略錄其一二。琴苑要錄曰。思歸引者。衞女之所作也。昔衞侯有女。邵王聞其賢。請聘之。未至而王薨。太子欲留之。女不聽。拘於深宮。欲歸不得。援琴而歌。曲終縊而死。戰國無邵王。殆燕王也。當戰國時。衞嘗貶稱侯。其歌曰。

涓涓泉水。流及於淇兮。有懷於衞。靡日不思。執節不移兮。行不隳。砂輌何辜兮離厥菑。嗟乎何辜兮離厥菑。

韓憑戰國時爲宋康王舍人。妻何氏美。王欲之。捕舍人築青陵臺。何氏作烏鵲以見志曰。

南山有烏。北山張羅。烏自高飛。羅當奈何。

烏鵲雙飛。不樂鳳凰。妾是庶人。不樂宋王。

何氏又答憑書曰。其雨淫淫。河大水深。日出當心。康王得書。以問蘇賀。賀曰。雨淫淫。愁且思也。河水深。不得往來也。日當心。有死志也。俄而憑自殺。妻亦縊死。

史記及列女傳並載趙武靈王。夢見處女鼓瑟而歌曰。美人熒熒兮。顏若昔之榮。命兮命兮。

（史記兮作乎）逢天時而生。（史記無此句）曾莫我嬴嬴。（史記莫作無不重嬴字集解謂言有命祿生遇其時人莫知己貴盛）此夢中詩。荒誕不可據。燕丹子曰。荊軻刺秦王。右手執匕首。左手把其袖。秦王曰。乞聽琴聲而死。琴女奏曲云。

羅縠單衣。可掣而絕。三尺屏風。可超而越。鹿盧之劍。可負而拔。

秦王從其計。荊軻不解琴故及於難。秦享國淺。其時婦人文學。無有傳者。僅此曲耳。

中國婦女文學史一終

第二編上　中古婦女文學（兩漢）

第一章　漢之宮廷文學

第一節　唐山夫人

周官九嬪之婦學。至秦而亡。漢之宮廷制度。略因於秦。而不知法周。雖羣妾各有官爵。後亦有內起居注。要其法簡陋。內政既弛於后妃。女學遂衰於天下。然猶非後世所能及也。漢書外戚傳。謂漢興因秦之稱號。帝母稱皇太后。祖母稱太皇太后。適稱皇后。妾皆稱夫人。又有美人、良人、八子、七子、長使、少使之號焉。至武帝制倢伃、娙娥、傛華、充依。各有爵位。而元帝加昭儀之號。凡十四等。此前漢宮廷制度之大略也。光武中興。斲彫為朴。六宮稱號。唯皇后貴人。又置美人宮人采女三等。並無爵秩。歲時賞賜充給而已。高祖初起。其宮人尚多諳習文雅者。而唐山夫人為最。高祖故不知詩書。唐山房中樂雖楚聲。然猶近雅。漢書禮樂志曰。漢房中祠樂。高祖唐山夫人所作也。周有房中樂。至秦名曰壽人。凡樂樂其所生。禮不忘本。高祖樂楚聲。故房中樂楚聲也。孝惠二年。使樂府令夏侯寬備其簫管。更名曰安世樂。韋昭曰。唐山姓也。今著其詞。

安世房中歌

大孝備矣。休德昭清。高張四懸。樂充宮廷。芬樹羽林。雲景杳冥。金支秀華。庶旄翠旌。

七始華始。肅倡和聲。神來宴娭。庶幾是聽。粥粥音送。細齊人情。忽乘青玄。熙事備成。清思聊聊。經緯冥冥。

我定歷數。人告其心。敕身齊戒。施教申申。乃立祖廟。敬明尊親。大矣孝熙。四極爰轃。

王侯秉德。其鄰翼翼。顯明昭式。清明鬯矣。皇帝孝德。竟全大功。撫安四極。

海內有姦。紛亂東北。詔撫成師。武臣承德。行樂交逆。簫勺羣慝。肅爲濟哉。蓋定燕國。

大海蕩蕩。水所歸。高賢愉愉。民所懷。大山崔。百卉殖。民何貴。貴有德。

安其所。樂終產。樂終產。世繼緒。飛龍秋。游上天。高賢愉。樂民人。

豐草葽。女蘿施。善何如。誰能回。大莫大。成教德。長莫長。被無極。

雷震震。電燿燿。明德鄉。治本約。治本約。澤弘大。加被寵。咸相保。德施大。世曼壽。

都荔遂芳。窅窊桂華。孝奏天儀。若日月光。乘玄四龍。回馳北行。羽旄殷盛。芬哉芒芒。孝道隨世。我署文章。

馮馮翼翼。承天之則。吾易久遠。燭明四極。慈惠所愛。美若休德。杳杳冥冥。克綽永福。

磑磑即即。師象山則。嗚呼孝哉。案撫戎國。蠻夷竭歡。象來致福。兼臨是愛。終無兵革。

嘉薦芳矣。告靈饗矣。告靈既饗。德音孔臧。惟德之臧。建侯之常。承保天休。令問不忘。

皇皇鴻明。蕩侯休德。嘉承天和。伊樂厥福。在樂不荒。惟民之則。

浚則師德。下民咸殖。令問在舊。孔容翼翼。

孔容之常。承帝之明。下民之樂。子孫保光。承順溫良。受帝之光。嘉薦令芳。壽考不忘。

承帝明德。師象山則。雲施稱民。永受厥福。承容之常。承帝之明。下民安樂。受福無疆。

劉元城語錄曰。西漢樂章。可齊三代。舊見漢禮樂志房中樂十七章。格韻高嚴。規模簡古。駸駸乎商周之頌。噫異哉。此高祖一時佐命功臣。下至叔孫通輩。皆不能爲此歌。尋推其原。乃唐山夫人所作。漢初乃有此人。縱使竹竿載馳。方之陋矣。陳繹曾詩譜曰。安世歌質古文雅。

第二節　班倢伃

唐山夫人詩雖典雅古質。而其他文不傳。故漢宮人中。惟班倢伃有集傳於當時也。漢書曰。孝成班倢伃。帝初卽位。選入後宮。始爲少使。俄而大幸。爲倢伃。居增成舍。再就館。有男數月失之。成帝游於後庭。嘗欲與倢伃同輦載。倢伃辭曰。觀古圖畫。賢聖之君。皆有名臣在側。三代末主。乃有嬖女。今欲同輦。得無近似之乎。上善其言而止。太后聞之喜曰。古有樊姬。今有班倢伃。倢伃誦詩及窈窕德象女師之篇。（師古曰窈窕德象女師之篇皆古箴戒之書）每進見上疏。依則古禮。自鴻嘉後。上稍隆於內寵。其後趙飛燕姊弟。亦從自微賤興。踰越禮制。寖盛於前。班倢伃及許皇后皆失寵。稀復進見。鴻嘉三年。趙飛燕譖告許皇后班倢伃挾媚道。祝詛後宮。詈及主上。許皇后坐廢。考問班倢伃。倢伃對曰。妾聞死生有命。富貴在天。修正尚未蒙福。爲邪欲以何望。使鬼神有知。不受不臣之愬。如其無知。愬之何益。故不爲也。上善其對。憐憫之。賜黃金百斤。趙氏姊弟驕妬。倢伃恐久見危。求共養太后長信宮。上許焉。倢伃退處東宮。作賦自傷悼。其辭曰。

承祖考之遺德兮。何性命之淑靈。登薄軀於宮闕兮。充下陳於後庭。蒙聖皇之渥惠兮。當日月之盛明。揚光烈之翕赫兮。奉隆寵於增成。既過幸於非位兮。竊庶幾乎嘉時。每寤寐而絫息兮。申佩離以自思。陳女圖以鏡監兮。顧女史而問詩。悲晨婦之作戒兮。哀褒閻之爲郵。美皇英之女虞兮。榮任姒之母周。雖愚陋其靡及兮。敢舍心而忘茲。歷年歲而悼懼兮。閔蕃華之不滋。痛陽祿與柘館兮。仍繈褓而離災。豈妾人之殃咎兮。將天命之不可求。白日忽已移光兮。遂晻莫而昧幽。猶被覆載之厚德兮。不廢捐於罪郵。奉共養於東宮兮。託長信之末流。共灑掃於帷幄兮。永終死以爲期。願歸骨於山足兮。依松柏之餘休。重曰。潛玄宮兮幽以清。應門閉兮禁闥扃。華殿塵兮玉階落。中庭萋兮綠草生。廣室陰兮幃幄暗。房櫳虛兮風泠泠。感帷裳兮發紅羅。紛綷縩兮紈素聲。神眇眇兮密靚處。君不御兮誰爲榮。俯視兮丹墀。思君兮履綦。仰視兮雲屋。雙涕兮橫流。顧左右兮和顏。酌羽觴兮銷憂。惟人生兮一世。忽一過兮若浮。已獨享兮高明。處生民兮極休。勉虞精兮極樂。與福祿兮無期。綠衣兮白華。自古兮有之。

茅坤曰。賦之藻思。當勝相如。倢伃集今不傳。所傳又有擣素賦。其辭曰。

測平分以知歲。酌玉衡之初臨。見禽華以麃色。忽霜鶴之傳音。佇風軒而結睇。對愁雲之浮沉。雖松梧之貞脆。豈榮彫其異心。若乃廣儲懸月。暉水流清。桂露朝滿。涼襟夕輕。燕姜含蘭而未吐。趙女抽簧而絕聲。改容飾而相命。卷霜帛而下庭。曳羅裙之綺靡。振珠佩之精明。若乃盼睞生姿。動容多致。弱態含羞。妖風靡麗。皎若明魄之升崖。煥若荷華之昭晰。調鉛無以玉其貌。凝朱不能異其脣。勝雲霞之邇日。似桃李之向春。紅黛相媚。綺組流光。笑笑移妍。步步生芳。兩靨如點。雙眉如張。頹肌柔液。音性閑良。於是投香杵。扣玟砧。擇鸞聲。爭鳳音。梧因虛而調遠。柱由貞而響沉。散繁輕而浮捷。節疎亮而清深。含笙總筑。比玉兼金。不塤不篪。匪瑟匪琴。或旋環而紓鬱。或相參而不雜。或將往而中還。或已離而復合。翔鴻爲之徘徊。落英爲之颯沓。調非常律。聲無定本。（叶俾緬反）任落手之參差。從風飆之遠近。或連躍而更投。或暫舒而長卷。清寡鸞之命羣。哀離鶴之歸晚。當是時也。鍾期改聽。伯牙弛琴。桑間絕響。濮上傳（一作停）音。蕭史編管而擬吹。周王調笙以象吟。若乃窈窕姝妙之年。幽閑貞（一作靜）專之性。符皎日之心。甘首疾之病。歌采綠之章。發東山之詠。望明月以撫心。對秋風而掩鏡。閱絞練之初成。擇玄黃之妙匹（一作逸）。準華裁於昔時。疑形異於今日。想驕奢之或至。許椒蘭之多術。勳陋製之無韻。慮蛾眉之爲愧。懷百憂之盈抱。空千里兮飲淚。

侈長袖於妍袂。綴半月於蘭襟。表纖手於微縫。庶見迹而知心。計修路之遐夐。怨芬菲之易泄。書既封而重題。笥已緘而更結。慙行客而無言。還空房而掩咽。

倢伃又有報諸姪書曰。託言屬見元帝所賜趙倢伃書相比。元帝被病無悰。但鍛鍊後宮貴人書也。類多華辭。至如成帝則推誠寫實。若家人夫婦相與書矣。何可比也。故略陳其短長。令汝曹自評之。成帝嘗有書賜倢伃。故云然也。成帝崩。倢伃充奉園陵。薨。因葬園中。

班倢伃又善五言。文選載其怨歌行曰。

新裂齊紈素。皎潔如霜雪。裁成合歡扇。團團似明月。出入君懷袖。動搖微風發。常恐秋節至。涼飈奪炎熱。棄捐篋笥中。恩情中道絕。

鍾嶸詩品曰。倢伃詩其源出於李陵。團扇短章。辭旨清捷。怨深文綺。得匹婦之致。樂府獨以怨歌行為顏延年作。未足據也。

第三節　後漢馬皇后

范蔚宗曰。東京皇統屢絕。權歸女主。外立者四帝。臨朝者六后。莫不定策帷帟。委事父兄。貪孩童以久其政。抑明賢以專其威。蓋東漢外戚之權頗重。而后妃之通經術有文學者。推馬皇后及鄧皇后。其餘莫逮也。

馬皇后為伏波將軍援之女。顯宗之后也。能誦易。好讀春秋楚辭。尤善周官董仲舒書。常衣大練。裙不加緣。朔望諸姬主朝請。望見后袍衣疏麤。反以爲綺縠。就視乃笑。后辭曰。此繒特宜染色。故用之耳。六宮莫不歎息諸將奏事。及公卿較議難平者。帝數以試后。后輒分解趣理。各得其情。每言政事。多所毗補。而未嘗以家私干。故寵敬始終不衰。肅宗即位。尊曰皇太后。自撰顯宗起居注。削去兄防參醫藥事。帝請曰。黃門舅旦夕供養且一年。既無褒異。又不錄勤勞。無乃過乎。太后曰。吾不欲令後世聞先帝數親后宮之家。故不著也。建初元年。欲封爵諸舅。明年。夏大旱。言事者以爲不封外戚之故。有司因此上奏。宜依舊典。太后詔曰。

凡言事者。皆欲媚朕以要福耳。昔王氏五侯同日俱封。其時黃霧四塞。不聞澍雨之應。又田蚡竇嬰。寵貴橫恣。傾覆之禍。爲世所傳。故先帝防慎舅氏。不令在樞機之位。諸子之封。裁令半楚淮陽諸國。常謂我子不當與先帝子等。今有司奈何欲以馬氏比陰氏乎。吾爲天下母。而身服大練。食不求甘。左右但著帛布。無香薰之飾者。欲身率下也。以爲外親見之。當傷心自勅。但笑言太后素好儉。前過濯龍門上。見外家問起居者。車如流水。馬如游龍。蒼頭衣綠褠。領袖正白。顧視御者。不及遠矣。故不加譴怒。但絕歲用而已。冀以默愧其心。而猶懈怠。無憂國忘家之慮。知臣莫若君。況親屬乎。吾豈可上負先帝之旨。下虧先人之德。重襲西京敗亡之禍哉。

帝省詔悲歎。復重請曰。漢興。舅氏之封侯。猶皇子之爲王也。太后誠存謙虛。奈何令臣獨不加恩三舅乎。且衛尉年尊。兩校尉有大病。如令不諱。使臣長抱刻骨之恨。太后報曰。吾反覆念之。思令兩善。豈徒欲獲謙謙之名而使帝受不外施之嫌哉。昔竇太后欲封王皇后之兄。丞相條侯言受高祖約無軍功非劉氏不侯。今馬氏無功於國。豈得與陰郭中興之后等邪。常觀富貴之家。祿位重疊。猶再實之木。其根必傷。且人所以願封侯者。欲上奉祭祀。下求溫飽耳。今祭祀則受四方之珍。衣食則蒙御府餘資。斯豈不足而必當得一縣乎。吾計之熟矣。勿有疑也。夫至孝之行。安親爲上。今數遭變異。穀價數倍。憂惶晝夜。不安坐臥。而欲先營外封。違慈母之拳拳乎。吾素剛急。有胸中氣。不可不順也。若陰陽調和。邊境清靜。然後行子之志。吾但當含飴弄孫。不能復關政矣。

后又置織室蠶於濯龍中。數往觀視。以爲娛樂。常與帝旦夕言道政事。及教授諸小王論語經書。述敍平生。雍和終日。後帝以天下豐稔。方垂無事。終封三舅廖、防、光爲列侯。並辭讓。願就關內侯。太后聞之曰。聖人設教。各有其方。知人情性。莫能齊也。吾少壯時但慕竹帛。志不顧命。今雖已老。而復戒之在得。故日夜惕厲。思自降損。居不求安。食不念飽。冀乘此道。不負先帝。所以化導兄弟。共同斯志。欲令瞑目之日。無所復恨。何意老志復不從哉。萬年之日長恨矣。廖等不得已受封爵而退位歸第焉。太后寢疾。不信巫祝小醫。數敕絕禱祀。蓋馬后之言頗近儒家也。

第四節　後漢鄧皇后

和帝鄧皇后者。鄧禹之孫也。六歲能史書。十二通詩論語。諸兄每讀經傳。輒下意難問。志在典籍。不問居家之事。母常非之曰。汝不習女工。以供衣服。乃更務學。寧當舉博士耶。后重違母言。晝脩婦業。暮誦經典。家人號曰諸生。父訓異之。事無大小。輒與詳議。初爲貴人。陰后廢。立爲皇后。和帝崩。長子平原王有疾。殤帝生始百日。后乃迎立之。尊后爲皇太后。太后臨朝。和帝葬。後宮人並歸園。太后賜周馮貴人策曰。

朕與貴人。託配後庭。共歡等列。十有餘年。不獲福祐。先帝早棄天下。孤心煢煢。靡所瞻仰。夙夜永懷。感愴發中。今當以舊典。分歸外園。慘結增歎。燕燕之詩。曷能喩焉。其賜貴人王靑蓋車。采飾輅。驂馬各一駟。黃金三十斤。雜帛三千匹。白越四千端。

殤帝崩。太后定策立安帝。以連遭大憂。百姓苦役。殤帝康陵諸工作。事事減約。十分居一。詔告司隸校尉河南尹南陽太守曰。

每覽前代外戚賓客。假借威權。輕薄譊譊。至有濁亂奉公。爲人患苦。咎在執法怠懈。不輒行其罰故也。今車騎將軍隲等。雖懷敬順之志。而宗門廣大。姻戚不少。賓客姦猾。多干禁憲。其明加檢勑。勿相容護。

太后自入宮掖。從曹大家受經書。兼天文算數。晝省王政。夜則誦讀。而患其謬誤。懼乖典章。

乃博選諸儒劉珍等。及博士議郎四府掾史五十餘人。詣東觀讎校傳記。事畢奏御。賜葛布各有差。又詔中官近臣於東觀受讀經傳。以教授宮人。左右習誦。朝夕濟濟。永初七年。入太廟齋。因與皇帝交獻親薦。成禮而還。因下詔曰。

凡供薦新味。多非其節。或鬱養强熟。或穿掘萌芽。味無所至而夭折生長。豈所以順時育物乎。傳曰。非其時不食。自今當奉祠陵廟及給御者。皆須時迺上。

元初六年。太后詔徵和帝弟濟北河間王子。男女年五歲以上四十餘人。又鄧氏近親子孫三十餘人。並爲開邸第。教學經書。躬自監試。尚幼者。使置師保。朝夕入宮。撫循詔導。恩愛甚渥。乃詔從兄河南尹豹越騎校尉康等曰。

吾所以引納羣子。置之學官者。實以方今承百王之敝。時俗淺薄。巧僞滋生。五經衰缺。不有化導。將遂陵遲。故欲褒崇聖道。以匡失俗。傳不云乎。飽食終日。無所用心。難矣哉。今末世貴戚食祿之家。温衣美飯。乘堅驅良。而面牆術學。不識臧否。斯故禍敗所從來也。永平中四姓小侯皆令入學。所以矯俗厲薄。反之忠孝。先公既以武功書之竹帛。兼以文德教化子孫。故能束修不觸羅網。誠令兒曹上述祖考休烈。下念詔書本意。則足矣。其勉之哉。

鄧后臨朝。凡二十年。永寧二年崩。其遺詔曰。

朕以無德。託母天下。而薄祐不天。早離大憂。延平之際。海內無主。元元戹運。危於累卵。勤勤苦心。不敢以萬乘爲樂。上欲不欺天愧先帝。下不違人負宿心。誠在濟度百姓。以安劉氏。自謂感徹天地。當蒙福祚。而喪禍內外。傷痛不絕。頃以廢病。沈滯久不侍祠。自力上原陵。加欬逆唾血。遂至不解。存亡大分。無可奈何。公卿百官。其勉盡忠恪。以輔朝廷。

第五節　漢之宮廷雜文學

漢世后妃公主。其遺文自上所述外。猶有可見者。掇錄於下。

一、戚夫人　高祖幸定陶。愛幸戚姬。生趙隱王如意。數欲易太子。惠帝立。呂后乃令永巷囚戚夫人。髡鉗衣赭。令舂。夫人舂且歌。太后聞之大怒。曰。乃欲倚女子耶。召趙王殺之。戚夫人遂有人彘之禍。其歌曰。

子爲王。母爲虜。終日舂薄暮。常與死爲伍。相離三千里。當誰使告汝。

二、華容夫人　華容夫人者。燕王旦夫人也。旦爲武帝第四子。以謀廢立事發覺。憂懣。置酒會賓客。王自歌。夫人起舞續歌。坐者皆泣。王遂自殺。夫人歌曰。

髮紛紛兮寘渠。骨籍籍兮亡居。母求死子兮妻求死夫。徘徊兩渠間兮。君子獨安居。

三、烏孫公主　武帝元封中。遣江都王建女細君爲烏孫公主。以妻烏孫昆莫。昆莫年老言語不通。公主悲。乃作歌曰。

吾家嫁我兮天一方。遠託異國兮烏孫王。穹廬爲室兮旃爲墻。以肉爲食兮酪爲漿。常思漢王兮心內傷。願爲黃鵠兮歸故鄉。

四、王皇后　元帝王皇后。王莽姑。成帝母也。平帝即位。年九歲。時莽秉政。尊爲太皇太后。有褒中山孝王衞后詔曰。

中山孝王后深分明爲人後之義。條陳故定陶傅太后丁姬誖天逆理。上僭位號。徙定陶王於信都。爲共王立廟於京師。如天子制。不畏天命。侮（古侮字）聖人言。壞亂法度。居非其制。稱非其號。是以皇天震怒。火燒其殿。六年之間。大命不遂。禍殃仍重。竟令孝哀帝受其餘災。大失天心。夭命暴崩。又令共王祭祀絕廢。精魂無所依歸。朕惟孝王后深說經義。明鏡聖法。懼古人之禍敗。近事之咎殃。畏天命。奉聖言。是迺久保一國。長獲天祿。而令孝王永享無疆之祀。福祥之大者也。朕甚嘉之。夫褒義賞善。聖王之制。其以中山故安戶七千益中山后湯沐邑。

五、王嬙　嬙字昭君。齊國王穰女。元帝宮人。時匈奴求美人爲閼氏。昭君請行。或曰。元帝後宮既多。不得常見。乃使畫工圖其形。按圖召幸。宮人皆賂畫工。昭君自恃其貌。獨不與。乃惡圖之。其後匈奴入朝。選美人配之。昭君之圖當行。及入辭。光彩射人。悚動左右。元帝悔恨。窮案其事。畫工毛延壽棄市。昭君竟行。在胡嘗上元帝書曰。臣妾幸得備身禁臠。謂身依日月。死有餘芳。而失意丹青。遠竄異域。誠得捐軀報主。何敢自憐。獨惜國家黜陟。移於賤工。南望漢闕。徙增愴結耳。有父有弟。惟陛下少憐之。或曰此書依託又作怨詩曰。

秋木萋萋。其葉萎黃。有鳥處山。集於苞桑。養育毛羽。形容生光。既得升雲。上游曲房。離宮絕曠。身體摧殘。志念抑沉。不得頡頏。雖得委食。心有回徨。我獨伊何。來往變常。翩翩之鷰。遠集西羌。高山峨峨。河水泱泱。父兮母兮。道里悠長。嗚呼哀哉。憂心惻傷。

六、許皇后　成帝許皇后聰慧善史書。後以祝詛事坐廢。成帝時數有災異。用劉向谷永等言。減省椒房掖廷用度。后嘗上疏曰。

妾誇布。孟康曰誇大也大布之衣也 服糲食。加以幼稚愚惑。不明義理。幸得免離茅屋之下。備後宮埽除。蒙過誤之寵。居非命所當。託汚穢不修曠職。尸官數逆至法。踰越制度。當伏放流之誅。不足以塞責。迺壬寅日大長秋受詔。椒房儀法。御服輿駕。所發諸官署。及所造作。遺賜外家羣臣妾。皆如竟寧以前故事。妾伏自念。入椒房以來。遺賜外家。未嘗踰故事。每輒決上。可覆問也。今誠時世異制。長短相補。不出漢制而已。纖微之間。未必可同。若竟寧前與黃龍前。豈相放哉。家吏不曉。今壹受詔如此。且使妾搖手不得。今言無得發取諸官。殆謂未央宮不屬妾。不宜獨取也。言妾家府亦不當得。妾竊惑焉。幸得賜湯沐邑以自奉養。亦小發取其中。何害於誼而不可哉。又詔書言服御所造。皆如竟寧前。吏誠不能揆其意。即且令妾被服所爲不得不如前。設妾欲作某屏風張於某所。曰故事無有。或不能得。則必繩妾以詔書矣。此二事誠不可行。唯陛下省察。官吏忮佷必欲自勝。幸妾尚貴時猶以不急事操人。況今日日益侵。又獲此詔。其操約人豈有所訴。陛下見妾在椒房終不肯給妾纖微內邪。師古曰內邪言內中所須者也邪語辭若不私府小取將安所仰乎。舊故中宮乃私奪左右之賤繒。及發乘輿服繒言為待詔補。已而貿易其中。左右多竊怨者。甚恥為之。又故事以特牛祠大父母。戴侯敬侯皆得蒙恩以太牢祠。今當率如故事。唯陛下哀之。今吏甫受詔讀記直豫言使后知之。非可復若私府有所取也。其萌芽所以約制妾者。恐失人理。今但損車駕及毋若未央宮有所發。遺賜衣服如故事則可矣。其餘誠太迫急。奈何。妾薄命端遇竟寧前。竟寧前於今世而比之。豈可耶。故時酒肉有所賜外家。輒上表乃決。又故杜陵梁美人歲時遺酒一石肉百斤耳。妾甚少之。遺田八子誠不可若是。事率衆多不可勝以文陳。俟自見索言之。唯陛下深察焉。

七　趙皇后　成帝趙皇后飛燕。長安民家女。初拜倢伃。尋冊為后。有上成帝箋曰。

臣妾久備掖庭。先承幸御。遺賜大號。積有歲時。近因始生之日。復加善視之私。特屈乘輿。俯臨東掖。久侍宴私。再承幸御。臣妾數月來內宮盈實。月脈不流。飲食甘美不異常日。知聖躬之在體。辨天日之入懷。虹初貫日。聽是眞符。龍據妾胸。茲為佳瑞。更期蕃育神嗣。抱日趨庭。瞻望聖明。踴躍臨賀。謹此以聞。

西京雜記又載飛燕歸風送遠操曰。
涼風起兮天隕霜。懷君子兮渺難望。感予心兮多慨慷。
八、趙昭儀　趙昭儀者飛燕之妹。今傳其與飛燕二牋如下。
天地交暢。貴人姊及此令吉光登正位爲先人休。不堪喜豫。謹奏二十六物以賀。金屑組文茵一鋪。沉水香蓮心椀一面。五色同心大結一盤。鴛鴦萬金錦一疋。琉璃屏風一張。枕前不夜珠一枚。含香綠毛狸藉一鋪。通香虎皮檀象一座。龍香握魚二首。獨搖寶蓮一鋪。七出菱花鏡一簽。精金彄（一作弦）環四指。若亡絳綃單衣一襲。香文羅手藉三卷。七回光雄舫髮澤一盎。紫金被褥香鑪一枚。文犀辟毒箸一雙。碧玉膏簽一合。
今日嘉辰貴姊懋膺洪册。謹上襚三十五條。以陳踴躍之心。金華紫輪帽。金華紫羅面衣。織成上襦。織成下裳。五色文綬。鴛鴦襦。鴛鴦被。鴛鴦褥。金鵲繡襠。七寶綦履。五色文玉環。同心七寶釵。黃金步搖。合歡圓璫。琥珀枕。龜文枕。珊瑚玦。瑪瑙彄。雲母扇。孔雀扇。翠羽扇。九華扇。五明扇。雲母屏風。琉璃屏風。五層金博山香鑪。迴風扇。椰葉席。同心梅。含枝李。青木香。沉水香。香螺巵。九眞雄麝香。七枝鐙。
九、梁皇后　順帝梁后諱妠。沖帝質帝時俱以皇太后臨朝秉政。桓帝立歸政。臨終有遺詔曰。

朕素有心下結氣。從閒以來。加以浮腫。逆害飲食。寢以沈困。比使內外勞心。請禱。私自忖度。日夜虛劣。不能復與羣公卿士共相終竟。援立聖嗣。恨不久育養。見其終始。今以皇帝將軍兄弟委付股肱。其各自勉焉。

十、唐姬　廢帝宏農王妃。帝被弒。姬歸潁川。父欲嫁之。誓不許。嘗抗袖而歌。以悲廢帝曰。

皇天崩兮后土頹。身爲帝兮命夭摧。死生異路兮從此乖。奈何煢獨兮心中哀。

漢人文字流傳已尠。故於宮廷篇翰。並集而次之如此。

第二章　婦女與五言詩之淵源

世傳五言詩起於蘇李。詩經中雖偶有五言。未有全篇五言者。故以蘇李爲首也。古詩中已有枚乘作。要至武帝時。五言乃大盛耳。然楚漢春秋載虞姬答項王楚歌。全篇五言。在楚漢之際。蘇李之前。是五言詩淵源於婦女也。困學紀聞曰。太史公述楚漢春秋。其不載於書者。正義云。項羽歌。美人和之云云。是時已爲五言矣。按虞姬項羽美人。羽被圍垓下。起舞帳中。乃慷慨悲歌。美人和之。遂自刎。其歌曰。

漢兵已略地。四面楚歌聲。大王意氣盡。賤妾何聊生。

婦女與蘇李同時而爲五言者。有卓文君之白頭吟。西京雜記曰。司馬相如將聘茂陵人女爲妾。文君作白頭吟以自絕。相如乃止。

白頭吟

皚如山上雪。皎若雲間月。聞君有兩意。故來相決絕。今日斗酒會。明旦溝水頭。躞蹀御溝上。溝水東西流。淒淒復淒淒。嫁娶不須啼。願得一心人。白頭不相離。竹竿何嫋嫋。魚尾何簁簁。男兒重意氣。何用錢刀爲。右卓文君本辭

皚如山上雪。皎若雲間月。聞君有兩意。故來相決絕。一解平生共城中。何嘗斗酒會。今日斗酒會。明旦溝水頭。躞蹀御溝上。溝水東西流。二解郭東亦有樵。郭西亦有樵。兩樵相推與。無親爲誰驕。三解淒淒復淒淒。嫁娶不須啼。願得一心人。白頭不相離。四解竹竿何嫋嫋。魚尾何簁簁。男兒欲相知。何用錢刀爲。齕如馬啖萁。川上高士嬉。今日相對樂。延年萬歲期。右晉樂所奏文略有異同

文君白頭吟。措詞溫厚。頗得怨而不怒之旨。又蘇武妻亦有五言詩。武帝太初四年。中郎將蘇武出使單于。作詩留別。其妻答之曰。

與君結新婚。宿昔當別離。涼風動秋草。蟋蟀鳴相隨。冽冽寒蟬吟。寒蟬抱枯枝。枯枝時飛揚。身體忽遷移。不悲身體移。當惜歲月馳。歲月無窮極。會合安可知。願爲雙黃鵠。悲鳴戲清池。

漢樂府中有陌上桑。是漢時女子羅敷所作。崔豹古今注曰。敷姓秦氏。邯鄲人。同邑千乘王

仁妻王仁後爲趙王家令。羅敷出採桑於陌上。趙王登臺見而悅之。置酒欲奪之。羅敷善彈箏。作陌上桑以自明。趙王乃止。今陌上桑歌辭中使君卽喩趙王也。其辭流傳絕古。當出於西漢蘇李之際乎。

陌上桑

日出東南隅。照我秦氏樓。秦氏有好女。自名爲羅敷。羅敷善蠶桑。採桑城南隅。青絲爲籠係。桂枝爲籠鉤。頭上倭墮髻。耳中明月珠。湘綺爲下裙。紫綺爲上襦。行者見羅敷。下擔捋髭鬚。少年見羅敷。脫帽著帩頭。耕者忘其犁。鋤者忘其鋤。來歸相怨怒。但坐觀羅敷。使君從南來。五馬立踟躕。使君遣吏往。問是誰家姝。秦氏有好女。自名爲羅敷。羅敷年幾何。二十尚不足。十五頗有餘。使君謝羅敷。寧可共載不。羅敷前致辭。使君一何愚。使君自有婦。羅敷自有夫。東方千餘騎。夫壻居上頭。何用識夫壻。白馬從驪駒。青絲繫馬尾。黃金絡馬頭。腰中鹿盧劍。可値千萬餘。十五府小史。二十朝大夫。三十侍中郎。四十專城居。爲人潔白皙。鬑鬑頗有髭。盈盈公府步。冉冉府中趨。坐中數千人。皆言夫壻殊。

蘇李前則有虞姬。蘇李並世有蘇武妻卓文君羅敷等。是五言詩亦淵源於婦女也。

第三章　班昭

一、略傳

班昭者。扶風班彪之女。曹世叔之妻也。字惠班。一名姬。博學高才。世叔早卒。有節行法度。兄固著漢書。其八表及天文志。未及竟而卒。和帝詔昭就東觀藏書閣踵而成之。帝數召入宮。令皇后諸貴人事焉。號曰大家。每有貢獻異物。輒詔大家作賦頌。及鄧太后臨朝。與聞政事。以出入之勤。特封子成關內侯。官至齊相。時漢書始出。多未能通者。同郡馬融。伏於閣下。從昭受讀。後又詔融兄續繼昭成之。昭作女誡七篇。馬融善之。令妻女習焉。昭女妹曹豐生。亦有才惠。爲書以難之。辭有可觀。昭年七十餘卒。皇太后素服舉哀。使者監護喪事。所著賦、頌、銘、誄、問、注、哀辭、書、論、上疏、遺令。凡十六篇。子婦丁氏爲撰集之。又作大家讚焉。隋志有曹大家集三卷。

二、詞賦

班昭集今不傳。惟傳其賦四篇。錄之如下。

東征賦

惟永初之有七兮。余隨子乎東征。時孟春之吉日兮。撰良辰而將行。乃舉趾而升輿兮。夕予宿乎偃師。遂去故而就新兮。志愴悢而懷悲。明發曙而不寐兮。心遲遲而有違。酌樽酒以弛念兮。喟抑情而自非。諒不登櫟而椓蠡兮。得不陳力而相追。且從衆而就列兮。聽天命之所歸。遵通衢之大道兮。求捷徑欲從誰。乃遂往而徂逝兮。聊遊目而遨魂。歷七邑而觀覽兮。遭鞏縣之多艱。望河洛之交流兮。看成皐之旋門。既免脫於峻嶮兮。歷滎陽而過卷。食原武之息足。宿陽武之桑間。涉封邱而踐路兮。慕京師而竊歎。小人性之懷土兮。自書傳而有焉。遂進道而少前兮。得平邱之北邊、入匡郭而追遠兮。念夫子之厄勤。彼衰亂之無道兮。乃困畏乎聖人。悵容與而久駐兮。忘日夕而將昏。到長垣之境界。察農野之居民。睹蒲城之邱墟兮。生荊棘之榛榛。惕覺寤而顧問兮、想子路之威神。衞人嘉其勇義兮。迄於今而稱云。蘧氏在城之東南兮。民亦尙其邱墳。唯令德爲不朽兮。身既歿而名存。惟經典之所美兮。貴道德與仁賢。吳札稱多君子兮。其言信而有徵。後衰微而遺患兮。遂陵遲而不興。知性命之在天。由力行而近仁。勉仰高而蹈景兮。盡忠恕而與人。好正直而不回兮。精誠通於明神。庶靈祇之鑒照兮。祐貞良而輔信。亂曰君子之思。必成文兮。盍各言志。慕古人兮。先君行止。則有作兮。雖其不敏、敢不法兮、貴賤貧富。不可求兮。正身履道。以俟時兮。修短之運。愚智同兮。靖恭委命。唯吉凶兮。敬愼無怠。思謙約兮。淸靜少欲。師公綽兮。

大雀賦 有序

大家同產兄西域都護定遠侯班超獻大雀。詔令大家作賦曰。

嘉大雀之所集。生崑崙之靈邱。同小名而大異。乃鳳凰之匹儔。懷有德而歸義。故翔萬里而來遊。集帝庭而止息。樂和氣而優遊。上下協而相親。聽雅頌之雍雍。自東西與南北。咸思服而來同。

鍼縷賦

鎔秋金之剛精。形微妙而直端。性通達而漸進。博庶物而一貫。惟鍼縷之列迹。信廣博而無原。退逶迤以補過。似素絲之羔羊。何斗筲之足筭。咸勒石而升堂

蟬賦

伊玄蟲之微陋。亦攝生於天壤。當三秋之盛暑。陵高木之流響。融風被而來遊。商焱厲而化往。

右四篇惟東征賦確爲完篇。文選錄之。注引大家集曰。子穀爲陳留長。大家隨至官。作東征賦。流別論曰。發洛至陳留。述所經歷也。餘篇雖見諸書所引。似非全文後漢書稱班昭所作尙有銘頌誄問諸文。今不可見矣。

三、女誡

班昭所作女誡。後漢書稱其有助內訓。馬融亦令妻女習之。惟昭壻之妹曹豐生。獨爲書以難之。而其書。不傳女誡以卑順爲主。自是當時禮教之遺訓。是以後世傳之也。今備錄其文。

女誡 幷序

鄙人愚暗。受性不敏。蒙先君之餘寵。賴母師之典訓。年十有四。執箕帚於曹氏。于今四十餘載矣。戰戰兢兢。常懼黜辱。以增父母之羞。以益中外之累。夙夜劬心。勤不告勞。而今而後。乃知免耳。吾性疏頑。敎導無素。恆恐子穀負辱清朝。聖恩橫加。猥賜金紫。實非鄙人庶幾所望也。男能自謀矣。吾不復以爲憂也。但傷諸女方當適人。而不漸訓誨。不聞婦禮。懼失容他門。取恥宗族。吾今疾在沈滯。性命無常。念汝曹如此。每用惆悵。因作女誡七章。願諸女各寫一通。庶有補益。裨助汝身。去矣。其勖勉之。

卑弱第一

古者生女三日。臥之牀下。弄之瓦甎。而齋告焉。臥之牀下。明其卑弱。主下人也。弄之瓦塼。明其習勞。主執勤也。齋告先君。明當主繼祭祀也。三者蓋女人之常道。禮法之典敎矣。謙讓恭敬。先人後己。有善莫名。有惡莫辭。忍辱含垢。常若畏懼。是謂卑弱下人也。晚寢早作。勿憚夙夜。執務私事。不辭劇易。所作必成。手跡整理。是謂執勤也。正色端操。以事夫主。清淨自守。無好戲笑。潔齊酒食。以供祖宗。是謂繼祭祀也。三者苟備。而患名稱之不聞。黜辱之在身。未之見也。三者苟失之。何名稱之可聞。黜辱之可遠哉。

夫婦第二

夫婦之道。參配陰陽。通達神明。信天地之宏義。人倫之大節也。是以禮貴男女之際。詩著關雎之義。由斯言之。不可不重也。夫不賢則無以御婦。婦不賢則無以事夫。夫不御婦則威儀廢缺。婦不事夫則義理墮闕。方斯二者其用一也。察今之君子。徒知妻婦之不可不御。威儀之不可不整。故訓其男。檢以書傳。殊不知夫主之不可不事。義禮之不可不存也。但敎男而不敎女。不亦蔽於彼此之數乎。禮八歲始敎之書。十五而至於學矣。獨不可依此以爲則哉，

敬愼第三

陰陽殊性。男女異行。陽以剛爲德。陰以柔爲用。男以强爲貴。女以弱爲美。故鄙諺有云。生男如狼。猶恐其尫。生女如鼠。猶恐其虎。然則修身莫若敬。避强莫若順。故曰敬順之道。婦之大禮也。夫敬非他。持久之謂也。夫順非他。寬裕之謂也。持久者知止足也。寬裕者尚恭下也。夫婦之好。終身不離。房室周旋。遂生媟黷。媟黷既生。語言過矣。語言既過。縱恣必作。縱恣既作。則侮夫之心生矣。此由於不知止足者也。夫事有曲直。言有是非。直者不能不爭。曲者不能不訟。訟爭既施。則有忿怒之事矣。此由於不尚恭下者也。侮夫不節。譴呵從之。忿怒不止。楚撻從之。夫爲夫婦者。義以和親。恩以好合。楚撻既行。何義之存。譴呵既宣。何恩之有。恩義既廢。夫婦離矣。

婦行第四

女有四行。一曰婦德。二曰婦言。三曰婦容。四曰婦功。夫云婦德。不必才明絕異也。婦言不必辯口利辭也。婦容不必顏色美麗也。婦功不必工巧過人也。淸閒貞靜。守節整齊。行已有恥。動靜有法。是謂婦德。擇詞而說。不道惡語。時然後言。不厭於人。是謂婦言。盥洗塵穢。服飾鮮潔。沐浴以時。身不垢辱。是謂婦容。專心紡績。不好戲笑。潔齊酒食。以奉賓客。是謂婦功。此四者女人之大德。而不可乏之者也。然爲之甚易。惟在存心耳。古人有言。仁遠乎哉。我欲仁而仁斯至矣。此之謂也。

專心第五

禮。夫有再娶之義。婦無二適之文。故曰夫者天也。天固不可逃。夫固不可離也。行違神祇。天則罰之。禮義有愆。夫則薄之。故女憲曰。得意一人。是謂永畢。失意一人。是謂永訖。由斯言之。夫不可不求其心。然所求者亦非謂佞媚苟親也。固莫若專心正色。禮義居絜。耳無淫聽。目無邪視。出無冶容。入無廢飾。無聚會羣輩。無看視門戶。此則謂專心正色矣。若夫動靜輕脫。視聽陝輸。入則亂髮壞形。出則窈窕作態。說所不當道。觀所不當視。此謂不能專心正色矣。

曲從第六

夫得意一人。是謂永畢。失意一人。是謂永訖。欲人定志專心之言也。舅姑之心。豈當可失哉。物有以恩自離者。亦有以義自破者也。夫雖云愛舅姑。云非此。所謂以義自破者也。然則舅姑之心奈何。固莫尚於曲從矣。姑云不爾而是。固宜從令。姑云爾而非。猶宜順命。勿得違戾是非爭分曲直。此則所謂曲從矣。故女憲曰。婦如影響。焉不可賞

和叔妹第七

婦人之得意於夫主。由舅姑之愛己也。舅姑之愛己。由叔妹之譽己也。由此言之。我臧否毀譽。一由叔妹。叔妹之心復不可失也。皆莫知叔妹之不可失。而不能和之以求親。其蔽也哉。自非聖人。鮮能無過。故顏子貴於能改。仲尼嘉其不貳。而況婦人者也。雖以賢女之行。聰哲之性。其能備乎。是故室人和則謗掩。內外離則惡揚。此必然之勢也。易曰。二人同心。其利斷金。同心之言。其臭如蘭。此之謂也。夫叔妹者。體敵而尊。恩疎而義親。若淑媛謙順之人。則能依義以篤好。崇恩以結援。使徽美顯彰。而瑕過隱塞。舅姑矜善。而夫主嘉美。聲譽曜於邑隣。休光延於父母。若夫惷愚之人。於嫂則託名以自高。於妹則因寵以驕盈。驕盈既施。何和之有。恩義既乖。何譽之臻。是以美隱而過宣。姑忿而夫慍。毀訾布於中外。恥辱集於厥身。進增父母之羞。退益君子之累。斯乃榮辱之本。而顯否之基也。可不慎哉。然則求叔妹之心。固莫尚於謙順矣。謙則德之柄。順則婦之行。知斯二者。足以和矣。詩曰。在彼無惡。在此無射。其斯之謂也。

四、雜著

班固雜文。後漢書所載。惟上鄧皇后疏。及爲兄上書二首。永初中太后兄大將軍鄧騭以毋憂上書乞身。太后不欲許。以問昭。昭因上疏曰。

伏惟皇太后陛下躬盛德之美。隆唐虞之政。闢四門而開四聰。采狂夫之瞽言。納芻蕘之謀。慮妾昭得以愚朽身當盛明。敢不披露肝膽以效萬一。妾聞謙讓之風。德莫大焉。故典墳述美。神祇降福。昔夷齊去國。天下服其廉高。泰伯違邠。孔子稱爲三讓。所以光昭令德。揚名於後者也。論語曰。能以禮讓爲國。於從政乎何有。由是言之。推讓之誠。其致遠矣。今四舅深執忠孝。引身自退。而以方陲未靜。拒而不許。如後有豪毛加於今日。誠恐推讓之名不可再得。緣見逮及。故敢昧死竭其愚情。自知言不足采。以示蟲蝗之赤心。

昭兄超爲西域都護。西域五十餘國。悉皆納質內屬。以功封定遠侯。然超久在絕域。垂三十年。年老思土。永元十二年。上書乞得一歸。時昭亦上書言之。帝感其言。乃徵超還。昭上書之辭曰。

妾同產兄西域都護定遠侯超。幸得以微功爵列通侯。超之始出。志捐軀命。賴蒙陛下神靈。且得延命沙漠。至今積三十年。骨肉生離。不復相識。相隨士卒。皆已物故。超年最長。今且七十。衰老被病。雖欲竭盡其力以報塞天恩。迫於歲暮。犬馬齒索。蠻夷之性。悖逆侮老。

而超日暮入地。久不見代。恐開姦宄之源。生逆亂之心。如有卒暴。超之氣力不能從心。上損國家累世之功。下棄忠臣竭力之用。誠可痛也。超有書與妾生訣。恐不復相見。妾誠傷超以壯年竭忠孝於沙漠。疲老則便捐死於曠野。誠可哀憐。如不蒙救護。超後有一旦之變。冀幸超家得蒙趙母衞姬先請之貸。

後漢書稱昭兄固著漢書。惟八表及天文志未及竟而卒。和帝詔昭就東觀閣藏書閣踵成之。八表者異姓諸侯王表第一。諸侯王表第二。王子侯表第三。高惠高后孝文功臣表第四。景武昭宣元成哀功臣表第五。外戚恩澤侯表第六。百官公卿表第七。古今人表第八是也。

今按八表諸序。不類班固文。疑即昭之辭也。其異姓諸侯王表序曰。

昔詩書述虞夏之際。舜禹受禮積德累功洽於百姓攝位行政考之於天。經數十年。然後在位。殷周之王乃繇卨積修仁行義歷十餘世至於湯武。然後放殺。秦起襄公章文繆獻。孝昭嚴稍蠶食六國百有餘載。至始皇迺幷天下。以德若彼用力如此。其囏難也秦既稱帝。患周之敗以爲起於處士橫議諸侯力爭四夷交侵以弱見奪。於是削去五等。墮城銷刃。箝語燒書內鋤雄俊外攘胡粵。用壹威權爲萬世安。然十餘年間。猛敵橫發乎不虞。適戍彊於五伯。閭閻逼於戎狄。嚮應瘖於謗議。奮臂威於甲兵。鄉秦之禁。適所以資豪傑而速自斃也。是以漢亡尺土之階。繇一劍之任五載而成帝業。書傳所記未嘗有焉何則古世相革皆承聖王之烈。今漢獨收孤秦之弊。鐫金石者難爲功。摧枯朽者易爲力。其埶然也。故據漢受命譜十八王月而列之。天下一統。迺以年數迄於孝文。異姓盡矣。說者又爲漢書王莽傳敍事直遂而少檢制。或是大家之筆。然史無明證。昭又有列女傳注。曾鞏以今列女傳中陳嬰母及東漢以來十六事爲昭所益。傳注不傳。時見御覽諸書所引。昭亦爲兄固幽通賦作注。尚存文選中。蓋昭既承父兄史學。兼通經術小學。宜多著書。故是古今列女文學之宗也。

第四章　徐淑

徐淑者。隴西人。上郡掾秦嘉妻。嘉適郡。淑病不能從。嘉以詩贈別之。後復作書遺之。兼以明鏡寶釵芳香素琴贈焉。今傳嘉贈詩有數首。錄其中二章。其一曰。人生譬朝露。居世多屯蹇。憂艱常早至。歡會常苦晚。念當奉時役。去爾日遙遠。遣車迎子還。空往復空返。省書情悽愴。臨食不能飯。獨坐空房中。誰與相勸勉。憂來如循環。匪席不可卷。又曰。肅肅僕夫征。鏘鏘揚和鈴。清晨當引邁。束帶待雞鳴。顧看空室中。髣髴想恣形。一別懷萬恨。起坐爲不寧。何用敍我心。遺思致款誠。寶釵好耀首。明鏡可鑒形。芳香去垢穢。素琴有清聲。詩人感木瓜。乃欲答瑤瓊。愧彼贈我厚。慙此往物輕。雖知未足報。貴用敍我情。淑亦作詩并書答之。嘉死。淑毀形不嫁。旋以哀慟卒。詩品云。漢爲五言者數家。而婦人居其二。淑之作無減於紈扇矣。今具列於下。

答夫秦嘉詩

妾身兮不令。嬰疾兮來歸。沈滯兮家門。歷時兮不差。曠廢兮侍覲。情敬兮有違。君今兮奉命。迢遞兮京師。悠悠兮離別。無因兮敍懷。瞻望兮踴躍。佇立兮徘徊。思君兮感結。夢想兮容暉。君發兮引邁。去我兮日乖。恨無兮羽翼。高飛兮相追。長吟兮永嘆。淚下兮沾衣。

答夫秦嘉書二首

知屈珪璋。應奉藏使。策名王府。觀國之光。雖失高素皓然之業。亦是仲尼執鞭之操也。自初承問。心願東還。迫疾惟宜。抱歎而已。日月已盡。行有伴例。想嚴莊已辦。發邁在近。誰謂宋遠。企予望之。室邇人遐。我勞如何。深谷逶迤。而君是涉。高山巖巖。而君是越。斯亦難矣。長路悠悠。而君是踐。冰霜慘烈。而君是履。身非形影。何得動而輒俱。體非比目。何得同而不離。於是詠萱草之喻。以消兩家之思。割今者之恨。以待將來之歡。今適樂土。優游京邑。觀王都之壯麗。察天下之珍妙。得無目玩意移。往而不能出耶。

既惠音令。兼賜諸物。厚顧慇懃。出於非望。鏡有文彩之麗。釵有殊異之觀。芳香既珍。素琴益好。惠異物於鄙陋。割所珍以相賜。非豐恩之厚。孰肯若斯。覽鏡執釵。情想髣髴。操琴詠詩。思心成結。敕以芳香馥身。喻以明鏡鑑形。此言過矣。未獲我心也。昔詩人有飛蓬之感。

班倢伃有誰榮之歎。素琴之作。當須君歸。明鏡之鑒。當待君還。未奉光儀。則寶釵不設也。未侍帷帳。則芳香不發也。

第五章　蔡琰

蔡琰字文姬。陳留人。蔡邕女。同郡董祀之妻也。博學有才辨。又妙於音律。邕嘗夜鼓琴弦絕。琰曰。第二絃。邕曰。偶得之耳。故斷一絃問之。琰曰。第四絃。並不差謬。初適河東衞仲道。夫亡無子。興平中。天下喪亂。文姬爲胡騎所獲。沒於南匈奴左賢王。在胡中十二年。生二子。曹操素與邕善。痛其無嗣。乃遣使者以金璧贖之。而重嫁董祀。祀爲屯田都尉。犯法當死。文姬詣曹操請之。時公卿名士及遠方使驛。坐者滿堂。操謂賓客曰。蔡伯喈女在外。今爲諸君見之。及文姬進。蓬首徒行。叩頭請罪。音辭清辨。旨甚酸哀。衆皆爲改容。操曰。誠實相矜。然文狀已去。奈何。姬曰。明公廐馬萬匹。虎士成林。何惜疾足一騎。而不濟垂死之命乎。操感其言。乃追原祀罪。時且寒。賜以頭巾履襪。操因問曰。聞夫人家先多墳籍。猶能憶識之不。文姬曰。昔亡父賜書四千餘卷。流離塗炭。罔有存者。今所誦憶。裁四百餘篇耳。操曰。今當使十吏就夫人寫之。文姬曰。妾聞男女之別。禮不親授。乞給紙筆。眞草惟命。於是繕書送之。文無遺誤。後感傷亂離。追懷悲憤。作詩二章。其辭曰。

漢季失權柄。董卓亂天常。志欲圖篡弑。先害諸賢良。逼迫遷舊邦。擁主以自彊。海內興義師。欲共討不祥。卓衆來東下。金甲耀日光。平土人脆弱。來兵皆胡羌。獵野圍城邑。所向悉破亡。斬截無孑遺。尸骸相拒撐。馬邊懸人頭。馬後載婦女。長驅西入關。迥路險且阻。還顧邈冥冥。肝脾爲爛腐。所略有萬計。不得令屯聚。或有骨肉俱。欲言不敢語。失意幾微間。輒言斃降虜。要當以停刃。我曹不活汝。豈復惜性命。不堪其詈罵。或便加捶楚。毒痛參并下。旦則號泣行。夜則悲吟坐。欲死不能得。欲生無一可。彼蒼者何辜。乃遭此戹禍。邊荒與華異。人俗少義理。處所得霜雪。胡風春夏起。翩翩吹我衣。肅肅入我耳。感時念父母。哀歎無窮已。有客從外來。聞之常歡喜。迎問其消息。輒復非鄉里。邂逅徼時願。骨肉來迎已。已得自解免。當復棄兒子。天屬綴人心。念別無會期。存亡永乖隔。不忍與之辭。兒前抱我頸。問母欲何之。人言母當去。豈復有還時。阿母常仁惻。今何更不慈。我尚未成人。奈何不顧思。見此崩五內。恍惚生狂癡。號泣手撫摩。當發復回疑。兼有同時輩。相送告離別。慕我獨得歸。哀叫聲摧裂。馬爲立踟躕。車爲不轉轍。觀者皆歔欷。行路亦嗚咽。去去割情戀。遄征日遐邁。悠悠三千里。何時復交會。念我出腹子。胸臆爲摧敗。既至家人盡。又復無中外。城郭爲山林。庭宇生荆艾。白骨不知誰。從橫莫覆蓋。出門無人聲。豺狼號且吠。煢煢對孤景。怛咤糜肝肺。登高遠眺望。魂神忽飛逝。奄若壽命盡。旁人相寬大。爲復彊視息。雖生何聊賴。託命於新人。竭心自勗厲。流離成鄙賤。常恐復捐廢。人生幾何時。懷憂終年歲。

嗟薄祜兮遭世患。宗族殄兮門戶單。身執略兮入西關。歷險阻兮之羌蠻。山谷渺渺兮路漫漫。眷東顧兮但悲歎。瞑當宿兮不能安。饑當食兮不能餐。常流涕兮眥不乾。薄志節兮念死難。雖苟活兮無形顏。惟彼方兮遠陽精。陰氣凝兮雪夏零。沙漠壅兮塵冥冥。有草木兮春不榮。人似禽兮食臭腥。言兜離兮狀窈停。歲聿暮兮時邁征。夜悠長兮禁門扃。不能寐兮起屏營。登胡殿兮臨廣庭。玄雲合兮翳月星。北風厲兮肅泠泠。胡笳動兮邊馬鳴。孤雁歸兮聲嚶嚶。樂人興兮彈琴箏。音相和兮悲且清。心吐思兮胸憤盈。欲舒氣兮恐彼驚。含哀咽兮涕沾頸。家既迎兮當歸寧。臨長路兮捐所生。兒呼母兮啼失聲。我掩耳兮不忍聽。追持我兮走煢煢。頓復起兮毀顏形。還顧之兮破人情。心怛絕兮死復生。

東坡以此詩非文姬作。以爲文姬流離在父沒之後。董卓既誅乃遇禍。今此詩乃云爲董卓所驅虜入胡。尤知非眞也。蓋擬作者疏略。而范曄荒淺。遂載之本傳。蔡寬夫詩話辨之曰。後漢蔡琰傳載其二詩。或疑董卓死。邕被誅。而詩敍以卓亂流入胡。爲非琰辭。此蓋未嘗詳考於史也。且卓既擅廢立。袁紹輩起兵山東。以誅卓爲名。中原大亂。卓挾獻帝遷長安。是時士大夫豈能皆以家自隨乎。則琰之入胡。不必在邕誅之後。其詩首言逼迫遷舊邦。擁主以自强。海內興義師。欲共誅不祥。則指紹輩。固可見。繼言平土人脆弱。來兵皆胡羌。縱獵圍城邑。所向悉破亡。馬邊懸人頭。馬後載婦女。長驅西入關。迴路險且阻。則是爲山東兵所掠也。其末乃云感時念父母。哀嘆無窮已。則邕尚無恙。尤無疑也。蔡說亦甚有理。故錄以備考。文姬又有胡笳十八拍。激昂悲壯。其辭曰。

我生之初尚無爲。我生之後漢祚衰。天不仁兮降亂離。地不仁兮使我逢此時。干戈日尋兮隨路危。民卒流亡兮共哀悲。煙塵蔽野兮胡虜盛。志意乖兮節義虧。對殊俗兮非我宜。遭惡辱兮當告誰。笳一會兮琴一拍。心憤怨兮無人知。

戎羯逼我兮爲室家。將我行兮向天涯。雲山萬重(一作疊)兮歸路遐。疾風千里兮揚塵(一作風揚)。沙人多暴猛兮如虺蛇。控弦被甲兮爲驕奢。兩拍張絃兮絃欲絕。志摧心折兮自悲嗟。

越漢國兮入胡城。亡家失身兮不如無生。氈裘爲裳兮骨肉震驚。羯羶爲味兮枉遏我情。鞞鼓喧兮從夜達明。胡風浩浩兮暗塞營。傷今感昔兮三拍成。銜悲畜恨兮何時平。

無日無夜兮不思我鄉土。稟氣含生兮莫過我苦。天災國亂人無主。唯我薄命兮沒戎虜。殊俗心異兮身難處。嗜欲不同誰可與語。尋思涉歷兮多艱阻。四拍成兮益悽楚。

雁南征兮欲寄邊聲。雁北歸兮欲得漢音。雁高飛兮渺難尋。空斷腸兮思愔愔。攢眉向月兮撫雅琴。五拍泠泠兮意彌深。

冰霜凜凜兮身苦寒。饑對肉酪兮不能餐。夜聞隴水兮聲嗚咽。朝見長城兮路杳漫。追思往日兮行李艱。六拍悲來兮欲罷彈。

日暮風悲兮邊聲四起。不知愁心兮說向誰。是原埜蕭條兮烽戍萬里。俗賤老弱兮少壯爲美。逐有水草兮安家葺壘。牛羊滿埜兮聚如蜂蟻。草盡水竭兮羊馬皆徙七拍流恨兮惡居於此。

爲天有眼兮。何不見我獨漂流。爲神有靈兮。何獨處我天南北海頭。我不負天兮。天何使我殊配儔。我不負神兮。神何殛我越荒州。製斯八拍兮擬俳優。何知曲成兮心轉愁

天無涯兮地無邊。我心愁兮亦復然。人生倏忽兮如白駒之過隙。愁不得歡樂兮。當我之盛年。怨兮欲問天天蒼蒼兮上無緣。舉頭仰望兮空雲煙。九拍懷情兮誰與傳。

城頭烽烟不曾滅。疆場征戰何時歇。殺氣朝朝衝塞門。胡風夜夜吹邊月。故鄉隔兮音塵絕。哭無聲兮氣將咽。一生辛苦緣離別。十拍悲深兮淚成血。

我非貪生而惡死。不能捐身兮心有以。生仍冀得兮歸桑梓。死當埋骨長已矣。日居月諸兮在戎壘。胡人寵我兮有二子。鞠之育之兮不羞恥。愍之念之兮生長邊鄙。十有一拍兮因茲哀。起響纏緜兮徹心髓。

東風應律兮暖氣多。知是漢家天子兮布陽和。羌虜舞蹈兮共謳歌。兩國交懽兮罷兵戈。忽遇漢使兮稱近臣。詔遣千金贖妾身。喜得生還兮逢聖君。嗟別稚子兮會無因。十有二拍兮哀樂均。去住兩情兮難具陳。

不謂殘生兮却得旋歸。撫抱胡兒兮泣下沾衣。漢使迎我兮四牡騑騑。胡兒號兮誰得知與我生死兮逢此時。愁爲子兮日無光輝。焉得羽翼兮將汝歸。一步一遠兮足難移。魂銷影絕兮恩愛遺。十有三拍兮絃急調悲。肝腸攪刺兮人莫我知

身歸國兮兒莫之隨。心懸懸兮常如饑。四時萬物兮有盛衰。唯有愁苦兮不暫移。山高地闊兮見汝無期。更深夜闌兮夢汝來斯。夢中執手兮一喜一悲。覺後痛吾心兮無休歇時。十有四拍兮涕淚交垂。河水東流兮心是思。

十五拍兮節調促。氣塡胸兮誰識曲。處穹廬兮偶殊俗。願得歸來兮天從欲。再還漢國兮歡心足。心有懷兮愁轉深。日月無私兮曾不照臨。子母分離兮意難任。同天隔越兮如商參。生死不相知兮何處尋。

十六拍兮思茫茫。我與兒兮各一方。日東月西兮徒相望。不得相隨兮空斷腸。對萱草兮憂不忘。彈鳴琴兮情何傷。今別子兮歸故鄉。舊怨平兮新怨長。泣血仰歎兮訴蒼蒼。胡爲生兮獨罹此殃。

十七拍兮心鼻酸。關山阻修兮行路難。去時懷土兮心無緒。來時別兒兮思漫漫。塞上黃蒿兮枝枯葉乾。沙塲白骨兮刀痕箭瘢。風霜凜凜兮春夏寒。人馬饑尫兮筋力單。豈知重得兮入長安。歎息欲絕兮淚闌干。

胡笳本是出胡中。絲琴翻出音律同。十八拍兮曲雖終。響有餘兮思無窮。是知絲竹微妙兮均造化之功。哀樂各隨人心兮有變則通。胡與漢兮異域殊風。天與地隔兮子西母東。若我怨氣兮浩於長空。六合雖廣兮受之應不容。

第六章　漢代婦女雜文學

漢時婦女。略有文辭可見者。猶有數人。漢文帝十三年。齊太倉令淳于公有罪當刑。詔獄逮繫長安。淳于公無男。有五女。會逮將行。罵其女曰。生子不生男。緩急非有益也。其少女緹縈。自傷悲泣。乃隨其父至長安。上書。書奏。文帝悲憐其意。遂除肉刑。其書曰。

妾父爲吏。齊中皆稱其廉平。今坐法當刑。妾傷夫死者不可復生。刑者不可復屬。雖後欲改過自新。其道無繇也。妾願沒入爲官婢。以贖父刑罪。使得自新。

又蘇伯玉妻。失其姓氏。伯玉出使在蜀。久不歸。其妻居長安思念之。因作詩寫之盤中。屈曲成文。故曰盤中詩。其詞意廻環之妙。實爲絕作。且筆致靈警。而詞氣疏宕。古今文人罕見此妙。其辭曰。

山樹高。鳥鳴悲。泉水深。鯉魚肥。空倉雀。常苦饑。吏人婦。會夫稀。出門望。見白衣。謂當是。而更非。還入門。中心悲。北上堂。西入階。急機絞。杼聲催。長歎息。當語誰。君有行。妾念之。出有日。還無期。結巾帶。長相思。君忘妾。未知之。妾忘君。罪當治。妾有行。宜知之。黃者金。白者玉。

高者山。下者谷。姓者蘇。字伯玉。人才多。知謀足。家居長安身在蜀。何惜馬蹄歸不數。羊肉千斛酒百斛。令君馬肥麥與粟。今時人。知四足。與其書不能讀。當從中央周四角。

梁夫人嫕者。梁竦之女。樊調之妻。章帝梁貴人之姊也。初梁貴人有寵於章帝。生和帝。立爲太子。竇后母養焉。和帝之生。梁氏喜相慶賀。聞竇后。竇后驕恣。欲專恣害外家。乃誣陷梁氏。時竦在本郡安定。詔書收殺之。後和帝立。竇后崩。諸竇以罪惡誅放。嫕從民間上書自訟曰。

妾同產女弟貴人。前充後宮。蒙先帝厚恩。得見寵幸。皇天授命。誕生聖明。而爲竇憲兄弟所見譖訴。使妾父竦冤死牢獄。骸骨不掩。老母孤弟遠徙萬里。獨妾遺脫。逸伏草野。常恐沒命無由自達。今遭値陛下神聖之運。親統萬機。羣物得所。憲兄弟姦惡。既伏辜誅。海內曠然。各獲其宜。妾得蘇息。拭目更視。迺敢昧死自陳所天。妾聞太宗卽位。薄氏蒙榮。宣帝繼統。史族復興。妾門雖有薄史之親。獨無外戚餘恩。誠自悼傷。妾父既冤。不可復生。母氏年殊七十。及弟棠等。遠在絕域。不知死生。願乞收竦朽骨。使母弟得歸本郡。則施過天地。存歿幸賴。

書上。和帝感悟。梁氏之罪始白。徵還母及弟等。皆封侯。續列女傳。以嫕入於辨通傳焉。

竇玄字叔高。平陵人。狀貌絕異。天子使出其妻。以公主妻之。舊妻悲怨。作書別夫曰。

棄妻斥女敬白竇生。卑賤鄙陋。不如貴人。妾日以遠。彼日以親。何所告訴。仰呼蒼天。悲哉竇生。衣不厭新。人不厭故。悲不可忍。怨不自去。彼獨何人。而居我處。

以天子奪人之夫。其事絕悖。此書可謂極怨忿之致矣。又傳有寄夫怨歌。亦名艷歌。取書中二語。其辭曰。

煢煢白兔。東走西顧。衣不如新。人不如故。

中國婦女文學史二終

第二編中　中古婦女文學（魏晉南北朝）

第一章　魏之婦女文學

魏承建安之體。詩歌五言大盛於時。魏武卞后及文帝甄后。並有文采。如丁廙妻之寡婦賦。有東京之遺。則孟珠之陽春歌。開子夜之格調。今略述之。

曹操卞夫人。瑯琊開陽人。操納之於譙。後丁夫人廢。遂爲繼室。生子丕。彰。植。丕受漢禪。尊爲太后。楊修母本袁術姊妹。操忌修。且以袁術之甥。慮爲後患。因事殺之。而卞夫人致書修母曰。

卞頓首。貴門不遺賢郎。輔位。每感篤念。情在凝至。賢郎盛德熙妙。有蓋世文才。闔門欽敬。寶用無已。方今騷擾。戎馬屢動。主簿股肱近臣。征伐之計。事須敬咨官。立金鼓之節。而聞命違制。明公性急。忿然在外。輒行軍法。卞姓當時亦所不知。聞之心肝塗地。驚愕斷絕。悼痛酷楚。情自不勝。夫人多容。即見垂恕。故送衣服一籠。文絹百疋。房子官錦百斤。私所乘香車一乘。牛一頭。誠知微細。以達往意。望爲承納。

楊夫人答書曰。

彪袁氏頓首頓首。路歧雖近。不展淹久。歎想之勞。情抱山積。曹公匡濟天下。遐邇以寧。四海歸仰。莫不感戴。小兒疏細。謬蒙采拾。未有上報。果自招罪。戾念之痛楚。五內傷裂。尊意不遺。伏辱惠告。見明公與太尉書。具知委曲。度子之行。不過父母。小兒違越。分應至此。憐其始立之年。畢命埃土。遺育孤幼。言之崩潰。明公所賜已多。又加重賚。禮頗非宜。荷受輒付往信。

此二書並在漢世。因連類著之於此。文帝甄后。中山無極人。明帝母。初爲袁紹次子熙婦。及魏武破紹。文帝私納爲夫人。後爲郭后所譖賜死。先是甄后九歲。喜書。作字數用諸兄筆硯。兄曰。汝欲爲女博士耶。后曰。古之賢女。未有不知書者。及文帝建長秋宮。璽書迎之。爲表辭謝曰。

妾聞先代之興。所以享國久長。垂祚後嗣。無不由后妃焉。故必審選其人。以興內教。今踐祚之初。誠宜登進賢淑。統理六宮。妾自省愚陋。不任粢盛之事。加以寢疾。敢守微志。

甄后又有塘上行曰。

蒲生我池中。綠葉何離離。豈無蒹葭艾。與君生別離。念君去我時。獨愁常苦悲。想見君顏色。感結傷心脾。念君常苦悲。夜夜不能寐。莫以豪賢故。棄捐素所愛。莫以魚肉賤。棄捐葱與薤。莫以麻枲賤。棄捐菅與蒯。倍恩者苦枯。蹶船常苦沒。教君安息定。愼莫致倉卒。與君一別離。何時復相對。出亦復苦愁。入亦復苦愁。邊地多悲風。樹木何樓樓。從軍致獨樂。延年壽千秋。

丁廙字敬禮。沛郡人。有文才。建安中。爲黃門侍郎。客陳思王門下。魏文卽位殺之。其妻作寡婦賦以自悼其辭曰。

惟女子之有行。固歷代之彝倫。辭父母而言歸。奉君子之淸塵。如懸蘿之附松。似浮萍之託津。何性命之不造。遭世路之險迍。榮華曄其始茂。所恃奄其徂泯。靜閉門以却埽。魂孤煢以窮居。刷朱扉以白堊。易玄帳以素幃。含慘悴以何訴。抱弱子以自慰。時翳翳以東陰。日亹亹以西墜。雖斂翼以登棲。雀分散以赴肆。還空牀以下幃。拂衾褥以安寐。想逝者之有憑。因宵夜之髣髴。痛存歿之異路。終窈漠而不至。時荏苒而不留。將遷靈以大行。駕龍輀於門側。設祖祭於前廊。彼生離其猶難。矧永絕而不傷。自銜恤而在疚。履冰冬之四節。風蕭蕭而增勁。寒凜凜而彌切。霜悽悽而夜降。水溓溓而晨結。瞻靈宇之空虛。悲屏幌之徒設。仰皇天而歎息。腸一日而九結。惟人生於世上。若馳驥之過櫺。計先後其何幾。亦同歸於幽冥。

王宋者。平虜將軍劉勳妻也。宋嫁勳二十餘年。後勳悅山陽司馬女。以宋無子出之。還於道中。賦詩自傷曰。

翩翩牀前帳。張以蔽光輝。昔將爾同去。今將爾共歸。緘藏篋笥裏。當復何時披。

誰言去婦薄。去婦情更重。千里不唾井。況乃昔所奉。望遠未爲傷。踟躕不得共。

孟珠者。魏時丹陽女子。能爲陽春歌。今傳三章。其辭曰。

陽春二三月。草與水同色。道逢游冶郎。恨不早相識。

陽春二三月。草與水同色。攀條摘香花。言是歡氣息。

望觀四五年。實情將懊惱。願得無人處。回身與郎抱。

第二章　晉世婦女之風尙

晉世婦人。嗜尙頗與其時風氣相協。自漢季標榜節概。士秉禮敎。以人倫風鑒。臧否人物。晉世婦人亦有化之者。又好書畫美藝。習持名理淸談。皆當時男子所以相誇者也。

(一)禮敎之遺與人倫風鑒

晉初婦人。雖罕治經術。而猶貴動止有儀。識度超邁。且每精於風鑑。能別人才性。賈充婦李氏。有淑性令才。嘗作女訓行世。世說新語曰。賈充前婦。是李豐女。豐被誅。離婚徙邊。後遇赦得還。充已先取郭配女。武帝特聽置左右夫人。李氏別住外。不肯還充舍。郭氏語充。欲就省李。充曰。彼剛介有才氣。卿往不如不去。郭氏於是盛威儀。多將侍婢。李氏起迎。郭不覺脚自屈。因跪再拜。旣反。語充。充曰。語卿道何物。蓋李氏素習容止。足以懾人於不覺也。李氏初婚與充聯句曰。

室中是阿誰。嘆息聲正悲。充　嘆息亦何爲。但恐大義虧。李　大義如膠漆。匪石心不移。充　人

誰不慮終。日月有合離。李 我心子所達。子心我所知。充 若能不食言。與君同所宜。李

充之不情。李氏早見及之。蓋亦有知人之鑑。世說又曰。王汝南少無婚。自求郝普女。司空以其癡。會無婚處。任其意便許之。既婚。果有令姿淑德。生東海。遂爲王氏母儀。或問汝南何以知之。曰。嘗見井上舉水。舉動容止不失常。未嘗忤觀。以此知之。則魏晉之際。尤重婦容。故汝南以此取婦。亦禮教之遺也。

婦人之長於人倫風鑒者。如山濤與嵇阮契若金蘭。山妻韓氏。覺公與二人異於常交。問公。公曰。我當年可以爲友者。唯此二生耳。妻曰。負羈之妻。亦親觀狐趙。意欲窺之。可乎。他日二人來。妻勸公止之宿。具酒肉。夜穿墉以視之。達旦忘反。公入曰。二人何如。妻曰。君才致殊不如。正當以識度相友耳。公曰。伊輩亦常以我度爲勝。王渾妻鍾氏生女令淑。武子爲妹求簡美對而未得。有兵家子有儁才。欲以妹妻之。乃白母。母曰。誠是才者。其地可遺。然要令我見。武子乃令兵兒與羣小雜處。使母帷中察之。既而母謂武子曰。如此衣形者。是汝所擬者非耶。武子曰。是也。母曰。此才足以拔萃。然地寒。不有長年。不得申其才用。觀其形骨。必不壽。不可與婚。武子從之。兵兒數年果亡。鍾氏名琰。潁川人。太傅繇曾孫。黃門侍郎徽女。數歲能屬文。及長聰慧宏雅。博覽記籍。美容止。善嘯詠。禮儀法度。爲中表所則。著有詩賦誄頌。今傳其賦二首。疑非全篇也。

遐思賦

唯仲秋之慘悽。百草萎悴而變衰。燕翔逝而歸海。蟋蟀鳴而相追。坐虛堂而無聊。嗟我心之多懷。悵遐思而內結。嗟爾姜任。邈不我留。謀民生之未幾。吾何爲其多愁。涼風蕭條。露沾我衣。憂來多方。慨然我懷。感飛鳥之還鄉。詠衛女之思歸。於是周游容與。逍遙彷徨。悲民生之局促。願輕舉之遐翔。

鶯賦

嘉京都之鶯鳥。冠羣類之殊形。擢末軀於紫闥。超顯御乎天庭。惟節運之不停。懼龍角之西頹。慕同時之逸豫。怨商風之我催。

(二)書畫美藝

晉世婦人多善書畫。而衛夫人之書尤著。衛夫人名鑠。字茂漪。汝陰太守李矩妻。善鍾繇法。王逸少常師事之。著筆陣圖行於世。法帖中又有衛夫人與師書具錄於下。

筆陣圖記

夫三端之妙。莫先乎用筆。六藝之奧。莫匪乎銀鉤。昔秦丞相斯見周穆王書七日興歎。患其無骨。蔡尚書入鴻都觀碣。十旬不返。嗟其出羣。故知達其源者少。闇於其理者多。近代以來。殊不師古。而緣情棄道。纔記姓名。或學不該贍。聞見又寡。致使成功不就。虛費精神。

自非通靈感物。不可與談斯道。今刪李斯筆妙更加潤色。總七條并作其形容列事如左。貽諸子孫。永爲模範。庶將來君子時復覽焉。筆要取崇山絕仞中兔毛八九月收之。其筆頭長一寸。管長五寸。鋒齊腰强者。其硯取煎涸新石潤澁相兼。浮津耀墨者。其墨取廬山之松煙。代郡之鹿膠。十年已上强如石者爲之。紙取東陽魚卵虛柔滑淨者。凡學書字先學執筆。若眞書去筆頭二寸一分。若行草書去筆頭三寸一分執之。下筆點墨畫芟波屈曲。皆須盡一身之力而送之。若初學先大書不得從小。善鑒者不寫。善寫者不鑒。善筆力者多骨。不善筆力者多肉。多骨微肉者謂之筋書。多肉微骨者謂之墨猪。多力豐筋者聖。無力無筋者病。一一從其消息而用之。

一　如千里陣雲隱隱然其實有形

丶　如高峯墜石磕磕然實如崩也

丿　陸斷犀象

乀　百鈞弩發

丨　萬歲枯藤

乛　崩浪雷奔

𠃌　勁弩筋節

右七條筆陣出入斬斫圖。執筆有七種。有心急而執筆緩者。有心緩而執筆急者。若執筆近而不緊者。心手不齊。意後筆前者敗。若執筆遠而急。意前筆後者勝。又有六種用筆。結構圓備如篆法。飄颺灑落如章草。凶險可畏如八分。窈窕出入如飛白。耿介特立如鶴頭。鬱拔縱橫如古隸。然心委曲。每爲一字。各象其形。斯造妙矣。書道畢矣。永和四年上虞製記。

與師書

衞稽首和南。近奉勅寫急就章。遂不得與師書耳。但衞隨世所學。規模鍾繇。遂歷多載。年廿著詩論草隸通解。不敢上呈。衞有一弟子王逸少。甚能學衞眞書。咄咄逼人。筆勢洞精。字體遒媚。師可詣晉尚書館書耳。仰憑至鑑。大不可言。弟子衞氏和南

(三)清談名理

晉世好名理清言。婦人亦漸玄風。動容出話。往往會心甚遙。令人意遠。此類甚多。如謝道韞。尤其著者。晉書曰。王凝之妻謝氏。字道韞。安西將軍奕之女也。聰識有才辨。叔父安嘗問毛詩何句最佳。道韞稱吉甫作頌。穆如清風。仲山甫永懷。以慰其心。安謂有雅人深致。又嘗內集。俄而雪驟下。安曰。何所似也。安兄子朗曰。散鹽空中差可擬。道韞曰。未若柳絮因風起。安大悅。初適凝之。還。甚不樂。安曰。王郎逸少子。甚不惡。汝何恨也。答曰。一門叔父則有阿大中

郎。羣從兄弟復有封胡羯末。不意天壤之中。乃有王郎。封謂謝歆。胡謂謝朗。羯謂謝玄。末謂謝川。皆其小字也。又嘗譏玄學植不進。曰。爲塵務經心。爲天分有限耶。凝之弟獻之。嘗與賓客談議。詞理將屈。道韞遣婢白獻之曰。欲爲小郎解圍。乃施青綾步障自蔽。申獻之前議。客不能屈。及遭孫恩之難。舉厝自若。既聞夫及諸子已爲賊所害。方命婢肩輿抽刃出門。亂兵稍至。手殺數人。乃被虜。其外孫劉濤時年數歲。賊又欲害之。道韞曰。事在王門。何關他族。必其如此。寧先見殺。恩雖毒虐。爲之改容。乃不害濤。自爾嫠居會稽。家中莫不嚴肅。太守劉柳聞其名。請與談議。道韞素知柳名。亦不自阻。乃簪髻素褥坐於帳中。柳束脩整帶。造於別榻。道韞風韻高邁。敍致清雅。先及家事。慷慨流漣。徐酬問旨。詞理無滯。柳退而嘆曰。實頃所未見。瞻察言氣。使人心形俱服。道韞亦云。親從凋亡。始遇此士。聽其所問。殊開人胸府。初同郡張玄妹亦有才質。適於顧氏。玄每稱之。以敵道韞。有濟尼者。游於二家。或問之。濟尼答曰。王夫人神情散朗。故有林下風。顧家婦清心玉映。自是閨房之秀。道韞所著有詩賦誄頌。今僅傳數篇。

登山

峨峨東嶽高。秀極冲青天。巖中間虛宇。寂寞幽以玄。非工復非匠。雲構發自然。氣象爾何物。遂令我屢遷。逝將宅斯宇。可以盡天年。

擬嵇中散詠松

遙望山上松。隆冬不能彫。願想游下憩。瞻彼萬仞條。騰躍未能升。頓足俟王喬。時哉不我與。大運所飄飄。

論語贊

衞靈公問陳於孔子。孔子對曰。俎豆之事。則嘗聞之。軍旅之事。未之學也。庶則大矣。比德中庸。斯言之善。莫不歸宗。蠡者乖本。妙極令終。嗟我懷矣。輿言攸同。孔子曰。民之於仁也甚於水火。水火吾見蹈而死者。未見蹈仁而死者矣。

第三章　左九嬪

晉世宮廷文學。當推左九嬪。蓋左思之妹。化其家學而然也。九嬪名芬。少好學。善綴文。名亞於思。武帝聞而納之。泰始八年。拜修儀。受詔作愁思之文。因爲離思賦。後爲貴嬪。姿陋無寵。以才德見禮。體羸多患。常居薄室。帝每游華林。輒回輦過之。言及文義。辭對清華。左右侍聽無不稱美。及元楊皇后崩。芬獻誄。咸寧二年。納悼后。芬於座受詔作頌。及帝女萬年公主薨。帝痛悼不已。詔芬爲誄。其文甚麗。帝重芬辭藻。每有方物異寶。必詔爲賦頌。以是屢獲恩賜焉。晉書稱其有答兄思詩書及雜賦頌數十篇。今錄其見傳者。

左芬詞賦諸體。無不擅長。爲晉代婦人之冠。晉書獨載其離思賦。當爲完篇。自餘尙有松栢賦。涪漚賦。其孔雀賦。鸚鵡賦。則斷句也。然晉去今久遠。雖片詞亦爲可珍。故並存於下。

離思賦

生蓬戶之側陋兮。不閑習於文符。不見圖畫之妙像兮。不聞先哲之典謨。既愚陋而寡識兮。謬忝厠於紫廬。非草茅之所處兮。恆怵惕以憂懼。懷思慕之忉怛兮。兼始終之萬慮。嗟隱憂之沈積兮。獨鬱結而靡訴。意慘憒而無聊兮。思纏綿以增慕。夜耿耿而不寐兮。魂憧憧而至曙。風騷騷而四起兮。霜皚皚而依庭。日晻曖而無光兮。氣懰慄以冽清。懷愁戚之多感兮。患涕淚之自零。昔伯瑜之婉孌兮。每綵衣以娛親。悼今日之乖隔兮。奄與家爲參辰。豈相去之云遠兮。曾不盈乎數尋。何宮禁之清切兮。欲瞻覩而莫因。仰行雲以歔欷兮。涕流射而沾巾。惟屈原之哀感兮。嗟悲傷於離別。彼城闕之作詩兮。亦以日而喻月。況骨肉之相於兮。永緬邈而兩絕。長含哀而抱戚兮。仰蒼天而泣血。亂曰。骨肉至親。化爲他人。永長辭兮。慘愴愁悲。夢想魂歸。見所思兮。驚寤號咷。心不自聊。泣漣洏兮。援筆抒情。涕淚增零。訴斯詩兮。

松柏賦

何奇樹之英蔚。記峻岳之嵯峨。被玄澗之逶迤。臨淥水之素波。擢修本之丸丸。萃綠葉之芬葩。敷纖莖之蘢蓯。布秀葉之葱青。列疎實之離離。馥幽藹而永馨。紛翕習以披離。氣肅肅以清泠。應長風以鳴條。似絲竹之遺聲。稟天然之貞勁。經嚴冬而不零。雖凝霜而挺榦。近青春而秀榮。若君子之順時。又似乎眞人之抗貞。赤松遊其下而得道。文賓飡其實而長生。詩人歌其榮。蔚齊南山以永寧。

涪漚賦

覽庶類之肇化。何涪漚之獨靈。稟陰精以運景。因落雨而結形。不係根於獨立。故假物以資生。體珠光之皎皎。若凝霜之初成。色鮮熠以熒熒。似融露之將渟。亡不長消。存不久寄。其成不欲難。其敗亦以易也。

孔雀賦

戴綠碧之秀毛。擢翠尾之修莖。飲芳桂之凝露。食秋菊之落英。耀丹紫之倏爍。應晨風以悲鳴。

鸚鵡賦

色則丹喙翠尾。綠翼紫頸。秋敷其色。春耀其榮。

太康之際。惟潘岳最善哀誄之文。爲後世所稱。而左芬所作。亦詞旨清麗。晉書載其元后誄。又稱其萬年公主誄。元后誄尤爲大篇。其誄詞曰。

惟泰始十年秋七月。景寅晉元皇后楊氏崩。嗚呼哀哉。昔有莘適殷。姜姒歸周。宣德中闈。

徽音永流。樊衞二姬。匡齊翼楚。馬鄧兩妃。亦毗漢主。峨峨元后。光嬪晉宇。伉儷聖皇。比蹤往古。遭命不永。背陽卽陰。六宮號咷。四海慟心。嗟予鄙妾。啣恩特深。追慕三良。甘心自沉。何用存思。不忘德音。何用紀述。託辭翰林。乃作誄曰。赫赫元后。出自有楊。奕世朱輪。燿彼華陽。惟嶽降神。顯茲禎祥。篤生英媛。休有烈光。含靈握文。異于庶姜。和暢春日。操厲秋霜。疾彼攸遂。敦此義方。率由四教。匪怠匪荒。行周六親。徽音顯揚。顯揚伊何。京室是臧。乃聘乃納。聿嬪聖皇。正位閨闥。惟德是將。鳴珮有節。發言有章。仰觀列圖。俯覽篇籍。顧問女史。咨詢竹帛。思媚皇姑。虔恭朝夕。允釐中饋。執事有恪。於禮斯勞。於敬斯勤。雖曰齊聖。邁德日新。日新伊何。克廣宏仁。終溫且惠。帝妹是親。經緯六宮。罔不彌綸。羣妾惟仰。譬彼北辰。亦既青陽。鳴鳩告時。躬執桑曲。率導媵姬。修成蠶蔟。分繭理絲。女工是察。祭服是治。祗承宗廟。永言孝思。于彼六行。靡不蹈之。皇英佐舜。塗山翼禹。惟衞惟樊。二霸是輔。明明我后。異世同軌。亦能有亂。謀及天府。內敷陰教。外毗陽化。綢繆庶政。密勿夙夜。恩從風翔。澤隨雨播。中外禔福。遐邇詠歌。天祚貞吉。克昌克繁。則百斯慶。育聖育賢。教踰妊姒。訓邁姜嫄。堂堂太子。惟國之元。濟濟南陽。爲屏爲藩。本支菴藹。四海蔭焉。徽斯皇妣。執茲克臻。曰乾蓋聽。曰聖允誠。積善之堂。五福所幷。宜享高年。匪隕匪傾。如彭之齒。如聃之齡。云胡不造。丁茲禍殃。寢疾彌留。寤寐不康。巫咸騁術。和鵲奏方。祚禱無應。嘗藥無良。形神既離。載昏載荒。奄忽崩殂。湮精滅光。哀哀太子。南陽繁昌。攀援不寐。擗踴摧傷。嗚呼哀哉。闔宮號咷。宇內震驚。奔者塡衢。赴者塞庭。哀慟雷駭。流涕雨零。歔欷不已。若喪所生。惟帝與后。契闊在昔。比翼白屋。雙飛紫閣。悼后傷后。早卽窀穸。言斯既及。涕泗隕落。追惟我后。實聰實哲。通於性命。達於儉節。送終之禮。比素上世。襚無珍寶。含無明月。潛輝梓宮。永背昭晰。臣妾哀號。同此斷絕。庭宇遏密。幽室增陰。空設幃帳。虛置衣衾。人亦有言。神道難尋。悠悠精爽。豈浮豈沈。豐奠日陳。冀魂之靈。孰云元后。不聞其音。乃議景行。景行以謚。乃考龜筮。龜筮襲吉。爰定爰兆。克成元室。魂之往矣。于以令日。仲秋之晨。啟明始出。星陳夙駕。靈輿結駟。其輿伊何。金根玉箱。其駟維何。二駱雙黃。習習容車。朱服丹章。隱隱轜軒。弁絰繐裳。華轂曜野。素蓋被原。方相仡仡。旌旐翻翻。輓童引歌。白驥鳴轅。觀者夾塗。士女涕漣。千乘萬騎。迄彼峻山。峻山峨峨。層阜重阿。宏高顯敞。據洛背河。左瞻皇姑。右睇帝家。推存揆亡。明神所嘉。諸姑姊妹。娣姒媵御。追送塵軌。號咷衢路。王侯卿士。雲會星布。羣官庶僚。縞蓋無數。咨嗟通夜。東方云曙。百祇奉迎。我后安厝。中外俱臨。同哀共慕。涕如連雲。淚如湛露。扃闥既闔。窈窈冥冥。有夜無晝。曷用其明。不封不樹。山坂同形。昔后之崩。大火西流。寒往暑過。今亦孟秋。自我喞卹。倏忽一周。夜服將變。痛心若抽。逼彼體制。惟以增憂。去此素衣。結戀靈邱。有始有終。天地之經。自非三光。誰能不零。存播令德。沒圖丹青。先哲之志。以此爲榮。

溫溫元后。實宣慈焉。撫育羣生。恩惠滋焉。遺愛不已。永見思焉。懸名日月。垂萬春焉。嗚呼庶妾。感四時焉。言思言慕。涕漣洏焉。

萬年公主誄

昔滿衣早智。周晉夙成。咸以岐嶷。名存典經。猗歟公主。在幼迥哲。方德比齒。有邈先烈。何德之盛。而年或闕。何華之繁。而實不結。雨墜風逝。形影長滅。赫赫京室。河洛所經。陰精發曜。降茲淑靈。篤生公主。誕膺休禎。秀出紫微。日暉月明。紅顏鬒髮。金質玉形。旣睇艷姿。徽音孔昭。盼蒨其媚。婉曼其嬌。寵玩軒陛。如瓊如瑤。雖則弱齒。雙德兼包。五福所集。聞之先民。積善鍾慶。祐德輔仁。宜終淑美。光暉日新。云何降戾。景命不振。曄曄榮曜。英蕤始芳。何辜于天。猥遇降霜。熒熒稚魂。飄飄遐翔。於戲何辜。痛茲不福。生而何晚。沒而何速。酷矣皇靈。謬哉司祿。嗚呼哀哉。日月載馳。白露凝結。自主薨徂。奄離時節。吉凶乖邈。存亡異制。將遷幽都。潛神永翳。嗚呼公主。魂豈是綏。岌岌靈轜。駿駟騑騑。挽童齊唱。悲音激摧。士女歔欷。高風增哀。一日不見。採蕭作歌。況我公主。形滅體訛。精靈遷逝。幽此中阿。言思言念。涕淚滂沱。嗚呼哀哉。

左芬尤多爲頌贊之文。今傳者頌二篇。而贊有十三篇。可謂多矣。錄之如下。

納楊后頌

峨峨華嶽。峻極泰清。巨靈導流。河瀆是經。惟瀆之神。惟嶽之靈。鍾於楊族。載育盛明。穆穆我后。應期挺生。含聰履喆。岐嶷夙成。如蘭之茂。如玉之榮。越在幼冲。休有令名。飛聲八極。翕習紫庭。超任邈姒。比德皇英。京室是嘉。備禮致聘。令月吉辰。百僚奉迎。周生歸韓。詩人是詠。我后戾止。車服暉暎。登位太微。明德日盛。羣黎欣戴。函夏同慶。翼翼聖皇。叡喆孔純。愍茲狂戾。闡惠播仁。蠲釁滌穢。與時惟新。沛然洪赦。恩詔遐震。后之踐祚。囹圄虛陳。萬國齊歡。六合同欣。坤神抃舞。天人載悅。興順降祥。表精日月。和氣絪熅。三光朗烈。既獲嘉時。尋播甘雪。玄雲晻藹。靈液霏霏。既儲既積。待陽而晞。曣晛沾濡。柔潤中畿。長享豐年。福祿永綏。

鬱金頌

伊此奇草。名曰鬱金。越自殊域。厥珍來尋。芳香酷烈。悅目欣心。明德惟馨。淑人是欽。窈窕妃媛。服之褵衿。永垂名實。曠世弗沈。

巢父惠妃贊

泱泱長流。沔沔清波。思文巢惠。載詠載歌。垂綸一壑。萬象匪多。神乎暢矣。緬同基阿。

虞舜二妃贊

妙矣二妃。體應靈符。奉嬪於嬀。光此有虞。沈湘示教。靈德永敷。惟斯美善。諒無泯乎。

一〇〇

周宣王姜后贊

昭昭宣王。克復前制。亹亹姜后。乃激乃厲。執心至公。以恢明世。

荊武王夫人鄧曼贊

天道惡盈。極數則徵。邈哉鄧曼。心暎禍幾。覩兆歎亡。考德知衰。賢智卓殊。邈哉難追。

魯敬姜贊

邈矣敬姜。含德之英。於行則高。於禮斯明。垂訓子宗。厲發奇聲。宣尼三歎。萬代遺馨。

齊義繼母贊

聖教玄化。禮貴信誠。至哉繼母。行合典經。不遺宿諾。義割私情。表德來裔。垂則後生。

齊杞梁妻贊

遭命不辰。逢時險屯。夫卒莒埸。郊弔不賓。哀崩高城。訴情穹旻。遂赴淄川。託軀清津。

楚狂接輿妻贊

接輿高潔。懷道行謠。妻亦冰清。同味玄昭。遺俗榮津。志遠神遼。

孟母贊

鄒母善導。三徙成教。鄰止庠序。俎豆是效。斷織激子。廣以墳奧。聰達知禮。敷述聖道。

班婕妤像贊

恂恂班女。恭讓謙虛。辭輦進賢。辨祝理誣。形圖丹青。名侔樊虞。

德剛贊

溫溫德剛。實秉道純。履此聖義。體此敦仁。篤物博好。靡疎靡親。九族懷附。邦邑望塵。貴實賤華。尚素安貧。雖在崇高。必若平民。匪道之崇。譬之生民。褒飾之譽。謂之謗身。惟義自存。惟道自遵。

德柔贊

邈邈德柔。越天之剛。神以知來。知以藏往。（此下疑闕四字）含純溥生。允矣君子。展也大成。執德純粹。岳峻川停。履行高厲。蕩乎其平。敦興聖道。率正不傾。令聞不已。載路厥聲。

納楊后贊

清和協極。二儀降靈。啟茲楊族。仁哲誕生。徽音內發。有馥其馨。玄符表運。作合聖明。文定厥祥。考卜惟貞。良辰納幣。三光清明。元公執贄。嘉禮告成。卿士庶僚。爛其充庭。赫赫華宗。奕世載榮。謙光其尊。在滿戒盈。受茲介福。垂祚益齡。

左芬詩今僅傳四言五言各一首而答兄詩在焉。

啄木詩

南山有鳥。自名啄木。饑則啄樹。暮則巢宿。無干於人。惟志所欲。惟清者榮。惟濁者辱。

答兄感離詩

自我離膝下。倐忽逾載期。邈邈情彌遠。再奉將何時。披省所賜告。尋玩悼離詞。彷彿想容儀。歔欷不自持。何時當奉面。娛目於詩書。何以訴厥苦。告情於文辭。

晉之宮廷文學。自左貴嬪外。蓋無聞焉。惟康帝褚后是褚裒女好佛知書。穆帝孝武帝時。俱以太后臨朝稱制。當五胡擾亂國家艱難之際。歸政詔下之詞。多出手詔。見於晉書。雖其言質直。晉時后妃文學見傳者。惟左嬪與褚后而已。今亦錄其數詔。

答請臨朝詔

帝幼冲。當賴羣公卿士將順匡救。以酬先帝禮賢之意。且是舊德世濟之美。則莫重之命不墜。祖宗之基有奉。是其所以欲正位於內而已。所奏懇到。形於翰墨。執省未究。以悲以懼。先后允恭謙抑。思順坤道。所以不距羣情。固爲國計。豈敢執守冲闇。以違先旨。輒敬從所奏。

歸政詔

昔遭不造。帝在幼冲。皇緒之微。眇若贅旒。百辟卿士。率遵前朝。勸喻攝政。以社稷之重。先代成義。僶俛敬從。弗遑固守。仰憑七廟之靈。俯仗羣后之力。帝加元服。禮成德備。當陽親覽。臨御萬國。今歸事反政。一依舊典。

諭羣公手詔

昔以皇帝幼冲。從羣后之議。既以闇弱。又頻丁極艱。銜恤歷祀。沉憂在疚。司徒親尊德重。訓救其弊。王室之不壞。實公是憑。帝既備茲冠禮。而四海未一。五胡叛逆。豺狼當路。費役日興。百姓困苦。願諸君子思量遠算。戮力一心。輔翼幼主。匡救不逮。未亡人永歸別宮。以終餘齒。仰惟家國。故以一言託懷。

答復請臨朝詔

王室不幸。仍有艱屯。覽省啟事。感增悲歎。內外諸君。並以主上春秋冲富。加蒸蒸之慕。未能親覽。號令宜有所由。苟可安社稷利天下。亦豈有所執。輒敬從所啟。但闇昧之闕。望盡弼諧之道。

第四章　子夜與樂府諸體

晉世樂府傳於今者。婦人之作。如子夜歌。綠珠懊儂歌。謝芳姿團扇歌。桃葉歌。並清商曲也。且爲吳聲清商曲者。蓋九代之遺聲。並漢魏已來舊曲。其辭皆古調。晉馬南渡。其音亡散。宋武定關中。收其聲伎。後魏孝文宣武相繼南伐。得江左所傳舊曲。及江南吳歌。荊楚西聲。總謂之清商。至于殿庭饗宴。則兼奏之。隋平陳。文帝聽之。善其節奏。曰此華夏正聲也。而子夜等蓋出於女子。唐書樂志曰。子夜歌者。晉曲也。晉有女子名子夜。造此聲。聲過哀苦。今傳子夜歌四十二章。或云古辭如此。或云其中雜有宋齊之辭。今並錄之。後人又廣以爲子夜四時歌。大子夜歌。子夜警歌。子夜變歌。皆曲之變。而子夜實爲之原矣。

子夜歌四十二首

落日出前門。瞻矚見子度。冶容多姿鬢。芳香已盈路。

芳是香所爲。冶容不敢當。天不奪人願。故使儂見郎。

宿昔不梳頭。絲髮被兩肩。腕伸郎膝上。何處不可憐。

自從別歡來。奩器了不開。頭亂不敢理。粉拂生黃衣。

崎嶇相怨慕。始獲風雲通。玉林一作琳語石闕。悲思兩心同。

見娘善一作喜容媚。願得結金蘭。空織無經緯。求匹理自難。

始欲識郎時。兩心望如一。理絲入殘機。何悟不成匹。

前絲斷纏綿。意欲結交情。春蠶易感化。思子已復生。

今日已歡別。合會在何時。明燈照空局。悠然未有期。

自從別郎來。何日不咨嗟。黃蘗鬱成林。當奈苦心多。

高山種芙蓉。復經黃蘗塢。果得一蓮時。流離嬰辛苦。

朝思出前門。暮思還後渚。語笑向誰道。腹中陰憶汝。

擥枕北窗臥。郎來就儂嬉。小喜多唐突。相憐能幾時。
駐筯不能食。蹇蹇步幃裏。投瓊著局上。終日走博子。
郎爲傍人取。負儂非一事。攡門不安橫。無復相關意。
年少當及時。蹉跎日就老。若不信儂語。但看霜下草。
綠攬迮題錦。雙裙今復開。已許腰中帶。誰共解羅衣。
常慮有貳意。歡今果不齊。枯魚就濁水。長與淸流乖。
歡愁儂亦慘。郎笑我便喜。不見連理樹。異根同條起。
感歡初殷勤。歎子後遼落。打金側瑇瑁。外豔裏懷薄。
別後涕流連。相思悲情滿。憶子腹糜爛。肝腸尺寸斷。
道近不得數。遂致盛寒違。不見東流水。何時復西歸。
誰能思不歌。誰能飢不食。日冥當戶倚。惆悵底不憶。
擥裙未結帶。約眉出前窗。羅裳易飄颺。小開罵春風。
舉酒待相勸。酒還杯亦空。願因微觴會。心感色亦同。
夜覺百思纏。憂嘆涕流襟。徒懷傾筐情。郎誰明儂心。
儂年不及時。共子作乖離。素不如浮萍。轉動春風移。

夜長不得眠。轉側聽更鼓。無故歡相逢。使儂肝腸苦。
歡從何處來。端然有憂色。三喚不一應。有何比松柏。
念愛情慊慊。傾倒無所惜。重簾持自障。誰知許厚薄。
氣清明月朗。夜與君共嬉。郎歌妙意曲。妾亦吐芳詞。
驚風急素柯。白日漸微濛。郎懷幽閨性。儂亦恃春容。
夜長不得眠。明月何灼灼。想聞散喚聲。虛應空中諾。
人各既疇匹。我志獨乖違。風吹冬簾起。許時寒薄飛。
我念歡的的。子行猶豫情。霧露隱芙蓉。見蓮不分明。
儂作北斗星。千年無轉移。歡行白日心。朝東暮還西。
憐歡好情懷。移居作鄉里。桐樹生門前。出入見梧子。
遣信歡不來。自往復不出。金桐作芙蓉。蓮子何能實。
初時非不密。其後日不如。回頭批櫛脫。轉覺薄志疎。
寢食不相忘。同坐復俱起。玉藕金芙蓉。無稱我蓮子。
恃愛如欲進。含羞未肯前。朱口發豔歌。玉指弄嬌弦。亦見子夜警歌
朝日照綺錢。光風動紈素。巧笑倩兩犀。美目揚雙蛾。

懊儂歌者。石崇姬綠珠所作。本只一曲。後人廣爲十四曲。其辭曰。

絲布澀難逢。令儂十指穿。黃牛細犢車。游戲出孟津。

石崇有愛婢翾風。嘗作怨詩。自來亦錄在樂府。蓋崇得翾風於胡中。年方十五。絕豔工文辭。年長寵衰。遂作是詩也。其辭曰。

春華誰不美。卒傷秋落時。突煙還自低。鄙退豈所期。桂芳徒自蠹。失愛在蛾眉。坐見芳時歇。憔悴空自嗟。

桃葉者。王獻之妾。獻之歌曰。桃葉復桃葉。渡江不用檝。但渡無所苦。我自來迎接。桃葉以團扇歌三首答之曰。

七寶畫團扇。燦爛明月光。與郎卻暄暑。相憶莫相忘。

青青林中竹。可作白團扇。動搖郎玉手。因風託方便。

團扇復團扇。許持自障面。憔悴無復理。羞與郎相見。

又團扇郎中二首。有云亦桃葉作。其辭曰。

團扇薄不搖。窈窕搖蒲葵。相憐中道罷。定是阿誰非。

手中白團扇。淨如秋團月。清風任動生。嬌聲任意發。

彤管集又以桃葉歌二首爲桃葉作。蓋與子敬相答之詞。其辭曰。

桃葉映紅花。無風自婀娜。春風映何限。感郎獨採我。

桃葉復桃葉。渡江不待櫓。風波了無常。沒命江南渡。

古今樂錄又謂團扇郎歌出於謝芳姿。而後人廣之。晉中書令王珉。好捉白團扇。與嫂婢謝芳姿。有愛情好甚篤。嫂捶撻婢過苦。王東亭聞而止之。芳姿素善歌。嫂令歌一曲當赦之。是團扇郎曲之所昉也。其辭曰。

白團扇。辛苦五流連。是郎眼所見。

白團扇。顦顇非昔容。羞與郎相見。

劉妙容字稚華。劉東明女。善箜篌。有宛轉歌二首。亦樂府之遺。

宛轉歌

月既明。西軒琴復淸。寸心斗酒爭芳夜。千秋萬歲同一情。歌宛轉。宛轉悽以哀。願爲星與漢。形影共徘徊。

悲且傷。參差淚成行。低紅掩翠方無色。金徽玉軫爲誰鏘。歌宛轉。宛轉淸復悲。願爲煙與霧。氤氳對容姿。

第五章　蘇蕙迴文詩

世傳回文始於晉蘇蕙。蕙苻秦時竇滔妻也。織錦爲文。循環成詩。其工巧無比。古未有也。今先錄唐武則天及宋朱淑眞二記。以見蘇蕙事略。及其詩之流傳與其讀法焉。

武后織錦迴文記曰。前秦苻堅時。秦州刺史扶風竇滔妻蘇氏。陳留令武功道質第三女也。名蕙。字若蘭。識知精明。儀容秀麗。謙默自守。不求顯揚。行年十六。歸於竇氏。滔甚敬之。然蘇性近於急。頗傷嫉妒。滔字連波。右將軍子眞之孫。郞之第二子也。風神秀偉。該通經史。允文允武。時論高之。苻堅委以心膂之任。備歷顯職。皆有政聞。遷秦州刺史。以忤旨謫戍燉煌。會堅寇晉襄陽。慮有危逼。藉滔才略。乃拜安南將軍。留鎭襄陽焉。初滔有寵姬趙陽臺。歌舞之妙。無出其右。滔置之別所。蘇氏知之。求而獲焉。苦加捶辱。滔深以爲憾。陽臺又專形蘇氏之短。諂毀交至。滔益忿焉。蘇氏時年二十一。及滔將鎭襄陽。邀其同往。蘇氏忿之。不與偕行。滔遂攜陽臺之任。斷其音問。蘇氏悔恨自傷。因織錦迴文。五綵相宣。瑩心耀目。其錦縱橫八寸。題詩二百餘首。計八百餘言。縱橫反覆。皆成章句。其文點畫無缺。才情之妙。超今邁古。名曰璇璣圖。然讀者不能盡通。蘇氏笑而謂人曰。徘徊宛轉。自成文章。非我佳人。莫之能解。遂發蒼頭賫致襄陽焉。滔省覽錦字。感其妙絕。因送陽臺之關中。而具車徒盛禮。邀迎蘇氏。歸於漢南。恩好愈重。蘇氏著文詞五千餘言。屬隋季喪亂。文字散落。追求不獲。而錦字迴文。盛見傳寫。是近代閨怨之宗旨。屬文之士。咸龜鏡焉。朕聽政之暇。留心墳典。散帙之次。偶見斯圖。因述若蘭之才。復美連波之悔過。遂製此記。聊以示將來也。如意元年五月一日大周天册金輪皇帝御製。

又再敍曰。迴文詩圖古無悉通者。予因究璇璣之義。如日星之左右行天。故布爲經緯。由中旋外。以旁循四旁。於其交會。皆契韻句。巡還反復。窈窕縱橫。各能妙暢。又原五采相宣之說。傳色以開其篇章。其在經緯者。始於璣。蘇詩始四字。其在節會者。右旋而出。隨其所至。各成章什。外經則始於仁眞。至於音深。中經自欽深至於身殷。內經自詩情至於終始。皆循方回文者也。四角之方。如仁眞欽心。四韻成章而迴文者也。至其經緯之間者。隨色自分。則外四角。窈窕成文。而文皆六言也。四旁者相對成文。而文皆六言也。及交手成文。而文皆四言也。在中之四角者。一例橫讀而四言。在中之四旁者。隨向橫讀而五言。惟璇圖平氏四字不入章句。觀其宛轉反復。皆才思精深。融徹如契。自然蓋騷人才子所難。豈必女工之尤哉。詩編載馳。史美班扇。才女專靜。用志不分。雖皆擅名。此爲精贍者也。聊隨分篇。掇其一隅。以爲三隅之反。代久傳訛。頗有誤字。亦輒證改一二。其他闕謬。不欲以意足之。雖未能盡達元思。庶幾不爲滯塞云。

朱淑眞璿璣圖記曰。若蘭名蕙。姓蘇氏。陳留令道質季女也。年十六。歸扶風竇滔。滔字連波。仕苻秦爲安南將軍。以若蘭才色之美。甚敬愛之。滔有寵姬趙陽臺。善歌舞。若蘭苦加捶楚。由是陽臺積恨。讒毀交至。滔大恚憤。時詔滔留鎮襄陽。若蘭不願偕行。竟挈陽臺之任。若蘭悔恨自傷因織錦字爲迴文。五彩相宣瑩心眩目。名曰璿璣圖。亘古以來所未有也。乃命賫至襄陽。感其妙絕。遂送陽臺之關中。具輿從迎若蘭於漢南。恩好踰初。其著文字五千餘首。世久湮沒。獨是圖猶存。唐則天常序圖首。今已魯魚莫辨矣。初家君宦遊浙西。好拾淸玩。凡可人意者。雖重購不惜也。一日家君宴郡倅衙。偶於壁間見是圖。償其値得歸遺予。於是坐臥觀究。因悟璿璣之理。試以經緯求之。文果流暢。蓋璿璣者天盤也。經緯者星辰所行之道也。中留一眼者天心也。極星不動。蓋運轉不離一度之中。所謂居其所而斡旋之處。中一方太微垣也。乃疊字四言詩。其二方紫微垣也。乃四言迴文。二方之外四正乃五言迴文。四維乃四言迴文。三方之外四正乃交首四言詩。其文則不迴也。四維乃三言迴文。三方之經以至外四經皆七言迴文詩。可周流而讀者也。錢塘幽棲居士朱氏淑眞書。

古今論璇璣圖者甚多。但錄武后朱淑眞二記。以其較詳。且又皆出於婦人也。按圖內詩反讀橫讀斜讀交互讀。退一字讀。疊一字讀。皆成文章。計八百四十一字。得三四五六七言詩三千八百餘首。惟其讀法。自古卽以爲難。今先列其圖。次示讀法大例。圖本有五色。可以記推知之。舊釋讀法。皆以經緯方位爲主。今則以三言至七言類讀之。此是古今絕作。故不厭求詳也。

璇璣圖

流楚激絃商秦曲發聲悲摧藏音和詠思惟空堂心憂增慕懷慘傷仁
東步階西遊王姿淑窕窈伯召南周風興自后妃荒經離所懷歎嗟智
桃林陰翳桑懷歸思廣河女衛鄭楚樊厲節中闈淫遐曠路傷中情懷
飛燕巢雙鳩士迤逶路遐志咏歌長歎不能奪飛忘清幃房君無家德
泉清水激揚思頎其人碩興齊商雙發歌我衰衣想華飾容朗鏡明聖
君思悲好仇舊藜威粲翠榮曜流華觀冶容爲誰感英曜珠光紛葩虞
歎發容摧傷鄉悲情我感商清徵宮羽同聲相追所多思感誰爲榮唐
殊離仁君榮身苦惟艱生患多殷憂纏情將如何欽蒼穹誓終篤志貞
心濱均深身加懷幽是嬰藻文繁虎龍寧自感思岑形熒城榮明庭妙
改漢物日我兼思何漫漫榮曜華彫旂孜孜傷情幽未猶傾苟難闈顯
者之品潤乎愁苦艱是丁麗壯觀飾容側君在時巖在炎在不受亂華
惑步育浸集悴我生何冤允顏曜繡衣夢想勞形峻愼盛戒義膚作重
暱飄施愆殃少章時桑詩端無始始詩仁顏貞寒嵯深興后姬原人榮
親飄生思愆精徵盛翳風此平終璇情賢衰物歲峨慮漸孽班禍讒章
間離天罪辜神恨昭感興作蘇心璣明別改知識深微至嬖女因佞臣
遠微地積何遐徵業孟鹿麗氏詩圖顯行華終彫淵察大趙婕所奸賢
離隔德怨因幽玄傾宣鳴辭理興義怨士容始松重遠伐氏妤恃凶惟
殊喬貴其備遠悼思傷懷日往感年衰念是咨愆涯禍用飛辭恣害聖
我木乎根舊曠歎永感悲思憂遠勞情誰爲獨居經在昭燕輦極我配
同誰均難苦離戚感情哀暮歲殊歎時賤女懷歎網防丹實漢驕忠英
衾陰匀尋辛鳳知我者誰世異浮奇傾鄙賤何如羅萌青生成盈貞皇
志一專所當麟沙流頹遊異浮沉華英翳曜潛陽林西昭景薄榆桑倫
粹感通明神龍馳若然倏逝惟時年殊白日西移光滋患讒浸頑凶匹
浮寄身輕飛昭虧不盈無倏必盛有衰無日不陂流蒙謙退休孝慈離
光飾榮殊文德離患體一達心意志殊憤激何施電疑危遠家和雍飄
離散妾孤遺懷儀容仰俯榮華麗飭身將與誰爲逝容節敦貞淑思浮
哀聲殊乘分聖貲何情憂感惟哀忘節上通神祇推持所貞記自恭江
傷應翔惟歸皇辭成者作體下遺葑菲采者無差生從是敬孝爲基湘
柔有女爲賤人房憂處已惆微身長路悲曠感士民梁山殊塞隔河津

清廂休翔流長愁方禽伯在誠故遺舊廢故君子惟新貞微雲輝羣悲春剛	三〇
琴房蘭凋茂熙陽春牆面殊意惑故新霜冰齊潔志清純望誰思想懷所親	

讀法詳例

三言詩

嗟嘆懷。所離經。遐曠路。傷中情。家無君。房幃清。華飾容。朗鏡明。葩紛光。珠曜英。多思感。誰爲榮。

榮爲至歎嗟　經離至思多　多思至離經　各得詩一首　讀法準此

懷歎嗟。所離經。路曠遐。傷中情。君無家。房幃清。容飾華。朗鏡明。光紛葩。珠曜英。感思多。誰爲榮。

誰爲至歎嗟　所離至思多　感思至離經　各得詩一首　讀法準此

嗟歎懷。傷中情。家無君。朗鏡明。葩紛光。誰爲榮。

榮爲至嘆嗟　經離至思多　多思至離經　各得詩一首　讀法準此

懷歎嗟。傷中情。君無家。朗鏡明。光紛葩。誰爲榮。

誰爲至歎嗟　所離至思多　感思至離經　各得詩一首　讀法準此

嗟歎懷。路曠遐。家無君。容飾華。葩紛光。感思多。

榮爲至離經　經離至爲榮　多思至歎嗟　各得詩一首　讀法準此

懷歎嗟。路曠遐。君無家。容飾華。光紛葩。感思多。

所離至爲榮　誰爲至離經　感思至歎嗟　各得詩一首讀法準此

遊西階。步東廂。休桃林。陰翳桑。鳩雙巢。燕飛翔。流泉清。水激揚。仇好悲。思君長。愁歎發。容摧傷。

傷摧至西遊　廂東至歎愁　愁歎至東廂　各得詩一首讀法準此

階西遊。步東廂。林桃休。陰翳桑。巢雙鳩。燕飛翔。清泉流。水激揚。悲好仇。思君長。發歎愁。容摧傷。

容摧至西遊　步東至歎愁　發歎至東廂　各得詩一首讀法準此

遊西階。陰翳桑。鳩雙巢。水激揚。仇好悲。容摧傷。

傷摧至西遊　廂東至歎愁　愁歎至東廂　各得詩一首讀法準此

階西遊。陰翳桑。巢雙鳩。水激揚。悲好仇。容摧傷。

容摧至西遊　步東至歎愁　發歎至東廂　各得詩一首讀法準此

遊西階。林桃休。鳩雙巢。清泉流。仇好悲。發歎愁。

傷摧至東廂　廂東至摧傷　愁歎至西遊　各得詩一首讀法準此

階西遊。林桃休。巢雙鳩。清泉流。悲好仇。發歎愁。

步東至摧傷　容摧至東廂　發歎至西遊　各得詩一首讀法準此

凶頑浸。讒愚滋。蒙謙退。休孝慈。雍和家。遠危疑。容節敦。貞淑思。恭自記。貞所持。從是敬。孝爲基。

基爲至頑凶　滋愚至是從　從是至愚滋　各得詩一首讀法準此

浸頑凶。讒愚滋。退謙蒙。休孝慈。家和雍。遠危疑。敦節容。貞淑思。記自恭。貞所持。敬是從。孝爲基。

孝爲至頑凶　讒愚至是從　敬是至愚滋　各得詩一首讀法準此

凶頑浸。休孝慈。雍和家。貞淑思。恭自記。孝爲基。

基爲至頑凶　滋愚至是從　從是至愚滋　各得詩一首讀法準此

浸頑凶。休孝慈。家和雍。貞淑思。記自恭。孝爲基。

孝爲至頑凶　讒愚至是從　敬是至愚滋　各得詩一首讀法準此

凶頑浸。退謙蒙。雍和家。敦節容。恭自記。敬是從。

滋愚至爲基　基爲至愚滋　從是至頑凶　各得詩一首讀法準此

浸頑凶。退謙蒙。家和雍。敦節容。記自恭。敬是從。

讒愚至爲基　孝爲至愚滋　敬是至頑凶　各得詩一首讀法準此

神明通。感精微。雲浮寄。身輕飛。文殊粲。飭光輝。羣離散。妾孤遺。分乖殊。聲哀悲。春傷應。翔雁歸。

歸雁至明神　微。精至傷春　春傷至神微。各得詩一首讀法準此

通明神。感精微寄浮雲。身輕飛。粲殊文飭光輝。散離羣。妾孤遺。殊乖分。聲哀悲。應傷春。翔雁歸。

翔雁至明神　感精至傷春　應傷至精微各得詩一首讀法準此

神明通。身輕飛。文殊粲。妾孤遺。分乖殊。翔雁歸。

歸雁至明神　微精至傷春　春傷至精微各得詩一首讀法準此

通明神。身輕飛。粲殊文。妾孤遺。殊乖分。翔雁歸。

翔雁至明神　感精至傷春　應傷至精微各得詩一首讀法準此

神明通。寄浮雲。文殊粲。散離羣。分乖殊。應傷春。

歸雁至精微。微精至雁歸　春傷至明神各得詩一首讀法準此

通明神。寄浮雲。粲殊文。散離羣。殊乖分。應傷春。

感精至雁歸　翔雁至精微　應傷至明神各得詩一首讀法準此

四言詩

召南周風。興自后妃。衞鄭楚樊。厲節中闈。詠歌長歎。不能奮飛。齊商雙發。歌我袞衣。曜流華觀。冶容爲誰。情徵宮羽。同聲相追。

周南至情悲　情徵至后妃　宮徵至淑姿各得詩一首讀法準此

興自后妃。厲節中闈。不能奮飛。歌我袞衣。冶容爲誰。同聲相追。

同聲至后妃　窈窕至情悲　感我至淑姿各得詩一首讀法準此

興自后妃。窈窕淑姿。厲節中闈。河廣思歸。不能奮飛。遐路逶迤。歌我袞衣。碩人其頎。冶容爲誰。翠粲威蕤。同聲相追。感我情悲。

同聲至淑姿　窈窕至相追　感我至后妃各得詩一首讀法準此

召南周風。興自后妃。楚鄭衞女。河廣思歸。咏歌長歎。不能奮飛。雙商齊興。碩人其頎。曜流華觀。冶容爲誰。宮徵清商。感我情悲。

周南至相追　清徵至淑姿　宮徵至后妃各得詩一首讀法準此

興自后妃。河廣思歸。不能奮飛。碩人其頎。冶容爲誰。感我情悲。

窈窕至相追　同聲至淑姿　感我至后妃各得詩一首讀法準此

窈窕淑姿。興自后妃。厲節中闈。河廣思歸。遐路逶迤。不能奮飛。歌我袞衣。碩人其頎。翠粲威蕤。冶容爲誰。同聲相追。感我情悲。

興自至相追　同聲至后妃　感我至淑姿各得詩一首讀法準此

周南召伯。興自后妃。楚鄭衛女。厲節中闈。長歌咏志。不能奮飛。雙商齊興。歌我袞衣。華流曜榮。冶容爲誰。宮徵清商。同聲相追。

召南至情悲　宮徵至后妃　清徵至淑姿各得詩一首讀法準此

年時惟逝。倏然若馳。有盛必倏。無盈不虧。志意心違。一體忠離。飭麗華榮。俯仰容儀。忘哀惟感。憂情何貲。葑遺下體。作者成辭。

惟時至無差　下遺至西移　葑遺至若馳各得詩一首讀法準此

白日西移。無日不陂。憤激何施。將與誰爲。上通神祇。采者無差。

采者至西移　倏然至成辭　作者至若馳各得詩一首讀法準此

白日西移。倏然若馳。無日不陂。無盈不虧。憤激何施。一體忠離。將與爲誰。俯仰容儀。上通神祇。憂情何貲。采者無差。作者成辭。

倏然至無差　采者至若馳　作者至西移各得詩一首讀法準此

惟時年殊。白日西移。有盛必倏。無盈不虧。心意志殊。憤激何施。飭麗華榮。俯仰容儀。惟哀忘節。上通神祇。葑遺下體。作者成辭。

年時至無差　下遺至若馳　葑遺至西移各得詩一首讀法準此

一一九

白日西移。無盈不虧。憤激何施。俯仰容儀。上通神祇。作者成辭。

倏然至無差　采者至若馳　作者至西移　各得詩一首讀法準此

白日西移。倏然若馳。無盈不虧。無日不陂。憤激何施。一體忠離。俯仰容儀。將與誰爲。上通神祇。憂情何貲。作者成辭。采者無差。

倏然至成辭　采者至西移　作者至若馳　各得詩一首讀法準此

惟時年殊。傾然若馳。必盛有衰。無盈不虧。心意志殊。一體忠離。華麗飭身。俯仰容儀。惟哀忘節。憂情何貲。下遺葑菲。作者成辭。

年時至無貲　葑遺至西移　下遺至若馳　各得詩一首讀法準此

讒佞奸凶。害我忠貞。禍因所恃。恣極驕盈。班女婕妤。辭輦漢圮。孽嬖趙氏。飛燕實生。漸至大伐。用昭丹青。慮微察遠。禍在防萌。

奸佞至未形　察微至閨庭　慮微至忠貞　各得詩一首讀法準此

作亂閨庭。膚受難明。義不苟榮。戒在傾城。盛炎猶熒。愼在未形。

愼在至閨庭　害我至防萌　禍在至忠貞　各得詩一首讀法準此

作亂閨庭。害我忠貞。膚受難明。恣極驕盈。義不苟榮。辭輦漢成。戒在傾城。飛燕實生。盛炎猶熒。用昭丹青。愼在未形。愼在防萌。

害我至末形　禍在至闈庭　愼在至忠貞各得詩一首讀法準此

奸佞讒人。作亂闈庭。禍因所恃。恣極驕盈。婕女班姬。義不苟榮。孽嬖趙氏。飛燕實生。大至漸興。盛炎猶焚。慮微察遠。禍在防萌。

讒佞至末形　察微至忠貞　慮微至闈庭各得詩一首讀法準此

害我忠貞。受膚難明。辭輦漢成。戒在傾城。用昭丹青。愼在末形。

作亂至防萌　禍在至闈庭　愼在至忠貞各得詩一首讀法準此

害我忠貞。作亂闈庭。膚受難明。恣極驕盈。辭輦漢成。義不苟榮。戒在傾城。飛燕實生。用昭丹青。盛炎猶焚。愼在末形。

作亂至末形　禍在至忠貞　愼在至闈庭各得詩一首讀法準此

讒佞奸末。作亂闈庭。禍因所恃。膚受難明。班女婕妤。義不苟榮。孽嬖趙氏。戒在傾城。漸至大伐。盛炎猶焚。慮微察遠。愼在末形。

奸佞至防萌　察微至忠貞　慮微至闈庭各得詩一首讀法準此

遺遠末故。君子惟新。親間遠離。殊我同衾。飄離微隔。喬木誰陰。生天地德。貴乎均匀。思罪積怨。其根難尋。愆辜何因。備嘗苦辛。

廢故至我身　何辜至伯禽　愆辜至惟新各得詩一首讀法準此

誠在伯禽。惑者改心。步之漢濱。育品物均。浸潤日深。集乎我身。

君子至苦辛　集乎至伯禽　備嘗至惟新　各得詩一首讀法準此

誠在伯禽。君子惟新。惑者改心。殊我同衾。步之漢濱。喬木誰陰。育品物均。貴乎均匀。浸潤日深。其根難尋。集乎我身。備嘗苦辛。

君子至我身　集乎至惟新　備嘗至伯禽　各得詩一首讀法準此

廢舊遺故。誠在伯禽。親間遠離。殊我同衾。微離飄颻。步之漢濱。生天地德。貴乎均匀。積罪思愆。浸潤日深。愆辜何因。備嘗苦辛。

遺舊至我身　何辜至惟新　愆辜至伯禽　各得詩一首讀法準此

君子惟新。惑者改心。喬木誰陰。育品物均。其根難尋。集乎我身。

誠在至苦辛　集乎至惟新　備嘗至伯禽　各得詩一首讀法準此

君子惟新。誠在伯禽。惑者改心。殊我同衾。喬木誰陰。步之漢濱。育品物均。貴乎均匀。其根難尋。浸潤日深。集乎我身。備嘗苦辛。

誠在至我身　備嘗至惟新　集乎至伯禽　各得詩一首讀法準此

遺舊廢故。誠在伯禽。親間遠離。惑者改心。飄離微隔。步之漢濱。生天地德。育品物均。思罪積愆。浸潤日深。愆辜何因。集乎我身。

廢舊至苦辛　愆殃至伯禽　何因至惟新各得詩一首讀法準此

詩情明顯。怨義興理。辭麗作此。端無終始。

始終至情詩　辭麗至興理　理興至麗辭　情明至始詩　麗作至理辭　無終至此端　義興至顯怨　顯明至義怨　此作至無端各得詩一首讀法準此

始終無端。顯明情詩。理與義怨。此作麗辭。

顯明至無端　理與至情詩　此作至義怨各得詩一首讀法準此

麗作此端。義興理辭。情明顯怨。無終始詩。

無終至顯怨　情明至理辭　義興至此端各得詩一首讀法準此

思感自寧。孜孜傷情。時在君側。夢想勞形。

形勞至感思　寧自至勞形　夢想至感思各得詩一首讀法準此

寧自感思。夢想勞形。側君在時。孜孜傷情。

夢想至在時得詩一首

孜孜傷情。側君在時。夢想勞形。寧自感思。

側君至勞形得詩一首

孜孜傷情。寧自感思。夢想勞形。側君在時。

側君至傷情 得詩一首

愆舊是念。誰爲獨居。歎懷女賤。鄙賤何如。

如何至舊愆　念是至何如　鄙賤至舊愆 各得詩一首讀法準此

念是咎愆。鄙賤何如。賤女懷歎。誰爲獨居。

鄙賤至懷歎 得詩一首

賤女懷歎。誰爲獨居。念是咎愆。鄙賤何如。

誰爲至咎愆 得詩一首

賤女懷歎。鄙賤何如。念是咎愆。誰爲獨居。

誰爲至懷歎 得詩一首

嬰是憂懷。思何漫漫。丁是艱苦。我生何寃。

寃何至是嬰　懷憂至何寃　我生至是嬰 各得詩一首讀法準此

懷憂是嬰。我生何寃。苦艱是丁。思何漫漫。

我生至是丁 得詩一首

思何漫漫。苦艱是丁。我生何寃。懷憂是嬰。

苦艱至何寃 得詩一首

思何漫漫。懷憂是嬰。我生何寃。苦艱是丁。

苦艱至漫漫得詩一首

懷傷思悼歎永感悲哀情戚戚。知我者誰。

誰者至傷懷　悼思至者誰　知我至傷懷各得詩一首讀法準此

悼思傷懷。知我者誰。戚戚情哀。歎永感悲。

知我至情哀得詩一首

歎永感悲。戚戚情哀。知我者誰。悼思傷懷。

戚戚至者誰得詩一首

歎永感悲。悼思傷懷。知我者誰。戚戚情哀。

戚戚至感悲得詩一首

懷所離經。傷路曠遐。君房幃清。朗容飾華。光珠曜英。誰感思多。

誰感至離經　所懷至爲榮　感誰至歎嗟各得詩一首讀法準此

懷所離經。路傷中情。君房幃清。容朗鏡明。光珠曜英。感誰爲榮。

誰感至歎嗟　所懷至思多　感誰至離經各得詩一首讀法準此

步階西遊。林陰翳桑。燕巢雙鳩。清水激揚。思悲好仇。發容摧傷。

發容至西遊　階步至歎愁　容發至東廂各得詩一首讀法準此

步階西遊。陰林桃休。燕巢雙鳩。水清泉流。思悲好仇。容發歎愁。

容發至西遊　階步至摧傷　發容至東廂各得詩一首讀法準此

浸讒愚滋。休退謙蒙。家遠危疑。貞敦節容。記貞所持。孝敬是從。

讒浸至爲基　孝敬至愚滋　敬孝至頑凶各得詩一首讀法準此

浸讒愚滋退休孝慈。家遠危疑。敦貞淑思。記貞所從。敬孝爲基。

讒浸至是從　敬孝至愚滋　孝敬至頑凶各得詩一首讀法準此

感通神明。寄身輕飛。飾粲殊文。散妾孤遺。聲殊乖分。應翔雁歸。

通感至傷春　應翔至明神　翔應至精微各得詩一首讀法準此

感通神明。身寄浮雲。飾粲殊文。妾散離羣。聲殊乖分。翔應傷春。

通感至雁歸　應翔至精微　翔應至明神各得詩一首讀法準此

五言詩

寒歲識凋松。貞物知終始。顏喪改華容。仁賢別行士。

士行至歲寒　松凋至賢仁　仁賢至凋松各得詩一讀法準此

寒歲識凋松。始終知物貞。顏喪改華容。士行別賢仁。

一二六

仁賢至歲寒　松凋至行士　士行至凋松各得詩一首讀法準此

寒歲識凋松。仁賢別行士。顏喪改華容。貞物知終始

仁賢至華容　松凋至物貞　士行至喪顏各得詩一首讀法準此

貞物知終始。顏喪改華容。仁賢別行士。寒歲識凋松

顏喪至行士　始終至歲寒　容華至賢仁各得詩一首讀法準此

詩風興鹿鳴。桑翳感孟宣。時盛昭業傾。章徽恨微元

元微至風詩　鳴鹿至徽章　章徽至鹿鳴各得詩一首讀法準此

詩風興鹿鳴。宣孟感翳桑。時盛昭業傾。元微恨徽章。

章徽至風詩　鳴鹿至微元　元微至鹿鳴各得詩一首讀法準此

詩風興鹿鳴。章徽恨微元。時盛昭業傾。桑翳感孟宣

章徽至業傾　鳴鹿至翳桑　元微至盛時各得詩一首讀法準此

桑翳感孟宣。時盛昭業傾。章徽恨微元。詩風興鹿鳴

時盛至徽元　宣孟至風詩　傾業至徽章各得詩一首讀法準此

龍虎繁文藻。榮曜華彫旂。容飾觀壯麗。充顏曜繡衣

衣繡至虎龍　藻文至顏充各得詩一首讀法準此

藻文繁虎龍。榮曜華彫旂。麗壯觀飾容。充顏曜繡衣。
充顏至虎龍　龍虎至顏充各得詩一首讀法準此
藻文繁虎龍。充顏曜繡衣。麗壯觀飾容。榮曜華彫旂。
充顏至飾容　龍虎至曜榮各得詩一首讀法準此
榮曜華彫旂。麗壯觀飾容。充顏曜繡衣。藻文繁虎龍。
麗壯至繡衣　容飾至顏充各得詩一首讀法準此
衰年感往日。思憂遠勞情。時歎殊歲暮。世異浮奇傾。
傾奇至年衰　日往至異世各得詩一首讀法準此
日往感年衰。思憂遠勞情。暮歲殊歎時。世異浮奇傾。
世異至年衰　衰年至異世各得詩一首讀法準此
日往感年衰。世異浮奇傾。暮歲殊歎時。思憂遠勞情。
世異至歎時　衰年至憂思各得詩一首讀法準此
思憂勞遠情。暮歲殊歎時。世異浮奇傾。日往感年衰。
暮歲至奇傾　時歎至異世各得詩一首讀法準此
詩情明顯怨。怨義興理辭。辭麗作此端。端無終始詩。

始詩至情詩　辭麗至理辭　辭理至麗辭　端此至無端　怨顯至義怨　端無至此

端　怨義至顯怨 各得詩一首讀法準此

歎懷所離經。中傷路曠遐。無君房幃淸。鏡朗容飾華。紛光珠耀英。爲誰感思多。

爲誰至離經　離所至爲榮　思感至歎嗟 各得詩一首讀法準此

歎懷所離經。曠路傷中情。無君房幃淸。飾容朗鏡明。紛光珠曜英。思感誰爲榮。

爲誰至歎嗟　離所至思多　思感至離經 各得詩一首讀法準此

東步階西遊。桃林陰翳桑。飛燕巢雙鳩。泉淸水激揚。君思悲好仇。歎發容摧傷。

歎發至西遊　西階至歎愁　摧容至東廂 各得詩一首讀法準此

東步階西遊。翳陰林桃休。飛燕巢雙鳩。激水淸泉流。君思悲好仇。摧容發歎愁。

歎發至東廂　西階至摧傷　摧容至西遊 各得詩一首讀法準此

愚讒浸頑凶。謙退休孝慈。危遠家和雍。節敦貞淑思。所貞記自恭。是敬孝爲基。

頑浸至是從　爲孝至愚滋　是敬至頑凶 各得詩一首讀法準此

頑浸讒愚滋。謙退休孝慈。和家遠危疑。節敦貞淑思。自記貞所持。是敬孝爲基。

愚讒至是從　是敬至愚滋　爲孝至頑凶 各得詩一首讀法準此

明通感精微。輕身寄浮雲。殊粲飾光輝。孤妾散離羣。乖殊聲哀悲。雁翔應傷春。

精感至雁歸　傷應至明神　雁翔至精微各得詩一首讀法準此

精感通明神。輕身寄浮雲。光飾粲殊文。孤妾散離羣。哀聲殊乖分。雁翔應傷春。

明通至雁歸　傷應至精微　雁翔至明神各得詩一首讀法準此

六言詩

周風興自后妃。楚樊厲節中闈。長歎不能奮飛。雙發歌我袞衣。華觀冶容爲誰。宮羽同聲相追。

召伯至情悲　宮羽至后妃　清商至淑姿各得詩一首讀法準此

周風興自后妃。召伯窈窕淑姿。楚樊厲節中闈。衞女河廣思歸。長歎不能奮飛。詠志遐路逶迤。雙發歌我袞衣。齊興碩人其頎。華觀冶容爲誰。曜榮翠粲威蕤。宮羽同聲相追。清商感我情悲。

召伯至相追　清商至后妃　宮羽至淑姿各得詩一首讀法準此

召伯窕窈淑姿。周風興自后妃。楚樊厲節中闈。衞女河廣思歸。詠志遐路逶迤。長歎不能奮飛。雙發歌我袞衣。齊興碩人其頎。曜榮翠粲威蕤。華觀冶容爲誰。宮羽同聲相追。清商感我情悲。

清商至淑姿　周風至相追　宮羽至后妃各得詩一首讀法準此

召伯窈窕淑姿。楚樊厲節中闈。詠志遐路逶迤。雙發歌我袞衣。曜榮翠粲威蕤。宮羽同聲相追。

周風至情悲　宮羽至淑姿　清商至后妃（各得詩一首讀法準此）

年殊白日西移。有衰無日不陂。志殊憤激何施。飾身將與誰爲。忘節上通神祇。葑菲采者無差。

惟逝至成辭　葑菲至西移　下體至若馳（各得詩一首讀法準此）

年殊白日西移。惟逝倏然若馳。有衰無日不陂。必倏無盈不虧。志殊憤激何施。心違一體患離。飾身將與誰爲。華榮俯仰容儀。忘節上通神祇。惟感憂情何貲。葑菲采者無差。下體作者成辭。

惟逝至無差　下體至西移　葑菲至若馳（各得詩一首讀法準此）

惟逝倏然若馳。年殊白日西移。有衰無日不陂。必倏無盈不虧。心違一體患離。志殊憤激何施。飾身將與誰爲。華榮俯仰容儀。惟感憂情何貲。忘節上通神祇。葑菲采者無差。下體作者成辭。

下體至若馳　年殊至無差　葑菲至西移（各得詩一首讀法準此）

年殊白日西移。必倏無盈不虧。志殊憤激何施。華榮俯仰容儀。忘節上通神祇。下體作者成辭。

惟逝至無差　葑菲至若馳　下體至西移各得詩一首讀法準此

奸凶害我忠貞。所恃恣極驕盈。婕妤辭輦漢成。趙氏飛燕實生。大伐用昭丹青。察遠禍在防
萌。

讒人至未形　察遠至忠貞　慮深至閫庭各得詩一首讀法準此

奸凶害我忠貞。讒人作亂閫庭。所恃恣極驕盈。禍原膚受難明。婕妤辭輦漢成。班姬義不苟
榮。趙氏飛燕實生。孽后戒在傾城。大伐用昭丹青。漸興盛炎猶熒。察遠禍在防萌。慮深慎在
未形。

讒人至防萌　慮深至忠貞　察遠至閫庭各得詩一首讀法準此

奸凶害我忠貞。讒人作亂閫庭。禍原膚受難明。所恃恣極驕盈。婕妤辭輦漢成。班姬義不苟
榮。孽后戒在傾城。趙氏飛燕實生。大伐用昭丹青。漸興盛炎猶熒。慮深慎在未形。察遠禍在
防萌。

察遠至忠貞　讒人至未形　慮深至閫庭各得詩一首讀法準此

奸凶害我忠貞。禍原膚受難明。婕妤辭輦漢成。孽后戒在傾城。大伐用昭丹青。慮深慎在未
形。

察遠至闈庭　讒人至防萌　慮深至忠貞 各得詩一首 讀法準此

廢故君子惟新。遠離殊我同衾。微隔喬木誰陰。地德貴乎均勻。積怨其根難尋。何因備嘗苦辛。

遺故至我身　何因至伯禽　愆殃至伯禽 各得詩一首 讀法準此

廢故君子惟新。遺故誠在伯禽。遠離殊我同衾。親曬惑者改心。微隔喬木誰陰。飄颻步之漢濱。地德貴乎均勻。生施育品物均。積怨其根難尋。思愆浸潤日深。何因備嘗苦辛。愆殃集乎我身。

遺故至苦辛　愆殃至惟新　何因至伯禽 各得詩一首 讀法準此

廢故君子惟新。遺故誠在伯禽。親曬惑者改心。遠離殊我同衾。微隔喬木誰陰。飄颻步之漢濱。生施育品物均。地德貴乎均勻。積怨其根難尋。思愆浸潤日深。愆殃集乎我身。何因備嘗苦辛。

何因至惟新。　遺故至我身。　愆殃至伯禽。 各得詩一首 讀法準此

遺故誠在伯禽。遠離殊我同衾。飄颻步之漢濱。地德貴乎均勻。思愆浸潤日深。何因備嘗苦辛。

廢故至我身　何因至伯禽　愆殃至惟新 各得詩一首 讀法準此

七言詩

仁智懷德聖虞唐。眞妙顯華重榮章。臣賢惟聖配英皇。倫匹離飄浮江湘。

仁智懷德聖虞唐。眞志篤終誓穹蒼。欽所感想忘淫荒。心憂增慕憂慘傷。

眞志篤終誓穹蒼。欽所感想忘淫荒。心憂增慕懷慘傷。仁智懷德聖虞唐。

欽所感想忘淫荒。心憂增慕懷慘傷。仁智懷德聖虞唐。眞志篤終誓穹蒼。

欽所感想忘淫荒。心憂增慕懷慘傷。仁智懷德聖虞唐。眞妙顯華重榮章。

心憂至淫荒　心憂至英皇　各得詩一首讀法準此

眞妙顯華重榮章。臣賢惟聖配英皇。倫匹離飄浮江湘。津河隔塞殊山梁。

臣賢惟聖配英皇。倫匹離飄浮江湘。津河隔塞殊山梁。民士感曠悲路長。

臣賢惟聖配英皇。倫匹離飄浮江湘。津河隔塞殊山梁。民生推逝電流光。

倫匹離飄浮江湘。津河隔塞殊山梁。民士感曠悲路長。身微憫已處幽房。

倫匹離飄浮江湘。津河隔塞殊山梁。民生推逝電流光。林西昭景薄榆桑。

津河隔塞殊山梁。民士感曠悲路長。身微憫已處幽房。人賤爲女有柔剛。

津河隔塞殊山梁。民生推逝電流光。林西昭景薄榆桑。倫匹離飄浮江湘。

民生推逝電流光。林西昭景薄榆桑。倫匹離飄浮江湘。津河隔塞殊山梁。

林西昭景薄榆桑。倫匹離飄浮江湘。津河隔塞殊山梁。民生摧逝電流光。
林西昭景薄榆桑。倫匹離飄浮江湘。津河隔塞殊山梁。民士感曠悲路長。
民士感曠悲路長。身微憫已處幽房。人賤爲女有柔剛。親所懷想思誰望。
身微憫已處幽房。人賤爲女有柔剛。親所懷想思誰望。純貞志一專所當。
身微憫已處幽房。人賤爲女有柔剛。親所懷想思誰望。純清志潔齊冰霜。
人賤爲女有柔剛。親所懷想思誰望。純貞志一專所當。麟龍昭德懷聖皇。
人賤爲女有柔剛。親所懷想思誰望。純清志潔齊冰霜。新故惑意殊面牆。

親所至蘭房　琴清至慘傷　各得詩一首 讀法準此

欽岑幽巖峻嵯峨。深淵重涯經網羅。林陽潛曜翳英華。沉浮異遊頽流沙。
深淵重涯經網羅。林陽潛曜翳英華。沉浮異遊頽流沙。麟鳳離遠曠幽遐。
林陽潛曜翳英華。沉浮異遊頽流沙。麟鳳離遠曠幽遐。神精少悴愁兼加。
沉浮異遊頽流沙。麟鳳離遠曠幽遐。神精少悴愁兼加。身苦惟艱生患多。
麟鳳離遠曠幽遐。神精少悴愁兼加。身苦惟艱生患多。殷憂纏情將如何。

神精至嵯峨　身苦至網羅　殷憂至英華　各得詩一首 讀法準此

智懷德聖虞唐貞。妙顯華重榮章臣。賢惟聖配英皇倫。匹離飄浮江湘津。

智懷德聖虞唐眞。妙顯華重榮章臣。賢惟聖配英皇倫。桑楡薄景昭西林。
智懷德聖虞唐眞。妙顯華重榮章臣。佞因女嬖至微深。淵重涯經網羅林。
智懷德聖虞唐眞。妙顯華重榮章臣。佞因女嬖至微深。識知改別明璣心。
智懷德聖虞唐眞。妙顯華重榮章臣。佞因女嬖至微深。峨嵯峻巖幽岑欽。
智懷德聖虞唐眞。志篤終誓穹蒼欽。岑幽巖峻峨嵯深。微至嬖女因佞臣。
智懷德聖虞唐眞。志篤終誓穹蒼欽。岑幽巖峻峨嵯深。淵重巖經網羅林。
智懷德聖虞唐眞。志篤終誓穹蒼欽。岑幽巖峻峨嵯深。識知改別明璣心。
智懷德聖虞唐眞。志篤終誓穹蒼欽。思傷君夢詩璇心。璣明別改知識深。
智懷德聖虞唐眞。志篤終誓穹蒼欽。思傷君夢詩璇心。圖怨念爲懷如林。
智懷德聖虞唐眞。志篤終誓穹蒼欽。思傷君夢詩璇心。詩興感遠殊浮沉。
智懷德聖虞唐眞。志篤終誓穹蒼欽。思傷君夢詩璇心。氏辭懷感戚知麟。
智懷德聖虞唐眞。志篤終誓穹蒼欽。思傷君夢詩璇心。蘇作興感昭恨神。
智懷德聖虞唐眞。志篤終誓穹蒼欽。思傷君夢詩璇心。平端寃是何懷身。
智懷德聖虞唐眞。志篤終誓穹蒼欽。思傷君夢詩璇心。始終曜觀華繁殷。
智懷德聖虞唐眞。志篤終誓穹蒼欽。何如將情纏憂殷。繁華觀曜始終心。

智懷德聖虞唐貞。志篤終誓穹蒼欽。何如將情纏憂殷。多患生艱惟苦身。

智懷德聖虞唐貞。志篤終誓穹蒼欽。何如將情纏憂殷。徵流商歌鄭南音。

智懷德聖虞唐貞。志篤終誓穹蒼欽。所感想忘淫荒心。堂空惟思詠和音。

智懷德聖虞唐貞。志篤終誓穹蒼欽。所感想忘淫荒心。憂增慕懷慘傷仁。

智懷德聖虞唐貞。志篤終誓穹蒼欽。多曜容君中嗟仁。傷慘懷慕增憂心。

智懷德聖虞唐貞。志篤終誓穹蒼欽。多曜容君中嗟仁。智懷德聖虞唐貞。

河陽至剛親　所懷至房琴　清流至傷仁以上三段各得詩二十二首

妙顯至梁民　士感至望純　清志至商秦　曲發至唐貞　以上四段各得詩二十四首

賢惟至長身　徵憫至霜新　故感至藏音　和詠至章臣　以上四段各得詩二十四首

乢離至房人　賤爲至牆春　陽熙至堂心　憂增至皇倫　以上四段各得詩二十四首讀法準此

傷慘懷慕增憂心。堂空惟思詠和音。藏摧悲聲發曲秦。商絃激楚流清琴。

傷慘懷慕增憂心。堂空惟思詠和音。藏摧悲聲發曲秦。王邊土思舊鄉身。

傷慘懷慕增憂心。堂空惟思詠和音。南鄭歌商流徵殷。多患生艱惟苦身。

傷慘懷慕增憂心。堂空惟思詠和音。南鄭歌商流徵殷。繁華觀曜終始心。

傷慘懷慕增憂心。堂空惟思詠和音。南鄭歌商流徵殷。憂纏情將如何欽。

傷慘懷慕增憂心。荒淫忘想感所欽。何如將情纏憂殷。徵流商歌鄭南音。
傷慘懷慕增憂心。荒淫忘想感所欽。何如將情纏憂殷。多患生艱惟苦身。
傷慘懷慕增憂心。荒淫忘想感所欽。何如將情纏憂殷。繁華觀曜終始心。
傷慘懷慕增憂心。荒淫忘想感所欽。思傷君夢詩璇心。始終曜觀繁華殷。
傷慘懷慕增憂心。荒淫忘想感所欽。思傷君夢詩璇心。平端寃是何懷身。
傷慘懷慕增憂心。荒淫忘想感所欽。思傷君夢詩璇心。蘇作興感昭恨神。
傷慘懷慕增憂心。荒淫忘想感所欽。思傷君夢詩璇心。氏辭懷感戚知麟。
傷慘懷慕增憂心。荒淫忘想感所欽。思傷君夢詩璇心。詩興感遠殊浮沉。
傷慘懷慕增憂心。荒淫忘想感所欽。思傷君夢時璇心。圖怨念爲懷如林。
傷慘懷慕增憂心。荒淫忘想感所欽。思傷君夢詩璇心。璣明改別知識深。
傷慘懷慕增憂心。荒淫忘想感所欽。岑幽巖峻嵯峨深。識知改別明璣心。
傷慘懷慕增憂心。荒淫忘想感所欽。岑幽巖峻嵯峨深。淵重涯經網羅林。
傷慘懷慕增憂心。荒淫忘想感所欽。岑幽巖峻嵯峨深。微至嬖女因佞臣。
傷慘懷慕增憂心。荒淫忘想感所欽。蒼穹誓終篤志貞。妙顯華重榮章臣。
傷慘懷慕增憂心。荒淫忘想感所欽。蒼穹誓終篤志貞。唐虞德聖懷智仁。

傷慘懷慕增憂心。荒淫忘想感所欽。多曜容君中嗟仁。智懷德聖虞唐貞。

傷慘懷慕增憂心。荒淫忘想感所欽多曜容君中嗟仁傷慘懷慕增憂心

房蘭至所親　剛柔至河津　湘江至智仁各得詩二十二首讀法準此

堂空至陽春　牆面至賤人　房幽至匹倫　皇英至憂心各得詩二十四首讀法準此

藏推至故新　霜冰至微身　長路至賢臣　章榮至和音　商絃至清純　望誰至士

民　梁山至妙貞　唐虞至曲秦各得詩二十四首讀法準此

荒淫忘想感所欽。岑幽巖峻嵯峨深。淵重涯經網羅林。光流電逝推生民。

荒淫忘想感所欽。岑幽巖峻嵯峨深。淵重涯經網羅林。西昭薄景榆桑倫。

荒淫忘想感所欽。岑幽巖峻嵯峨深。淵重涯經網羅林。陽潛翳曜英華沉。

荒淫忘想感所欽。岑幽巖峻嵯峨深。淵重涯經網羅林。如懷爲念怨圖心。

荒淫忘想感所欽。岑幽巖峻嵯峨深。淵重涯經網羅林。滋謙遠貞自基津。

荒淫忘想感所欽。岑幽巖峻嵯峨深。微至嬖女因佞臣。賢惟聖配英皇倫。

荒淫忘想感所欽。岑幽巖峻嵯峨深。微至嬖女因佞臣。章榮重華顯妙貞。

荒淫忘想感所欽。岑幽巖峻嵯峨深。識知改別呪璣心。蘇作興感昭恨神。

荒淫忘想感所欽。岑幽巖峻嵯峨深。識知改別明璣心。詩興感遠殊浮沉。

荒淫忘想感所欽。岑幽巖峻嵯峨深。識知改別明璣心。始終曜觀華繁殷
荒淫忘想感所欽。岑幽巖峻嵯峨深。識知改別明璣心。平端宛是何懷身
荒淫忘想感所欽。岑幽巖峻嵯峨深。識知改別明璣心。氏辭懷感戚知麟
荒淫忘想感所欽。岑幽巖峻嵯峨深。識知改別明璣心。圖怨念爲懷如林
荒淫忘想感所欽。岑幽巖峻嵯峨深。識知改別明璣心。璇詩夢君傷思欽
荒淫忘想感所欽。蒼穹誓終篤志貞。妙顯重華榮章臣。賢惟聖配英皇倫
荒淫忘想感所欽。蒼穹誓終篤志貞。妙顯重華榮章臣。佞因女嬖至微深
荒淫忘想感所欽。蒼穹誓終篤志貞。唐虞聖德懷智仁。傷慘懷慕增憂心
荒淫忘想感所欽。蒼穹誓終篤志貞。唐虞聖德懷智仁。嗟中君容曜多欽
荒淫忘想感所欽。多曜容君中嗟仁。智懷德聖虞唐貞。妙顯華重榮章臣
荒淫忘想感所欽。多曜容君中嗟仁。智懷德聖虞唐貞。志篤終誓穹蒼欽
荒淫忘想感所欽。多曜容君中嗟仁。傷慘懷慕增憂心。堂空惟思詠和音
荒淫忘想感所欽。多曜容君中嗟仁。傷慘懷慕增憂心。荒淫忘想感所欽
荒淫忘想感所欽。何如將情纏憂殷。繁華觀曜終始心。詩興感遠殊浮沉
荒淫忘想感所欽。何如將情纏憂殷。繁華觀曜終始心。璣明別改知識深。

荒淫忘想感所欽。何如將情纏憂殷。繁華觀曜終始心。蘇作興感昭恨神。
荒淫忘想感所欽。何如將情纏憂殷。繁華觀曜終始心。圖怨念爲懷如林。
荒淫忘想感所欽。何如將情纏憂殷。繁華觀曜終始心平端寃是何懷身。
荒淫忘想感所欽。何如將情纏憂殷。繁華觀曜終始心。璇詩夢君傷思欽、
荒淫忘想感所欽。何如將情纏憂殷。繁華觀曜終始心。氏辭懷感戚知麟。
荒淫忘想感所欽。何如將情纏憂殷。多患生艱惟苦身。榮君仁離殊方春。
荒淫忘想感所欽。何如將情纏憂殷。多患生艱惟苦身。鄉舊眷士懷王秦。
荒淫忘想感所欽。何如將情纏憂殷。多患生艱惟苦身。加秉愁悴少精神。
荒淫忘想感所欽。何如將情纏憂殷。多患生艱惟苦身。懷何是寃端平心。
荒淫忘想感所欽。何如將情纏憂殷。多患生艱惟苦身。傷好水燕桃廂琴、
荒淫忘想感所欽。何如將情纏憂殷。徵流商歌鄭南音。和詠思惟空堂心。
荒淫忘想感所欽。何如將情纏憂殷。徵流商歌鄭南音。藏摧悲聲發曲秦。
荒淫忘想感所欽。思傷君夢詩璇心。詩興感遠殊浮沉。時盛意麗哀遺身。
荒淫忘想感所欽。思傷君夢詩璇心。詩興感遠殊浮沉。華英翳曜潛陽林。
荒淫忘想感所欽。思傷君夢詩璇心。詩興感遠殊浮沉。浮異游頹流沙麟。

荒淫忘想感所欽。思傷君夢詩璇心。璣明別改知識深。微至嬖女因佞臣。
荒淫忘想感所欽。思傷君夢詩璇心。璣明別改知識深。峨嵯巖峻幽岑欽。
荒淫忘想感所欽。思傷君夢詩璇心。璣明別改知識深。淵重涯經網羅林。
荒淫忘想感所欽。思傷君夢詩璇心。圖怨念爲懷如林。光流電逝推生民。
荒淫忘想感所欽。思傷君夢詩璇心。圖怨念爲懷如林。西昭景薄榆桑倫。
荒淫忘想感所欽。思傷君夢詩璇心。圖怨念爲懷如林。陽潛翳曜英華沉。
荒淫忘想感所欽。思傷君夢詩璇心。圖怨念爲懷如林。羅網經涯重淵深。
荒淫忘想感所欽。思傷君夢詩璇心。圖怨念爲懷如林。滋謙遠貞自基津。
荒淫忘想感所欽。思傷君夢詩璇心。蘇作興感昭恨神。遐幽曠遠離鳳麟。
荒淫忘想感所欽。思傷君夢詩璇心。蘇作興感昭恨神。精少悴愁兼加身。
荒淫忘想感所欽。思傷君夢詩璇心。蘇作興感昭恨神。辜罪天離間舊新。
荒淫忘想感所欽。思傷君夢詩璇心。氏辭懷感戚知麟。神輕粲散哀春親。
荒淫忘想感所欽。思傷君夢詩璇心。氏辭懷感戚知麟。龍昭德懷聖皇人。
荒淫忘想感所欽。思傷君夢詩璇心。氏辭懷感戚知麟。沙流頹遊異浮沉。
荒淫忘想感所欽。思傷君夢詩璇心。氏辭懷感戚知麟。當所專一志貞純。

荒淫忘想感所欽。思傷君夢詩璇心。氏辞懷感戚知麟。鳳離遠曠幽遐神。
荒淫忘想感所欽。思傷君夢詩璇心。始終曜觀華繁殷。徵流商歌鄭南音。
荒淫忘想感所欽。思傷君夢詩璇心。始終曜觀華繁殷。憂纏情將如何欽。
荒淫忘想感所欽。思傷君夢詩璇心。始終曜觀華繁殷。多患生艱惟苦身。
荒淫忘想感所欽。思傷君夢詩璇心。平端寃是何懷身。加秉愁悴少精神。
荒淫忘想感所欽。思傷君夢詩璇心。平端寃是何懷身。鄉舊眷士懷王秦。
荒淫忘想感所欽。思傷君夢詩璇心。平端寃是何懷身。苦惟艱生患多殷。
荒淫忘想感所欽。思傷君夢詩璇心。平端寃是何懷身。榮君仁離殊方春。
荒淫忘想感所欽。思傷君夢詩璇心。平端寃是何懷身。傷好水燕桃庙琴。

王懷至皇人　志篤至方春　榆桑至貞純　生推至荒心　皇聖至王秦　方殊至志

眞　貞志至桑倫各得詩六十三首

岑幽至長身　加秉至剛親　何如至故新　陽潛至所親　羅網至和音　鳳離至清

琴　苦惟至章臣　沙流至湘津各得詩四十九首

淵重至房人　遐幽至望純　多患至清純　浮異至牆春　峨嵯至曲秦　精少至陽

春　憂纏至皇倫　華英至梁民各得詩五十三首

光流至剛親　龍昭至霜新　當所至芳琴　榮君至所親　鄉舊至故新　所感至淸琴　蒼穹至湘津　西昭至長身（各得詩十二首讀法準此）

南鄭歌商流徵殷。繁華觀曜終始心。詩興感遠殊浮沉。時盛意麗哀遺身。
南鄭歌商流徵殷。繁華觀曜終始心。詩興感遠殊浮沉。華英翳曜潛陽林。
南鄭歌商流徵殷。繁華觀曜終始心。詩興感遠殊浮沉。淫異遊頹流沙麟。
南鄭歌商流徵殷。繁華觀曜終始心。璣明別改知識深。微至嬖女因佞臣。
南鄭歌商流徵殷。繁華觀曜終始心。璣明別改知識深。峨嵯峻巖幽岑欽。
南鄭歌商流徵殷。繁華觀曜終始心。璣明別改知識深。淵重涯經網羅林。
南鄭歌商流徵殷。繁華觀曜終始心。蘇作興感昭恨神。辜罪天離間舊新。
南鄭歌商流徵殷。繁華觀曜終始心。蘇作興感昭恨神。遐幽曠遠離鳳麟。
南鄭歌商流徵殷。繁華觀曜終始心。蘇作興感昭恨神。精少悴愁兼加身。
南鄭歌商流徵殷。繁華觀曜終始心。璇詩夢君傷思欽。多曜容君終嗟仁。
南鄭歌商流徵殷。繁華觀曜終始心。璇詩夢君傷思欽。岑幽巖峻嵯峨深。
南鄭歌商流徵殷。繁華觀曜終始心。璇詩夢君傷思欽。所感想忘淫荒心。
南鄭歌商流徵殷。繁華觀曜終始心。璇詩夢君傷思欽。何如將情纏憂殷南鄭歌商流徵殷。繁華觀曜終始心。璇詩夢君傷思欽。蒼穹誓終篤志貞。
南鄭歌商流徵殷。繁華觀曜終始心。圖怨念爲懷如林。光流電逝推生民。
南鄭歌商流徵殷。繁華觀曜終始心。圖怨念爲懷如林。西昭景薄榆桑倫。
南鄭歌商流徵殷。繁華觀曜終始心。圖怨念爲懷如林。陽潛曜翳英華沉。
南鄭歌商流徵殷。繁華觀曜終始心。圖怨念爲懷如林。滋謙遠貞自基津。
南鄭歌商流徵殷。繁華觀曜終始心。圖怨念爲懷如林。羅網經涯重淵深。
南鄭歌商流徵殷。繁華觀曜終始心。平端寃是何懷身。傷好水燕桃廂琴。
南鄭歌商流徵殷。繁華觀曜終始心。平端寃是何懷身。鄉舊眷士懷王秦。
南鄭歌商流徵殷。繁華觀曜終始心。平端寃是何懷身。如兼愁悴少精神。
南鄭歌商流徵殷。繁華觀曜終始心。平端寃是何懷身。苦惟艱生患多殷。
南鄭歌商流徵殷。繁華觀曜終始心。平端寃是何懷身。榮君仁離殊芳春。
南鄭歌商流徵殷。繁華觀曜終始心。氏辭懷感戚知麟。神輕粲散哀春親。
南鄭歌商流徵殷。繁華觀曜終始心。氏辭懷感戚知麟。龍昭德懷聖皇人。
南鄭歌商流徵殷。繁華觀曜終始心。氏辭懷感戚知麟。鳳離遠曠幽遐神。
南鄭歌商流徵殷。繁華觀曜終始心。氏辭懷感戚知麟。沙流頹遊異浮沉。

南鄭歌商流徵殷。繁華觀曜終始心。氏辭懷感戚知麟。當所專一志貞純。
南鄭歌商流徵殷。憂喀情將如何欽。所感想忘淫荒心。堂空惟思詠和音。
南鄭歌商流徵殷。憂纏情將如何欽。所感想忘淫荒心。憂增慕懷慘傷仁。
南鄭歌商流徵殷。憂纏情將如何欽。多曜容君中嗟仁。智懷德聖虞唐貞。
南鄭歌商流徵殷。憂纏情將如何欽。多曜容君中嗟仁。傷慘懷慕增憂心。
南鄭歌商流徵殷。憂纏情將如何欽。蒼穹誓終篤志貞。唐虞聖德懷智仁。
南鄭歌商流徵殷。憂纏情將如何欽。蒼穹誓終篤志貞。妙顯重華榮章臣。
南鄭歌商流徵殷。憂纏情將如何欽。岑幽巖峻嵯峨深。淵重涯經網羅林。
南鄭歌商流徵殷。憂纏情將如何欽。岑幽巖峻嵯峨深。徵至嬖女因佞臣。
南鄭歌商流徵殷。憂纏情將如何欽。岑幽巖峻嵯峨深。識知改別明璣心。
南鄭歌商流徵殷。憂纏情將如何欽。思傷君夢詩璇心。氏辭懷感戚知麟。
南鄭歌商流徵殷。憂纏情將如何欽。思傷君夢詩璇心。詩興感遠殊浮沉。
南鄭歌商流徵殷。憂纏情將如何欽。思傷君夢詩璇心。始終曜觀華繁殷。
南鄭歌商流徵殷。憂纏情將如何欽。思傷君夢詩璇心。圖怨念爲懷如林。
南鄭歌商流徵殷。憂纏情將如何欽。思傷君夢詩璇心。平端宛是何懷身。

南鄭歌商流徵殷。憂纆情將如何欽。思傷君夢詩璇心。璣明別改知識深。
南鄭歌商流徵殷。憂纆情將如何欽。思傷君夢詩璇心。蘇作興感昭恨神。
南鄭歌商流徵殷。多患生艱惟苦身。鄉舊眷士懷王秦。曲發聲悲摧藏音。
南鄭歌商流徵殷。多患生艱惟苦身。鄉舊眷士懷王秦。商絃激楚流清琴。
南鄭歌商流徵殷。多患生艱惟苦身。懷何是寃端平心。圖怨爲念懷如林。
南鄭歌商流徵殷。多患生艱惟苦身。懷何是寃端平心。璇詩夢君傷思欽。
南鄭歌商流徵殷。多患生艱惟苦身。懷何是寃端平心。氏辭懷感戚知麟。
南鄭歌商流徵殷。多患生艱惟苦身。懷何是寃端平心。蘇作興感昭恨神。
南鄭歌商流徵殷。多患生艱惟苦身。懷何是寃端平心。始終觀曜華繁殷。
南鄭歌商流徵殷。多患生艱惟苦身。懷何是寃端平心。詩興感遠殊浮沉。
南鄭歌商流徵殷。多患生艱惟苦身。懷何是寃端平心。璣明別改知識深。
南鄭歌商流徵殷。多患生艱惟苦身。榮君仁離殊方春。牆面殊意感故新。
南鄭歌商流徵殷。多患生艱惟苦身。榮君仁離殊方春。陽熙茂凋蘭芳琴。
南鄭歌商流徵殷。多患生艱惟苦身。傷好水燕桃廂琴。清流楚激絃商秦。
南鄭歌商流徵殷。多患生艱惟苦身。傷好水燕桃廂琴。芳蘭凋茂熙陽春。

南鄭歌商流徵殷多患生艱惟苦身。加兼愁悴少精神。遐幽曠遠離鳳麟。

南鄭歌商流徵殷。多患生艱惟苦身。加兼愁悴少精神。恨昭感興作蘇心。

南鄭歌商流徵殷。多患生艱惟苦身。加兼愁悴少精神。辜罪天離間舊新。

佞因至舊新　遺哀至南音　舊間至佞臣（各得詩六十一首）

繁華至房人　識知至清純　浮殊至曲秦　恨昭至皇倫（各得詩八十四首）

詩興至剛親　蘇作至所親　始終至清琴　璣明至湘津（各得詩三十四首）

時盛至望純　辜罪至賤人　徵流至陽春　微至至梁民（各得詩十四首讀法準此）

嗟中君容曜多欽。思傷君夢詩璇心。氏辭懷感戚知麟。神經粲散哀春親。

嗟中君容曜多欽。思傷君夢詩璇心。氏辭懷感戚知麟。龍昭德懷翠皇人。

嗟中君容曜多欽。思傷君夢詩璇心。氏辭懷感戚知麟。當所專一志貞純。

嗟中君容曜多欽。思傷君夢詩璇心。氏辭懷感戚知麟。沙流頹遊異浮沉。

嗟中君容曜多欽。思傷君夢詩璇心。氏辭懷感戚知麟。鳳麟遠曠幽遐神。

嗟中君容曜多欽。思傷君夢詩璇心。詩興感遠殊浮沉。時盛意麗哀遺身。

嗟中君容曜多欽。思傷君夢詩璇心。詩興感遠殊浮沉。華英翳曜潛陽林。

嗟中君容曜多欽。思傷君夢詩璇心。詩興感遠殊浮沉。浮異遊頹流沙麟。

嗟中君容曜多欽。思傷君夢詩璇心。蘇作興感昭恨神。辜罪天離間舊新。
嗟中君容曜多欽。思傷君夢詩璇心。蘇作興感昭恨神。遐幽曠遠離鳳麟。
嗟中君容曜多欽。思傷君夢詩璇心。蘇作興感昭恨神。精少悴愁衆加身。
嗟中君容曜多欽。思傷君夢詩璇心。圖怨念爲懷如林。滋謙遠貞自基津。
嗟中君容曜多欽。思傷君夢詩璇心。圖怨念爲懷如林。西昭景蓮榆桑倫。
嗟中君容曜多欽。思傷君夢詩璇心。圖怨念爲懷如林。光流電逝推生民。
嗟中君容曜多欽。思傷君夢詩璇心。圖怨念爲懷如林。羅網經涯重淵深。
嗟中君容曜多欽。思傷君夢詩璇心。圖怨念爲懷如林。陽潛曜翳英華沉。
嗟中君容曜多欽。思傷君夢詩璇心。平端寃是何懷身。傷好水燕桃廂琴。
嗟中君容曜多欽。思傷君夢詩璇心。平端寃是何懷身。榮君仁離殊方春。
嗟中君容曜多欽。思傷君夢詩璇心。平端寃是何傷身。鄉舊眷土懷王秦。
嗟中君容曜多欽。思傷君夢詩璇心。平端寃是何懷身。加衆愁悴少精神。
嗟中君容曜多欽。思傷君夢詩璇心。平端寃是何懷身。苦惟艱生患多殷。
嗟中君容曜多欽。思傷君夢詩璇心。璣明別改知識深。微至嬖女因佞臣。
嗟中君容曜多欽。思傷君夢詩璇心。璣明別改知識深。峨嵯峻巖幽岑欽。

嗟中君容曜多欽。思傷君夢詩璇心。璣明別改知識深。淵重涯經網羅林。

嗟中君容曜多欽。思傷君夢詩璇心。始終曜觀華繁殷。多患生艱惟苦身。

嗟中君容曜多欽。思傷君夢詩璇心。始終曜觀華繁殷。憂纏情將如何欽。

嗟中君容曜多欽。思傷君夢詩璇心。始終曜觀華繁殷。徵流商歌鄭南音。

嗟中君容曜多欽。岑幽巖峻嵯峨深。淵重涯經網羅林。光流電逝推生民。

嗟中君容曜多欽。岑幽巖峻嵯峨深。淵重涯經網羅林。滋謙遠貞自基津。

嗟中君容曜多欽。岑幽巖峻嵯峨深。淵重涯經網羅林。陽潛曜翳英華沉。

嗟中君容曜多欽。岑幽巖峻嵯峨深。淵重涯經網羅林。西昭景薄榆桑倫。

嗟中君容曜多欽。岑幽巖峻嵯峨深。淵重涯經網羅林。如懷爲念怨圖心。

嗟中君容曜多欽。岑幽巖峻嵯峨深。微至嬖女因佞臣。章榮重華顯妙眞。

嗟中君容曜多欽。岑幽巖峻嵯峨深。微至嬖女因佞臣。賢惟聖配英皇倫。

嗟中君容曜多欽。岑幽巖峻嵯峨深。識知改別明璣心。蘇作興感昭恨神。

嗟中君容曜多欽。岑幽巖峻嵯峨深。識知改別明璣心。氏辭懷感戚知麟。

嗟中君容曜多欽。岑幽巖峻嵯峨深。識知改別明璣心。平端寃是何懷身。

嗟中君容曜多欽。岑幽巖峻嵯峨深。識知改別明璣心。詩興感遠殊浮沉。

嗟中君容曜多欽。岑幽巖峻嵯峨深。識知改別明璣心。始終曜觀華繁殷。

嗟中君容曜多欽。岑幽巖峻嵯峨深。識知改別明璣心。圖怨念爲懷如林。

嗟中君容曜多欽。岑幽巖峻嵯峨深。識知改別明璣心。璇詩夢君傷思欽。

嗟中君容曜多欽。何如將情纏憂殷。多患生艱惟苦身。榮君仁離殊方春。

嗟中君容曜多欽。何如將情纏憂殷。多患生艱惟苦身。加兼愁悴少精神。

嗟中君容曜多欽。何如將情纏憂殷。多患生艱惟苦身。傷好水燕桃廂琴。

嗟中君容曜多欽。何如將情纏憂殷。多患生艱惟苦身。懷何是寃端平心。

嗟中君容曜多欽。何如將情纏憂殷。多患生艱惟苦身。鄉舊眷土懷王秦。

嗟中君容曜多欽。何如將情纏憂殷。繁華觀曜終始心。平端寃是何懷身。

嗟中君容曜多欽。何如將情纏憂殷。繁華觀曜終始心。蘇作興感昭恨神。

嗟中君容曜多欽。何如將情纏憂殷。繁華觀曜終始心。氏辭懷感戚知麟。

嗟中君容曜多欽。何如將情纏憂殷。繁華觀曜終始心。璇詩夢君傷思欽。

嗟中君容曜多欽。何如將情纏憂殷。繁華觀曜終始心。璣明別改知識深。

嗟中君容曜多欽。何如將情纏憂殷。繁華觀曜終始心。圖怨念爲懷如林。

嗟中君容曜多欽。何如將情纏憂殷。繁華觀曜終始心。詩興感遠殊浮沉。

嗟中君容曜多欽。何如將情纏憂殷。徵流商歌鄭南音。藏摧悲身發曲秦。
嗟中君容曜多欽。何如將情纏憂殷。徵流商歌鄭南音。和詠思惟空堂心。
嗟中君容曜多欽。蒼穹誓終篤志貞。唐虞聖德懷智仁。傷慘懷慕增憂心。
嗟中君容曜多欽。蒼穹誓終篤志貞。唐虞聖德懷智仁。嗟中君容曜多欽。
嗟中君容曜多欽。蒼穹誓終篤志貞。妙顯華重榮章臣。賢惟聖配英皇倫。
嗟中君容曜多欽。蒼穹誓終篤志貞。妙顯華重榮章臣。佞因女嬖至微深。
嗟中君容曜多欽。所感想忘淫荒心。堂空惟思詠和音。藏摧悲聲發曲秦。
嗟中君容曜多欽。所感想忘淫荒心。堂空惟思詠和音。南鄭歌商流徵殷。
嗟中君容曜多欽。所感想忘荒淫心。憂增懷慕慘傷仁。智懷德聖虞唐貞。
嗟中君容曜多欽。所感想忘荒淫心。憂增懷慕慘傷仁。嗟中君容曜多欽。

廂桃至基津　春哀至嗟仁　基自至廂琴（各得詩三十六首）

思傷至望純　懷何至梁民　知戚至憂心　如懷至陽春（各得詩八十四首）

氏辭至霜新　圖怨至長身　璇詩至和音　平端至故新（各得詩四十首）

神輕至牆春　滋謙至房人　多曜至曲秦　傷好至清純（各得詩十四首讀法準此）

第六章　晉之婦女雜文學

晉世故多賢母。而歷祀久遠。篇章泯滅。雖當時有集行世。而今或蔑如焉。姑就其遺文散見他書者。裒而次之。

杜預女記曰。二寡婦者。淑也。昺也。寡婦淑喪其夫。兄弟欲嫁之。誓而不許。今傳其與兄弟書曰。

蓋聞君子導人以德。矯俗以禮。是以烈士有不移之志。貞女無迴二之行。淑雖婦人。竊慕殺身成義。死而後已。夙遘禍罰。喪其所天。男弱未冠。女幼未笄。是以僶俛求生。將欲長育二子。上奉祖宗之嗣。下繼禰祖之禮。然後覲於黃泉。永無慙色。仁兄德弟。既不能厲高節於弱志。發明明於闇昧。許我他人。逼我於上。乃命官人。訟之簡書。夫智者不可惑以事。仁者不可脅以死。晏嬰不以白刃臨頸。改正直之辭。梁寡不以毀形之痛。忘執節之義。高山景行。豈不思齊。計兄弟備託學門。不能匡我以道。博我以文。雖曰既學。吾謂之未也。

此外如衞瓘女之致國臣。嚴憲之戒從子。陶侃母湛氏之責子。雖見史籍。而省約其辭。但得數語。不可以文章論也。故不著焉。東莞楊茁華者。楊德愼女。有才貌。許字同郡王晞。字元宗。未及成禮。晞捨俗出家。法名度。茁華初以書勸之。歸不從。茁華見度志堅。亦感悟入道。其始勸夫書曰。髮膚不可毀傷。宗祀不可頓廢。令其顧世教。改遠志。曜翹爍之姿。於盛明之世。遠安祖考之靈。近慰人神之願。又寄以詩曰。

大道自無窮。天地長且久。巨石故因消。芥子亦難數。人生一世間。飄若風過牖。榮華豈不茂。日夕就彫朽。川上有餘吟。日斜思鼓缶。清音可娛耳。滋味可適口。羅紈可飾軀。華冠可曜首。安事自翦削。耽空以害有。不道妾區區。但令君恤後。

許邁妻孫氏。句容人。吳郡散騎常侍孫宏女也。邁好道。立精舍於懸溜山。遣妻還家。爲書以謝絕之。孫氏答書曰。

愚下不才。侍執巾櫛。榮華福祿。相與共之。如何君子。駕其大義。輕見斥逐。若以此處遐曠。非婦人所便。昔梁生陟嶺。孟光是攜。簫史登臺。秦女不舍。衞人修義。夫妻同行。老萊逃名。伉儷俱逝。豈非古人嘉遯之舉者。許君乖離矣。

松陽令鈕滔母孫瓊。有集二卷。今不傳。其遺文尚多傳者。計賦二首。贊一首。書二首。

悼艱賦

伊稟命之不辰。遭天難之靡忱。夙無父之何怙。哀瘁痒以抽心。覽蓼莪之遺詠。詠肥泉之餘音。經四位之代謝。雖積祀而思深。伊三從而有歸。爰奉嬪於他族。仰慈姑之惠和。荷仁澤之陶渥。釋褧服以斬衣。代羅帷以縞布。仰慈尊以飲泣。撫孤影以協慕。遇飛廉之暴骸。觸驚風之所會。扶搖奮而上躋。頹雲下而無際。頓余邑之當春。望峻陵而鬱青。瞻空宇之寥廓。愍宿草之發生。顧南枝以永哀。向北風以飲泣。情無觸而不悲。思無感而不集。

箜篌賦

考茲器之所起。實侯氏之所營。遠不假於琴瑟。顧無取乎竽笙。爾乃陟九峻之增巖。晞承温之朝日。剖嶧陽之孤桐。代楚宮之椅漆。徵班輸之造器。命伶倫而調律。浮音穆以遐暢。沉響幽而若絕。樂操則寒條早榮。哀曼則晨華朝滅。邈漸離之清角。超子野之白雪。然思超梁甫。願登華岳。路險悲秦。道難怨蜀。遺逸悼行邁之離。秋風哀年時之速。陵危柱以頡頏。憑哀絃以躑躅。於是數轉難測。聲變無方。或冉弱以飄沉。或頓挫以抑揚。或散角以放羽。或攄徵以騁商。

公孫夫人序贊

夫人姓公孫氏。會稽剡人也。夫人資三靈之淳懿。誕華宗之澄粹。奇朗昭於髫齔。四教成於弱笄。慈恩温恭。行有秋霜之潔。祗心制節。性同青春之和。敦悅憲章。動遵禮規。居室則道齊師氏。有行則德配女儀。禮服有盈。籩豆無闕。猗歟夫人。天姿特挺。行高冰潔。操與霜整。性揚蘭芳。德振玉頴。猗彼瓊林。奇翰有集。展彼碩媛。令德來綺。動與禮游。靜以義立。

與虞定夫人書

瓊聞與賢崇德。聖主令典。旌善表操。有邦盛務。伏見族祖吳國亡民富春孫彥妻環。少厲令節。服膺道教。逮適孫氏。恪居婦職。宗姻有聲。奉禮未周。彥母喪殯。喪殯半年。彥奄亡沒環率禮奉終。抗義明節。傾竭私產。以供葬送。禮服既終。前無立子。家欲改醮。誓而不許。

與從弟孝徵書

省爾識我以養鵠。鵠古同鶴乃戒以衛懿滅斃之禍。斯言惑矣。吾未之取。彼衛懿之好。民無役車之載。鶴有乘軒之飾。禍敗之由。由乎失所。若乃開圃卽於靈囿。沃地矩乎神沼。文魚躍於白水。素鳥翔乎神州。豈非周文之德。大雅所修哉。夫嘉肴旨酒。非不美也。夏禹盛以陶豆。殷紂著以玉杯。而此聖以興。彼愚以滅。蓋置之失所。如其無失。來難可施乎。

隋志有劉柔妻王劭之集十卷。劉柔妻一作劉和妻。又有處士劉參妻亦王氏。然王劭之所作有春花懷思等賦。及啟母姜頌。劉參妻則僅誄夫一文而已。今並著之。

春花賦　王劭之

千葩粲其昭晰兮。百卉蒨而同榮。蘭圃翹以含芳兮。芝薄振而沈馨。翠纈競臻。衆條頻英。或異色同形。或齊芳殊制。自然神杳。不可勝計。爛若羅秀之垂光。灼若隋珠之齊列。爽若翡翠之羣翔。練若珊瑚之映月。詩人詠以託諷。良喻美而光德。準工女於妙規。飾王后之首則。

懷思賦　王劭之

超離親而獨寄。與憂憤而長俱。雖亮分以自勉。曾無間乎須臾。思遙遙而忡惙。疾結滯乎肌膚。憶昔日之歡侍。奉膝下而怡裕。集同生而從容。常欣泰以逸豫。何運遇之偏否。獨遼隔於修路。彼恆鳥之將分。猶哀鳴以告離。况遊子之眷慕。孰殷思之可靡。於是仲秋蕭索。蓐收西御。寒露宵零。落葉晨布。羨歸鴻之提提。振輕翼而高舉。志眇眇而遠馳。悲離思而嗚咽。彼邁物而推移。何予思之難泄。聊肇翰以寄懷。悵辭鄙而增結。

啟母塗山頌　　王劭之

塗山靜居。玄朗悟幾。大禹至公。過門不歸。明此道訓。孩胤是綏。仁哲以成。永繫天暉。

姜嫄頌　　王劭之

英英姜嫄。實德之純。肇承靈瑞。武敏是遵。誕育岐嶷。呲贊皇綸。播殖之訓。萬葉攸循。

靈壽杖銘　　王劭之

籊籊鮮榦。秀彼崇嶸。下澤蘭液。上瑩芳霄。貞勁內固。鮮粲外昭。耀質靈薈。作珍華朝。杖之身安。越齡松喬。

正朔詩　　王劭之

稔冉冥機運。迅矣四節經。太簇應玄律。青陽兆初正。

劉參誄（非全篇以婦人爲誄者少故亦著之）　　王氏（劉妻）

猗猗嘉穎。朝陽方翹。烈風嚴霜。隕此秀條。璇璣倏忽。四序競征。清商激宇。蟋蟀吟櫺劉臻妻陳氏。晉書有傳。謂其聰慧能屬文。嘗正旦獻椒花頌。又撰元日及冬至進見之儀行於世。今傳其文數首。

箏賦

伊夫箏之爲體。惟高亮而殊特。應六律之修和。與七始乎消息。括八音之精要。超衆器之表式。后夔創制。子野考成。列柱成律。旣和且平。度中楷模。不縮不盈。總八風而熙泰。羌貫微而洞靈。牙氏攘袂而奮手。鍾期傾耳以靜聽。奏清角之要妙。詠騶虞與鹿鳴。獸連軒而率舞。鳳踉蹌而集庭。汎濫浮沉。逸響發揮。翕然若絕。皎如復迴。爾乃祕豔曲。卓礫殊異。周旋去留。千變萬態。

元日獻椒花頌

旋穹周迴。三朝肇建。靑陽散暉。澄景載煥。美哉靈葩。爰采爰獻。聖容映之。永萬於萬。

午時畫扇頌

炎后飛軌。引曜丹逵。蕤賓應律。融精協曦。五象列位。品物以埀。兌降素獸。震升青螭。日月澄暉。仙章來儀。仰憩翠巖。俯映蘭池。靈柯幽藹。神卉參差。如山之壽。如松之猗。永錫難老。與時推移。

答舅母書

元方春秋始富。德業亦隆。宏道博文。才質兼備。冀志與時暢。榮耀當年。豈意一朝冥然長往。元方沖幼。過庭莫聞。聖善明訓。業成三從。亦既冠婚。雙轡允集。庶幾偕老。色養膝下。而殃厲橫流。艱禍仍遘。媛姊傾逝。宗模永絕。姊方玄華。竝夭厥年。豈圖禍降彌酷。良才夭於始立。崇基殞於一簣。仰痛殄滅。俯悼二弟。斯人斯命。當可奈何。母年踰耳順。備經百罹。一紀之中。四遘至痛。目前廓然。三從靡託。窮悼中發。情馳難處

與妹劉氏書

伏見偉方所作先君誄。其述詠勳德。則仁風靡墜。其言情訴哀。則孝心以敘。自非挺生之才。孰能克隆聿修若斯者乎。執詠反覆。觸言流淚。感賴交集。悲慰竝至。元方偉方竝年少而有盛才。文辭富艷。冠於此世。竊不自量。有疑一言。略陳所懷。庶備起予。先君既體宏仁義。又動則聖檢。奉親極孝。事君盡忠。行己也恭。養民也惠。可謂立德立功。示民軌儀者也。但道長祚短。時乏識眞。榮位未登。高志不遂。本不標方外迹也。老莊者絕聖棄智。渾齊萬物。等貴賤。忘哀樂。非經典所貴。非名教所取。何必輒引以爲喻耶。可共詳之。

隋志有常侍傅伉妻辛蕭集一卷。傳者亦作傅統妻辛氏。疑卽一人也。今存頌三首。詩一首。

燕頌

翩翩玄鳥。載飛載揚。頡頏庭宇。遂集我堂。銜泥啄草。造作室房。避彼湫隘。處此高涼。孕育

五子。靡天靡傷。羽翼既就。縱心翱翔。顧影逸豫。其樂難忘。

芍藥花頌

曄曄芍藥。植此前庭。晨潤甘露。晝晞陽靈。曾不逾時。荏苒繁茂。綠葉青葱。應期吐秀。緗蕊攢挺。素華非敷。光譬朝日。色豔芙蕖。媛人是采。以厠金翠。發彼妖容。增此婉媚。惟昔風人。抗兹榮華。聊用興思。染翰作歌。

菊花頌

英英麗草。稟氣靈和。春茂翠葉。秋曜金華。布濩高原。蔓衍陵阿。陽芳吐馥。載芬載葩。爰采爰拾。投之醇酒。御於王公。以介眉壽。服之延年。佩之黃耇。文園賓客。遒用不朽。

元正詩

元正啟令節。嘉慶肇自兹。咸奏萬年觴。小大咸悅熙。

此外如北漢劉聰后名娥。字麗華。苻堅妾張氏。並有文見於史籍。今附載之。劉娥爲太保殷之女。聰將起鷍儀殿以居之。陳元達切諫。聰怒將斬之。娥私勅左右停刑。上疏救之。聰覽疏色變。以示元達曰。外輔如公。內輔如后。朕無憂矣。其疏曰。

伏聞將爲妾營殿。今昭德足居。鷍儀非急。四海未一。禍難尤繁。動須人力。資財尤宜慎之。廷尉之言。國家大政。夫忠臣之諫。豈爲身哉。帝王距(拒)之。亦非顧身也。妾仰謂陛下上尋明君納諫之昌。下忿闇主距諫之禍。宜賞廷尉以美爵。酬廷尉以列士。如何不惟不納。而反欲誅之。陛下此怒由妾而起。廷尉之禍由妾而招。人怨國疲。咎歸於妾。距諫害忠。亦妾之由。自古敗國喪家。未始不由婦人者也。妾每覽古事。忿之忘食。何意今日妾自爲之。後人之觀妾。亦猶妾之視前人也。復何面目仰侍巾櫛。請歸死北堂。以塞陛下誤惑之過。

苻堅妾張氏。明辨有才識。堅將伐晉。羣臣切諫不從。張氏進言。堅亦不聽。遂興師。果大敗於壽春。氏自殺。其諫苻堅疏曰。

妾聞天地之生萬物。聖王之馭天下。莫不順其性而暢之。故黃帝服牛乘馬。因其性也。禹鑿龍門。決洪河。因水之勢也。后稷之播殖百穀。因地之氣也。湯武之滅夏商。因人之欲也。是以有因成。無因敗。今朝臣上下皆言不可。陛下復何所因也。書曰天聰明自我民聰明。天猶若此。況於人主乎。妾聞人君有伐國之志者。必上觀乾象。下採衆祥。天道崇遠。非妾所知。以人事言之。未見其可。諺言雞夜鳴者不利行師。犬羣嗥者宮室必空。兵動馬驚。軍敗不歸。秋冬已來。每夜羣犬大嗥。衆雞夜鳴。伏聞廄馬驚逸。武庫兵器有聲。吉凶之理。誠非微妾所論。願陛下詳而思之。

晉世女子。多宅心玄遠。縉紳之家。其婦人類能習爲名辯。亦或服膺儒業。詞旨可觀。苻秦割據山東。亦置五經博士。初未有周官。韋逞之母宋氏。家傳周官音義。詔卽其家講堂。置生員百二十人受業。號宋母曰宣文君。故婦學晉世最盛。不獨江左爲然。宋齊以後。遞不逮遠甚。當時又傳諸仙女詩如杜蘭香之類。大抵文士依託。故茲不取也。

第七章　宋齊婦女文學

宋齊之際。鍾嶸詩品以鮑令暉韓蘭英並稱。而蘭英作罕傳。令暉亦僅得數詩而已。宋齊宮廷文學亦不振。惟宋蕭后有一遺令。臨川主有一乞歸表。齊世則無聞焉。蕭皇后諱文壽。蘭溪人。宋高祖繼母。高祖受晉禪。稱太后。少帝時稱太皇太后。史載其遺令曰

孝皇背世五十餘年。古不祔葬。且漢世帝后陵皆異處。今可於塋域之內。別爲一壙。孝皇陵墳本用素門之禮。與王者制度奢儉不同。婦人禮有所從。可一遵往式。

臨川長公主名英媛。太祖第六女。適東陽太守王藻。性妬。藻別有所愛。主譏之。廢帝。藻坐下獄死。主與王氏離婚。太宗朝。主復上表乞歸王氏。許之。其表曰

妾遭隨奇薄。絕於王氏。弘庭囂戾。致此分異。今孤疾煢然。假息朝夕。情寄所鍾。唯在一子。契闊荼炭。特兼憐愍。否泰枯榮。繫以爲命。實願申其門釁。還爲母子。推遷僶俛。未及自聞。先朝慈愛鑑妾丹衷。若賜使息徽歸第。定省仰揆天旨。或有可尋。今事迫誠切。不顧典憲。敢緣恩燾。觸冒披聞。特乞還身王族。守養弱嗣。雖死之日。實甘於生。

鮑令暉。東海人。鮑照之妹。詩品曰。齊鮑令暉歌詩。往往嶄絕清巧。擬古尤勝。唯百願淫矣。照

嘗答孝武云。臣妹才自亞於左芬。臣才不及太沖。爾今百願不傳。所傳詩數篇而已。

擬青青河畔草

褭褭淩窗竹。藹藹垂門桐。灼灼青軒女。泠泠高堂中。明志逸秋霜。玉顏掩春紅。人生誰不別。恨君早從戎。鳴弦慚夜月。紺黛羞春風。

擬客從遠方來

客從遠方來。贈我漆鳴琴。木有相思文。鳴有別離音。終身執此調。歲寒不改心。願作陽春曲。宮商長相尋。

擬自君之出矣

自君之出矣。臨軒不解顏。砧杵夜不發。高門晝常關。帳中流熠燿。庭前華紫蘭。楊枯識節異。鴻來知客寒。游暮冬盡月。除春待君還

古意贈今人

寒鄉無異服。氈褐待文練。日日望君歸。年年不解綖。荊揚春早和。幽冀猶霜霰。北寒妾已知。南心君不見。誰爲道辛苦。寄情雙飛燕。形迫杼前電。顏落風前電。容華一朝改。惟余心不變。

代葛沙門妻郭小玉作

明月何皎皎。垂幌照羅裍。若共相思夜。知同憂怨晨。芳華豈矜貌。霜露不憐人。君非青雲逝。飄迹事咸秦。妾持一生淚。經秋復度春。

君子將遙役。遺我雙題錦。臨當欲去時。復留相思枕。題用常著心。枕以憶同寢。行行日已遠。轉覺思彌甚。

寄行人

桂吐兩三枝。蘭開四五葉。是時君不歸。春風徒笑妾。

樂府有華山畿。蓋其首章。是宋時一女子作。好事者從而廣之。遂有二十餘章。古今樂錄曰。宋少帝時。南徐有一士子。從華山畿往雲陽。見客舍有女子年十八九。悅之無因。遂感心疾。母問其故。具以啟母。母爲至華山尋訪見女。具說女聞感之。因脫蔽膝。令母密置其席下臥之。當已。少日果差。忽舉席見蔽膝而抱持。遂吞食而死。氣欲絕。謂母曰。葬時車載從華山度。母從其意。比至女門。牛不肯前。打拍不動。女曰。且待須臾。妝點沐浴。既而出歌曰。

華山畿。君既爲儂死。獨活爲誰施。歡若見憐時。棺木爲儂開。

歌畢。棺應聲開。女遂入棺。家人叩打。無如之何。乃合葬焉。其歌卽華山畿之首章也。宋世又有青溪小姑歌。青溪小姑者。秣陵尉蔣子文第三妹。青溪所居地名也。其歌曰。

日暮風吹。落葉依枝。丹心寸意。愁君未知。

歌闋夜已久。繁霜侵曉幕。何意空相守。坐待繁霜落。

韓蘭英吳郡婦人。齊時尚存。爲後宮司儀。有集四卷。今不傳。南齊書曰。蘭英宋孝武世獻中興賦。被賞入宮。明帝世用爲宮中職僚。世祖以爲博士。教六宮書學。以其年老多識。呼爲韓公。宮闈小名錄。有蘭英詩一首。不類。故不錄。又蘇小小相傳爲齊錢塘名倡。有西陵歌曰。

妾乘油壁車。郎騎青驄馬。何處結同心。西陵松柏下。

第八章　梁陳婦女文學

永明以後。文章日就藻麗。宮商聲病。研討淸新。六朝作者。斯爲盛矣。而婦人文學。反不逮前代。豈其篇章散亡。遂致罕所考徵歟。梁時劉氏三妹。並有才名。蓋瑯邪劉繪之女。而孝綽之妹也。長適王淑英。次適張嵊。幼適徐悱。惟王淑英妻與徐悱妻。猶有遺文可見徐悱妻名令嫺。尤冠絕二姊也。王淑英妻詩僅存三首。

昭君怨

一生竟何定。萬事最難保。丹青失舊儀。玉匣成秋草。想妾辭關淚。至今猶未燥。漢使汝南還。殷勤爲人道。

暮寒

梅花自爛熳。百舌早迎春。逾寒衣逾薄。未肯惜腰身。

贈夫

粧鉛點黛拂輕紅。鳴環動佩出房櫳。看梅復看柳。淚滿春衫中。

徐悱妻劉令嫺。世稱劉三娘。隋志稱其有集二卷。善詩文。尤淸拔。悱爲晉安郡卒。喪還建業。令嫺爲祭文。詞甚悽惋。父勉本欲爲哀詞。及見此文。乃閣筆。其文曰

維梁大同五年新婦謹薦少牢于徐府君之靈曰。惟君德威禮智。才兼文雅。學比山成。辨同河瀉。明經擢秀。光朝振野。調逸許中。聲高洛下。含潘度陸。超終邁賈。二儀既肇。判合始分。簡賢依德。乃隸夫君。外治徒舉。內佐無聞。幸移蓬性。頗習蘭薰。式傳琴瑟。相酬典墳。輔仁難驗。神情易促。雹碎春紅。霜凋夏綠。躬奉正衾。親觀啓足。一見無期。百身何贖。嗚呼哀哉。生死雖殊。情親猶一。敢遵先好。手調薑橘。素俎空乾。奠觴徒溢。昔奉齊眉。異於今日。從軍暫別。且思樓中。薄遊未反。尙比飛蓬。如當永訣。永痛無窮。百年幾何。泉穴方同。

令嫺詩存者餘十章。具錄於下。

婕妤怨

日落應門閉。愁思百端生。況復昭陽近。風傳歌吹聲。寵移終不恨。讒枉太無情。只言爭分理。非妬舞腰輕。

春閨怨

花庭麗景斜。蘭牖輕風度。落日更新粧。開簾對芳樹。鳴鸝葉中舞。戲蝶花間鶩。調琴本要歡。心愁不成趣。良會誠非遠。佳期今不遇。欲知幽怨多。春閨深且暮。

答唐孃七夕所穿針

倡人效漢女。靚妝臨月華。連針學並蒂。縈縷作開花。孀閨絕綺羅。攬鏡自傷嗟。雖言未相識。聞道出良家。曾停霍君騎。經過柳惠車。無由一共語。暫看日升霞。

詠佳人

東家挺奇麗。南國擅容輝。夜月方神女。朝霞喩洛妃。還看鏡中色。比豔似知非。摛詞徒妙好。連類頓乖違。知夫雖已麗。傾城未敢希。

聽百舌

庭樹且新晴。臨鏡出雕楹。風吹桃李氣。過傳春鳥聲。盡寫山陽笛。全作洛濱笙。注意留歡聽。誤令妝不成。

摘同心梔子贈謝娘因附此詩

兩葉雖爲贈。交情永未因。同心何處恨。梔子最關人。

有期不至

黃昏信使斷。銜怨心淒淒。迴燈向下榻。轉面闇中啼。

代陳慶之美人爲詠

臨妝欲含涕。羞畏家人知。還代粉中絮。擁淚不聽垂。

光宅寺

長廊欣送目。廣殿悅逢迎。何當曲房裏。幽隱無人聲。

題甘蕉葉示人

夕泣似非疎。夢啼眞太數。唯當夜枕知。過此無人覺。

夢見故人

覺罷方知恨。人心定不同。誰能對角枕。長夜一邊空。

梁衞敬瑜妻王氏。霸城王整之姊。適敬瑜。年十六而夫亡。父母舅姑咸欲嫁之。乃截耳置盤。中爲誓乃止。應州刺史晉昌侯藻嘉其節。題曰精義衞婦之門。或曰敬瑜妻名姚玉京。或又。曰玉京卽姚氏之乳名。加姚者從母姓也。亡壻種樹百株。墓前柏樹忽成連理。一年許還復分散。乃爲詩曰。

墓前一株柏。連根復並枝。妾心能感木。頹城何足奇。

王氏所居。嘗有雙燕巢梁間。一日雄死。其雌孤飛。至秋翔集王氏臂。若告別然。氏以紅縷繫其足曰。新春復來。爲吾侶也。明年復來。因贈以詩。自爾秋返春來。凡六七年。氏病卒。明年燕來。繞梁哀鳴。家人語曰。王氏死矣。墳在南郭。燕遂至墳所亦死。先是王氏贈燕詩曰。

昔年無偶去。今春猶獨歸。故人恩義重。不忍復雙飛。

梁范靖妻沈滿願所著甚富。尤長於詩。范靖一作范靜。唐書藝文志。有范靖妻沈滿願集三卷。

晨風行

理楫令舟人。停艫息旅薄河津。念君劬勞冒風塵。臨路揮袂淚沾襟。飈流勁潤逝若飛。山高帆急絕音徽。畱子句句獨言歸。中心煢煢將依誰。風彌葉落永離索。神往形返情錯漠。循帶易緩愁難卻。心之憂矣頗銷鑠。

昭君怨

早信丹青巧。重貨洛陽師。千金買蟬鬢。百萬寫蛾眉。

今朝猶漢地。明旦入胡關。高堂歌吹遠。遊子夢中還。

挾琴歌

逶迤起塵唱。宛轉繞梁聲。調絃可以進。蛾眉畫不成。

暎水曲

輕鬢覺浮雲。雙蛾初擬月。水澄正落釵。萍開理垂髮。

登樓曲

憑高川陸近。望遠阡陌多。相思隔重嶺。相憶隔長河。

越城曲

別怨悽懽響。離啼濕舞衣。願假烏棲曲。翻從南向飛。

戲蕭娘

明珠翠羽帳。金薄綠銷帷。因風時暫舉。想像見芳姿。淸晨插步搖。向晚解羅衣。託意風流子。佳情詎自私。

詠燈

綺筵日已暮。羅幃月未歸。開花散鶴采。含光出九微。風軒動丹燄。水檻淡淸暉。不畏輕蛾繞。惟恐曉蠅飛。

詠五彩竹火籠

可憐潤霜質。纖剖復毫分。織作回風苣。製爲縈綺文。含芳出珠被。耀彩接湘裙。徒令嗟麗飾。豈念欲凌雲。

詠步搖花

珠花縈翡翠。寶葉間金瓊。剪荷不似製。爲花如自生。低枝拂繡領。微步動瑤英。但令雲髻插。蛾眉本易成。

詠殘燈

殘燈猶未滅。將盡更揚輝。唯餘一兩焰。纔得解羅衣。

古今樂錄曰。吳聲十曲。一曰子夜。二曰上柱。三曰鳳將雛。四曰上聲。五曰歡聞。六曰歡聞變。七曰前溪。八曰阿子。九曰丁督護。十曰團扇郎。並梁所用曲。鳳將雛以上三曲古有歌。今不傳。上聲以下七曲內人包明月製舞前溪一曲。餘並王金珠所製。（彤管新詠作劉令嫻）葢包明月與王金珠。其他文學無可考。專以樂府著稱於梁者也。

前溪歌　包明月

當曙與未曙。百鳥啼前窗。獨眠抱被歎。單情何時雙。

子夜四時歌　王金珠

春歌

朱日光素冰。黃花映白雪。折梅待佳人。共迎陽春月。

階上香入懷。庭中花照眼。春心鬱如此。情來不可限。

吹漏不可停。斷絃當更續。俱作雙思引。共奏同心曲。

夏歌

玉盤貯朱李。金盃乘白酒。本欲親自持。復恐不甘口。
垂簾倦煩熱。卷幌乘清陰。風吹合歡帳。直動相思琴。

秋歌

疊素蘭房中。勞情桂杵側。朱顏潤紅粉。香汗光玉色。
紫莖垂玉露。綠葉落金櫻。著錦如言重。衣羅始覺輕。

冬歌

寒閨周黼帳。錦衣連理文。懷情入夜月。含笑出朝雲。

子夜變歌

七綵紫金柱。九華白玉梁。但歌繞不去。含吐有餘香。

上聲歌

花色過桃杏。名稱黃金瓊。名歌非下里。含笑作上聲。

歡聞歌

豔豔金樓女。心如玉池蓮。持底報郎恩。俱期遊楚天。

歡聞變歌

南有相思木。合影復同心。遊女不可求。誰能識得音。

團扇郎

手中白團扇。淨如秋潭月。清風任動生。嬌聲任意發。

下督護歌

黃河流無極。洛陽數千里。輒軻戎旅間。何由見歡子。

阿子歌

可憐雙飛鳧。飛集野田中。饑食野田草。渴飲清河流。

陳後主多內寵。恣意聲色。以宮人有文學者袁大捨等爲女學士。而江總等十餘人並爲狎客。後主每引賓客對貴妃等游宴。則使諸貴人及女學士與狎客共賦新詩。互相贈答。採其尤艷麗者。以爲曲詞。被以新聲。選宮女有容色者以千百數。習而歌之。其曲有玉樹後庭花臨春樂等。大指所歸。皆美張貴妃孔貴嬪之容色也。其略曰。璧月夜夜滿。瓊樹朝朝新。當時男女唱和。競以綺艷相高。極於輕蕩。然所謂女學士篇章。至今無有存者。後主沈后亦有文才。後主崩。自爲哀辭。文甚酸切。今不傳。惟存答後主詩一首曰。

誰言不相憶。見罷倒成羞。情知不肯住。教遣若爲留。

陳後主妹樂昌公主。嫁徐德言。陳政方亂。德言謂婦。國亡。卿必入豪家。乃破一鏡。各執一半。約他時以正月望日賣於都市。及隋代陳。公主歸楊越公家。德言如期訪之。有蒼頭賣半鏡。

大高其價。德言以半鏡合之。題詩付蒼頭。公主得詩悲泣。越公詢得其實。召德言與飲。令公主作詩。遂厚遺送還江南。公主在越公席間見德言時賦詩曰。

今日何遷次。新官對舊官。笑啼俱不敢。方信作人難。

陳時婦女爲詩者。有陳新塗妻李氏冬至詩曰。

靈象尋數廻。四氣平運散。陰律鼓微陽。大明啟修旦。感與時來興。心隨逝化嘆。式宴集中堂。賓客迎朝館。（此詩古詩紀錄在晉世）

又有陳少女寄夫詩曰。

自君上河梁。蓬首臥蘭房。安得一樽酒。慰妾九廻腸。

第九章　北朝婦女文學

六朝文學南北異趣。江左習於清綺。河朔貴乎氣質。然婦女文學則自晉以後。南北俱爲不振。今就北朝婦人篇章略可見者考而錄之。

北魏起於河朔。未遑文雅。宣武靈后胡氏。肅宗立尊爲皇太后。臨朝聽政。嘗於都亭曲水宴羣臣賦詩。武都人楊白花者。太后通之。白花畏禍奔梁。太后思之。作楊白花歌。使宮人連臂踏足歌之。聲甚悽惋。其歌曰。

陽春二三月。楊柳齊作花。春風一夜入閨闥。楊花飄蕩落南家。含情出戶腳無力。拾得楊花淚沾臆。秋去春來雙燕子。願銜楊花入窠裏。

魏文明馮太后善詩賦。登臺見雀啄食。作靑臺歌曰。

靑臺雀。靑臺雀。緣山采花額。

後魏王肅妻謝氏。江南人。初肅爲齊秘書丞。聘謝氏。及北歸後魏。爲尙書令。復尙公主。謝氏入道爲尼。以詩及書貽肅。肅爲造正覺寺以憇之。其貽肅詩曰。

本爲箔上蠶。今作機上絲。得絡逐勝去。頗憶纏綿時。

又貽肅書曰。

妾以陋姿。獲侍巾櫛。結褵之後。心協琴瑟。每從刺繡之餘。間及詩歌之事。煮鳳嘴以聯吟。爇龍涎而弔古。當此之時。君懷金石之貞。妾慕松筠之節。雖菡萏之並蒂。比翼之雙飛。未足方其情誼也。頃緣讒隙之生。遠適異國。猶憶臨歧分袂。言與涕零。親戚送者。皆爲感歎。嗚呼。歲月易遷。山川間隔。君留薊北。妾在江南。鴻帛杳然。魚書不至。言念及此。未嘗不顧影徘徊。泣數行下也。邇年以來。益復情懷恍惚。鏡台寂寞。披覽往牒。見畫眉之勝事。則膏沐無光。想舉案之休風。則珍羞不旨。閱未終篇。廢書長想。春花空豔。秋月徒圓。子規時助其哀。寒蛩亦增其戚。秦嘉徐淑。豈伊異人。妾之薄命。一至於斯。前者北使至南。聞君爵列尙書。聯姻帝室。夫尙書爲喉舌之司。典領樞機。參贊庶務。銀章紫綬。焜耀一時。況以蕭史之才名。配弄玉之芳姿。或攜手於花前。或彈琴於月下。迴視牛衣對泣之日。不啻人間天上。獨可歎者。既有絲麻。遂棄菅蒯。糟糠之妻。白首飲恨。使宋宏高義。專美千秋。妾獨何心。能不悲哉。嗚呼。已矣。衰秋蒲柳。倍加憔悴。昔日纏綿。總成幻影。感連理之分枝。悼盛衰之變態。晨鐘一叩。萬境皆空。自茲而往。妾惟繡佛長齋。參稽三乘。借菩提之楊枝。洗鉛華之繁艷。豈更盼鸂鶒於水中。望鴛鴦於塘上乎。但念機上之絲。本爲貉上之蠶。雖云得絡。詎屬無情。況修途困頓。達人所憐。不敢望竇滔之迎。庶少鑑若蘭之志。得假片刻。以罄鄙懷。妾之願也。惟君圖之。

王肅後妻陳留長公主。代王肅答謝氏詩曰。

鍼是貫絲物。目中常紝絲。得帛縫新去。何能納故時。

又魏咸陽王禧謀逆伏誅。後宮人爲之歌曰。

可憐咸陽王。奈何作事誤。金牀玉几不能眠。夜起踏霜露。洛水湛湛彌岸長。行人那得度。

北齊馮淑妃名小憐。齊後主拜爲淑妃。齊亡。爲周師所獲。以侍代王達。侍王彈琵琶。因絃斷作詩曰。

雖蒙今日寵。猶憶昔時憐。欲知心斷絕。應看膝上絃。

北齊盧士琛妻崔氏。崔林義女也。有才學。春日以花和雪。與兒靧面。爲詞祝之曰。

取紅花。取白雪。與兒洗面作光悅。取白雪。取紅花。與兒洗面作妍華。取花紅。取雪白。與兒洗面作光澤。取雪白。取花紅。與兒洗面作華容。

北周宇文護之母曰閻姬有遺子書文辭悽楚其辭曰。

天地隔塞。子母異所三十餘年。存亡斷絕。肝腸之痛。不能自勝。想汝悲思之懷。復何可處。吾自念十九入汝家。今已八十矣。既逢喪亂。備嘗艱阻。恆冀汝等長成。得見一日安樂。何期罪釁深重。存歿分離。吾凡生汝輩三男三女。今日目下不覩一人。與言及此。悲纏肌骨。賴皇齊恩卹。差安衰暮。又得汝楊氏姑。及汝叔母紇干。汝嫂劉新婦等同居。頗亦自適。但爲微有耳疾。大語方聞。行動飲食。幸無多恙。今大齊聖德遠被。特降鴻慈。既許歸吾於汝。又聽先致音耗。積稔長悲。豁然獲展。此乃仁侔造化。將何報德。汝與吾別之時。年尚幼小。以前家事。或不委曲。昔在武川鎮生汝兄弟。大者屬鼠。次者屬兔。汝身屬蛇。鮮于修禮起日。吾之闔家大小。先在博陵郡住。相將欲向左入城。行至唐河之北。被定州官軍打敗。汝祖及二叔。時俱戰亡。汝叔母賀拔及兒元寶。汝叔母紇干及兒菩提。幷吾與汝六人。同被擒捉入定州城。未幾間將吾及汝送與元寶掌。賀拔紇干各別分散。寶掌見汝云。我識其祖翁。形狀相似。時寶掌營在唐城內。經停三日。寶掌所掠得男夫婦女可六七十人。悉送向京。吾時與汝同被送。限至定州城南。夜宿同鄉人姬庫根家。茹茹奴望見鮮于修禮營火。語吾云。我今走向本軍。既至營。遂告吾輩在此。明旦日出。汝叔將兵邀截吾及汝等。還得向營。汝時年十二。共吾並乘馬隨軍。可不記此事緣由也。於後吾共汝受陽住時。元寶菩提。及汝姑兒賀蘭盛洛。并汝身四人同學博士姓成。爲人最惡。汝等四人謀欲加害吾與汝叔母等聞之。各捉其兒打之。惟盛洛無母。獨不被打。其後爾朱天柱亡歲。賀拔阿斗泥在關西。遣人迎家累。時汝叔亦遣奴來富迎汝及盛洛等。汝時著緋綾袍銀裝帶。盛洛著紫織成纈通身袍。黃綾裏。並乘騾同去。盛洛小於汝。汝等三人並呼吾作阿摩敦。如此之事。當分明記之耳。今又寄汝小時所著錦袍表一領。至宜檢看。知吾含悲戚多歷年祀。屬千載之運。逢大齊之德。矜老開恩。許得相見。一聞此言。死猶不朽。況如今者。勢必聚集。禽獸草木。母子相依。吾有何罪。與汝分離。今復何福。還望見汝。言此悲喜。死而更蘇。世間所有。求皆可得。母子異國。何處可求。假汝貴極王公。富過山海。有一老母。八十之年。飄然千里。死亡旦夕。不得一朝暫見。不得一日同處。寒不得汝衣。飢不得汝食。汝雖窮榮極盛。光耀世間。汝何用爲。於吾何益。吾今日之前。汝既不得申其供養。事往何論。今日以後。吾之殘命。惟繫於汝。爾戴天履地。中有鬼神。勿云冥昧。而可欺負。汝楊氏姑。今雖炎暑。猶能先發。關河阻遠。隔絕多年。書依常體。慮汝致惑。是以每存款質。兼亦載吾姓名。當識此理。不以爲怪。

周趙王宇文昭女千金公主。嫁爲突厥沙鉢略妻。隋滅周。主自傷宗祀絕滅。每懷復讎之志。日夜言於沙鉢略。悉衆爲寇。後力弱內附。賜姓楊氏。改封大義公主。隋平陳。後以陳叔寶屏風賜主。主心不平。因書屏風爲詩曰

盛衰等朝暮。世道若浮萍。榮華實難守。池臺中自平。富貴今何在。空事寫丹青。盃酒恆無樂。弦歌詎有聲。余本皇家子。飄流入虜庭。一朝覩成敗。懷抱忽縱橫。古來共如此。非我獨申名。惟有明君曲。偏傷遠嫁情。

隋煬帝蕭皇后。梁明帝巋之女。有才識。知占驗。見帝失德。心知不可。不敢厝言。因爲述志賦以自寄。及隋亡。入於突厥。唐貞觀初破突厥。乃以禮致之。歸於京師。其述志賦曰。

承積善之餘慶。備箕帚於皇庭。恐修名之不立。將負累於先靈。迺夙夜而匪懈。實寅懼於玄冥。雖自强而不息。亮愚蒙之多滯。思竭節於天衢。才追心而弗逮。實庸薄之多幸。荷隆寵之嘉惠。賴天高而地厚。屬王道之昇平。均二儀之覆載。與日月而齊明。迺春生而夏長。等品物而同榮。願立志於恭儉。私自競於誡盈。孰有念於知足。苟無希於濫名。惟至德之宏深。情不遑於聲色。感懷舊之餘恩。求故劍於宸極。叨不世之殊眄。謬非才而奉職。何寵祿之踰分。撫胸襟而未識。雖沐浴於恩光。內慚惶而累息。顧微躬之寡昧。思令淑之良難。實不遑於啓處。將何情而自安。若臨深而履薄。心戰慄其如寒。夫居高而必危。每處滿而

防溢知恣夸之非道。乃攝生於沖謐。嗟寵辱之易驚。尙無爲而抱一。履謙光而守志。且願安乎容膝。珠簾玉箔之奇。金屋瑤臺之美。雖時俗之崇麗。蓋哲人之所鄙。愧絺綌之不工。豈絲竹而喧耳。知道德之可尊。明善惡之由己。屛囂煩之俗慮。乃服膺於經史。綜箴戒以訓心。觀女圖而作軌。遵古賢之令範。冀福祿之能綏。時循躬而三省。覺今是而昨非。嗤黃老之損思。信爲善之可歸。慕周姬之遺風。美虞妃之聖則。仰先哲之高才。貴至人之休德。質菲薄而難蹤。心恬愉而去惑。乃平生之耿介。實禮義之所遵。雖生質之不敏。庶積行以成仁。懼達人之蓋寡。謂何求而自陳。誠素志之難寫。同絕筆於獲麟。

隋煬帝侯夫人有美色。一日自經死。臂縈錦囊有文。左右取以進。帝見之傷感。厚葬之。自誦其詩。令樂府歌焉。今擇錄數首。

自傷

初入承明日。深深報未央。長門七八載。無復見君王。寒春入骨淸。獨臥愁空房。躧履步庭下。幽懷空感傷。平日所愛惜。自待却非常。色美反成棄。命薄何可量。君恩實疎遠。妾意徒徬徨。家豈無骨肉。偏親老北堂。此身無羽翼。何計出高牆。性命誠所重。棄割誠可傷。懸帛朱棟上。肝腸如沸湯。引頸又自惜。有若絲牽腸。毅然就死地。從此歸冥鄉。

粧成

粧成多自惜。夢好卻成悲。不及楊花意。春來到處飛。

自遣

秘洞扃仙卉。雕房鎖玉人。毛君誠可戮。不肯寫昭君。（一作無金贈延壽妾自誤平生）

庭絕玉輦迹。芳草漸成窠。隱隱聞簫鼓。君恩何處多。

煬帝宮人。又有吳絳仙。其謝賜合歡水果詩曰。

驛使傳來果。君王寵念深。寧知辭帝里。無復合歡心。

又杭靜亦煬帝宮人。時李淵已盛。而煬帝淫樂不悟。故靜作江都迷樓夜半歌以諷之曰。

河南楊柳樹。江南李花營。楊柳飛綿何處去。李花結果自然成。

此外隋時女子。如丁六娘蘇蟬翼張碧蘭羅愛愛秦玉鸞。並有詩傳於後。而里居家世不可考矣。

十索曲　丁六娘

裙裁孔雀羅。紅綠相參對。映以蛟龍錦。分明奇可愛。麤細君自知。從郎索衣帶。

爲性愛風光。生憎良夜促。曼眼腕中嬌。相看無厭足。歡情不奈眠。從郎索花燭。

君言花勝人。人今去花近。寄語落花風。莫吹花落盡。欲作勝花嬌。從郎索紅粉。

二八好容顏。非意得相關。逢桑欲採折。尋枝倒懶攀。欲呈纖纖手。從郎索指環。

含嬌不自轉。送眼勞相望。無那關情伴。共入同心帳。欲防人眼多。從郎索錦幛。

因故人歸有感　蘇蟬翼

郎去何太速。郎來何太遲。欲借一樽酒。共敘十年悲。

寄阮郎　張碧蘭

郎如洛陽花。妾似武昌柳。兩地惜春風。何時一攜手。

閨思　羅愛愛

幾當孤月夜。遙望七香車。羅帶因腰緩。金釵逐鬢斜。

憶情人　秦玉鸞

蘭幕蟲聲切。椒庭月影斜。可憐秦館女。不及洛陽花。

中國婦女文學史三終

第二編下　中古婦女文學（唐五代）

第一章　唐之宮廷文學

唐時后妃。多嫻文藝。而徐賢妃上官昭容。幾於作者之選矣。武后以雄才稱制。幾易唐祚。文章特其餘事。雖其製作不無狎客爲之假手。固當自能屬詞。輒以武后別出一章。武后而外。唐世宮廷文學則並著於此。

太宗長孫皇后。河南洛陽人。幼習文藝。及爲皇后。益尙約素。服御取給則止。好觀書。雖容櫛不廢。從幸九成宮。方屬疾。太子欲請大赦。汎度道人。祓塞災會。后曰。死生有命。非人力所支。若修福可延。吾不爲惡。使善無效。我尙何求。且赦令國大事。佛老異方敎耳。皆上所不爲。豈宜以吾亂天下法。帝聞嗟美。嘗采古婦人事著女則十篇。今不傳。惟傳其春游曲云。

上苑桃（一作杏）花朝日明。蘭閨艷妾動春情。井上新桃偸面色。檐邊嫩柳學身輕。花中來去看舞蝶。樹上長短聽啼鶯。林下何須遠借問。出衆風流舊有名。

太宗徐賢妃名惠。生五月能言。四歲通論語詩。八歲自曉屬文。父孝德嘗試使擬離騷爲小山篇曰。仰幽巖而流盼。撫桂枝以凝想。將千齡兮此遇。荃何爲兮獨往。太宗聞之。召爲才人。手未嘗廢卷。而辭致贍蔚。又無淹思。帝益禮顧。後遷充容。卒贈賢妃。貞觀末。數調兵討定四夷。稍稍治宮室。百姓勞怨。賢妃上疏極諫曰。

自貞觀以來二十有二載。風調雨順。年登歲稔。人無水旱之弊。國無饑饉之災。昔漢武守文之常主。猶登刻玉之符。齊桓小國之庸君。尙圖泥金之事。望陛下推功損己。讓德不居。億兆傾心。猶闕告成之禮。云亭佇謁。未展升中之儀。此之功德。足以咀嚼百王。網羅千代者矣。古人有言。雖休勿休。良有以也。守初保末。聖哲罕兼。是知業大者易驕。願陛下難之。善始者難終。願陛下易之。竊見頃年以來。力役兼總。東有遼海之軍。西有崐邱之役。士馬疲於甲冑。舟車倦於轉輸。且召募役戍。去留懷死生之痛。因風阻浪。往來有漂溺之危。一夫力耕。卒無數十之獲。一船致損。則傾數百之糧。是猶運有盡之農工。塡無窮之巨浪。圖未獲之他衆。喪已成之我軍。雖除凶伐暴。有國常規。然黷武翫兵。先哲所戒。昔秦王并吞六國。反速危亡之基。晉武奄有三方。翻成覆敗之業。豈非矜功恃大。棄德而輕邦。圖利忘害。肆情而縱欲。遂使悠悠六合。雖廣不救其亡。嗷嗷黎庶。因弊以成其禍。是知地廣非常安之術。人勞乃易亂之源。願陛下布澤流仁。矜弊恤乏。減行役之煩。增湛露之惠。妾又聞爲政之本。貴在無爲。竊見土木之功。不可兼遂。北闕初建。南營翠微。曾未踰時。玉華創制。雖復因山藉水。非無架築之勞。損之又損。頗有工力之費。終以茅茨示約。猶興木石之疲。假使和雇取人。不無煩擾之弊。是以卑宮菲食。聖王之所安。金屋瑤臺。驕主之爲麗。故有道之君。以逸逸人。無道之君。以樂樂身。願陛下使之以時。則力無竭矣。用而息之。則人斯悅矣。夫珍翫伎巧。乃喪國之斧斤。珠玉錦繡。實迷心之酖毒。竊見服翫纖靡。如變化於自然。織貢珍奇。若神仙之所製。雖馳華於季俗。實敗素於淳風。是知漆器非延叛之方。桀造之而人叛。玉杯豈招亡之術。紂用之而國亡。方驗侈麗之源。不可不遏。作法於儉。猶恐其奢。作法於奢。何以制後。伏惟陛下明鑒未形。智周無際。窮奧祕於麟閣。盡探賾於儒林。千王治亂之蹤。百代安危之跡。興衰禍福之數。得失成敗之機。固亦包吞心府之中。循環目圍之內。乃宸衷之久察。無假一二言焉。唯恐知之非難。行之不易。志驕於業泰。體逸於時安。伏願抑志裁心。愼終如始。削輕過以添重德。循今是以替前非。則令名與日月無窮。盛德與乾坤永大。

徐賢妃所著詩賦亦略錄於下。

奉和御製小山賦

惟聖皇之馭寓。鑒敗德於前規。裁廣知以從狹。抑高心而就卑。懼逸情之有泰。欣靜慮於無爲。於時季春移序。初光入暑。露溽池臺。煙霏林籞。睿情悒以無歡。懷仁知而延佇。思寓賞以登臨。非搜麗於茅宇。殊華嶽之削成。異羅浮之移所。爾其表翫宸衷。故作離宮含仁自下。帶嶮非崇。分上林之卉木。點重巒之翠紅。葉新抽而不樹。花散植而無叢。雜當牕之帶柳。交約砌之桂桐。纖塵集兮朝嶺峻。宵露晞兮夕澗空。影促圓峰三寸日。聲低疊嶂一尋風。風輕兮拂蘭蕙。日斜兮蔭階砌。蝶留粉於巖端。蜂尋香於嶺際。草臨波而側影。石瑩流而倒勢。雖蓬瀛之蘊奇。故未留於神睇。彼岷閬之稱美。詎有述於天製。豈若數簣之形託於掖庭。俯依丹檻。仰映朱楹。恥巖崖之鄙薄。荷眺矚之恩榮。期保終於一國。奉天睠於千齡。

秋風函谷關應詔

秋風起函谷。朔氣動河山。偃松千嶺上。雜雨二陵間。低雲愁廣隰。落日慘重關。此時飄紫氣。應念眞人還。

長門怨

舊愛柏梁臺。新寵昭陽殿。守分辭芳輦。含情泣團扇。一朝歌舞榮。夙昔詩書賤。頹恩誠已矣。覆水難重薦。

賦得北方有佳人

由來稱獨立。本是號傾城。柳葉眉間發。桃花臉上生。腕搖金釧響。步轉玉環鳴。纖腰宜寶袜。紅衫豔織成。懸知一顧重。別覺舞腰輕。

唐初詩人。猶沿梁陳宮體。而上官儀爲詩。尤屬辭綺錯。學者競效之。號曰上官體。蓋綺麗過於四傑。而沈宋之前驅也。有孫曰婉兒。能世其學。天后時。配入掖庭。性韶警。善文章。年十四。

后召見。自通天以來。內掌詔命。中宗卽位。大被信任。進拜昭容。勸帝侈大書館。增學士員。引大臣名儒充選。數賜宴賦詩。君臣賡和。婉兒常代帝及后長寧安樂二主。衆篇並作。詞旨益新。又差第羣臣所賦。賜金爵。故朝廷靡然成風。當時屬辭者。大抵雖浮艷。然皆有可觀。婉兒力也。後臨淄王起兵。被殺。開元初。裒次其文章。詔張說題篇。集二十卷。今不傳。茲錄其詩數首如下。

綵書怨

葉下洞庭初。思君萬里餘。露濃香被冷。月落錦屏虛。欲奏江南曲。貪封薊北書。書中無別意。惟悵久離居。

九月九日上幸慈恩寺

帝里重陽節。香園萬乘來。却邪萸入結一作佩。獻壽菊傳杯。塔類承天湧。門疑待佛開。睿詞懸日月。長得仰昭回。

遊長寧公主流杯池

玉環騰遠創。金埒荷殊榮。弗玩珠璣飾。仍留仁智情。鑿山便作室。憑樹卽爲楹。公輸與班爾。從此遂韜聲。

登山一長望。正遇九春初。結駟塡街衕。衕一作衎閭閻滿邑居。鬬雪梅先吐。驚風柳未舒。直愁斜日落。不畏酒尊虛。

霽曉氣清和。披襟賞薜蘿。玳瑁凝春色。琉璃漾水波。跂石聊長嘯。攀松乍短歌。除非物外者。誰就此經過。

暫爾遊山第。淹畱惜未歸。霞（一作水）窗明月滿。澗戶白雲飛。書引藤爲架。人將薜作衣。此眞攀玩所。（一作桂府）臨睨賞光輝。

放曠出煙雲。蕭條自不羣。漱流清意府。隱几避囂氛。石畫妝苔色。風梭織水紋。山室（一作空）何爲貴。唯餘蘭桂熏。

策杖臨霞岫。危步下霜蹊。志逐深山靜。途隨曲澗迷。漸覺心神逸。俄看雲霧低。莫怪人題樹。祇爲賞幽棲。

駕幸三會寺應制

釋子談經處。軒臣刻字畱。故臺遺老識。殘簡聖皇（一作君）求。駐蹕懷千古。開襟望九州。四山緣塞合。二水夾城流。宸翰陪瞻仰。天杯接獻酬。太平詞藻盛。長願紀鴻休。

駕幸新豐溫泉宮

三冬季月景隆年。萬乘觀風出灞川。遙看電躍龍爲馬。回矚霜原玉作田。

鑾旂掣曳拂空回。羽騎驂驔躡景來。隱隱驪山雲外聳。迢迢御帳日邊開。

翠幙珠幃斂月營。金罍玉斝泛蘭英。歲歲年年常扈蹕。長長久久樂升（一作承）平。

武后時有宮人者。本士人妻。士人陷寃獄。遂配掖庭。善吹觱篥。乃撰別離難曲以寄情。初名大郎神。蓋取良人弟行也。既畏人知。雖三易其名曰悲切子。終號怨回鶻。其辭曰。

此別難重陳。花飛復戀人。來時梅覆雪。去日柳含春。物候催行客。歸途淑景新。剡川今已遠。魂夢勝相親。

明皇楊貴妃。蒲州永樂人。今傳其贈張雲容舞詩曰。

羅袖動香香不已。紅蕖裊裊秋煙裏。輕雲嶺上乍搖風。嫩柳池邊初拂水。

明皇江妃。字采蘋。莆田人。開元初。高力士選歸侍明皇。大見寵幸。屬文自比謝女。所居悉植梅花。帝因其所好。戲名梅妃。後失寵。欲仿長門賦故事。求工爲文者作賦以悟主上。高力士畏貴妃。不敢代求。乃自撰樓東賦。其他詩文。今罕傳者。

樓東賦

玉鑑塵生。鳳奩香殄。懶蟬鬢之巧梳。閑縷衣之輕練。苦寂寞於蕙宮。但凝思乎蘭殿。信飄落之梅花。隔長門而不見。況乃花心颺恨。柳眼弄愁。煖風習習。春鳥啾啾。樓上黃昏兮。聽鳳吹而回首。碧雲日暮兮。對素月而凝眸。溫泉不到。憶拾翠之舊遊。長門深閉。嗟青鸞之信修。憶昔太液清波。水光蕩浮。笙歌燕賞。陪從宸旒。奏舞鸞之妙曲。乘畫鷁之仙舟。君情繾綣。深敍綢繆。誓山海而長在。似日月而無休。奈何嫉色庸庸。妒氣沖沖。奪我之愛幸。斥我於幽宮。思舊歡之莫得。夢想著乎朦朧。度花朝與月夕。若懶對乎春風。欲相如之奏賦。奈世才之不工。屬愁吟之未盡。已響動乎疎鐘。空長歎而掩袂。躊躇步於樓東。

謝賜珍珠

桂葉雙眉久不描。殘妝和淚汚紅綃。長門盡日無梳洗。何必珍珠慰寂寥。

開元中。賜邊事纊衣。製自宮人。有兵士於袍中得詩。白於帥。帥上之朝。明皇以詩徧示六宮。一宮人自稱萬死。明皇憐之。以妻得詩者。曰。朕與爾結今生緣也。其詩曰。

沙場征戍客。寒苦若爲眠。戰袍經手作。知落阿誰邊。蓄意多添線。含情更著綿。今生已過也。願結後生緣。

唐宮人題詩紅葉凡三見。不知是一事而傳聞異詞。與茲幷錄之。天寶末。洛苑宮娥題詩梧葉。隨御溝流出。顧況見之。亦題詩葉上。自上流投於波中。後十餘日。又得詩一首。後聞於朝。遂得遣出。此一事也。其二詩曰。

舊寵悲秋扇。新恩寄早春。聊題一片葉。將寄接流人。右第一首

一葉題詩出禁城。誰人酬和獨含情。自嗟不及波中葉。蕩漾來春取次行。右第二首

又德宗宮人。奉恩院王才人養女鳳兒也。亦題詩於葉上。貞元中。進士賈全虛得之。見詩悲

想。裴回溝上。爲街吏所獲。金吾奏其事。德宗詢之。知爲鳳兒所作。因召全虛授金吾衞兵曹。遂以妻之。其詩曰。

一入深宮裏。無由得見春。題詩花葉上。寄與接流人。

又宣宗宮人姓韓氏。盧偓應舉時。偶臨御溝。得一紅葉。上有絕句。置於巾箱。及出宮人。偓得韓氏。覩紅葉吁嗟久之曰。當時偶題。不謂郎君得之。其詩曰。

流水何太急。深宮盡日閑。殷勤謝紅葉。好去到人間。

順宗王皇后。憲宗之母。有遺令。憲宗郭皇后。有命江王即位册文。昭宗何皇后。有命皇太子即位册文。及命皇太子即位令。諸后並不以文學顯名。册令之文。宜出自廷臣。故不錄也。

金城公主。邠王守禮女。出降吐蕃。棄緒縮贊。太和中。歸國薨。其在吐蕃有數表。猶是家人語也。

謝恩賜錦帛器物表

金城公主奴奴言。仲夏盛熱。伏維皇帝兄起居萬福。御膳勝常。奴奴奉見舅甥平章書云還依舊日重爲和好。既奉如此進止。奴奴還同再生。下情不勝喜躍。伏蒙皇帝兄所賜信物。並依數奉領。謹獻金盞羚羊衫段青長毛氈各一。奉表以聞。

乞許贊普請和表

金城公主奴奴言。季夏極熱。伏維皇帝兄御膳勝常。奴奴甚平安。願皇帝兄勿憂。此間宰相向奴奴道。贊普甚欲得和好。亦宜親署誓文。往者皇帝兄不許親署誓文。奴奴降番事緣和好。今乃騷動。實將不安。和好矜憐奴奴。遠在他國。皇帝兄親署誓文。亦非常事。卽得兩國久長安穩。伏惟念之。

請置府表。

妹奴奴言。李行褘至。奉皇帝兄正月敕書。伏承皇帝萬福。奴惟加喜躍。今得舅甥和好。永無改張。天下黔庶。並加安樂。然去年崔琳迴日。請置府。李行褘至。及尙他辟。迴其府事不蒙進止。望皇帝兄商量。矜奴所請。

第二章　武則天

高宗武皇后。幷州文水人。荆州都督士彠之女。中宗立。稱皇太后。臨朝。尋自稱皇帝。改國號曰周。自名曌。在位二十二年。中宗反正。謚則天順聖皇后。事蹟具見唐書。武后在高宗朝。已大集諸儒內禁。譔定列女傳、臣軌、百僚新誡、樂書等。大抵千餘篇。後又集學士譔三教珠英。弘文尙藝。於斯爲盛。又自著垂拱集百卷。金輪集六卷。史稱后所爲詩文。率皆元萬頃、崔融等代作。然固自曉書。亦多自爲者。今不能致辨。輒略擇著數篇於下。蓋以武后之雄才大略。詩文宜無所不能。是以自來錄宮闈文者。武后恆爲一大家也。

武后所爲樂府。有唐饗昊天樂。唐明堂樂章。唐大饗拜洛樂章。古質典雅。說者以比之唐山夫人之安世房中歌。其唐饗昊天樂曰

太陰凝至化。眞耀蘊軒儀。德邁娥臺敞。仁高似幄披。捫天遂啟極。夢日乃昇曦。

瞻紫極。望玄穹。翹至懇。罄深衷。聽雖遠。誠必通。垂厚澤。降雲宮。

乾儀混成冲邃。天道下濟高明。闓陽晨披紫闕。太一曉降黃庭。圓壇敢由昭報。方璧冀展虔情。丹襟式敷衷懇。玄鑒庶察微誠。

巍巍叡業廣。赫赫聖基隆。菲德承先顧。禎符萃眇躬。銘開武巖側。圖薦洛川中。微誠詎幽感。景命忽昭融。有懷慙紫極。無以謝玄穹。

朝壇霧卷。曙嶺煙沈。爰設筐幣。式表誠心。筵輝麗璧。樂暢和音。仰惟靈鑒。俯察翹襟。

昭昭上帝。穆穆下臨。禮崇備物。樂奏鏘金。蘭羞委薦。桂醑盈斟。敢希靈德。聿罄莊心。

尊浮九醞。禮備三周。陳誠菲奠。契福神猷。

奠璧郊壇昭大禮。鏘金拊石表虔誠。始奏承雲娛帝賞。復歌調露暢韶英。

荷恩承顧託。執契恭臨撫。廟略靜邊荒。天兵曜神武。有截資先化。無爲遵舊矩。禎符降昊穹。大業光寰宇。

肅肅祀典。邕邕禮秩。三獻已周。九成斯畢。爰撤其俎。載遷其實。或升或降。惟誠惟質。

禮終肆類樂闋九成。仰惟明德。敢薦非馨。顧慙菲奠。久駐雲軿。瞻荷靈澤。悚戀兼盈。

式乾。路闢天扉。迴日馭動雲衣。登金闕入紫微。望仙駕仰恩徽。

唐會要曰萬歲通天元年鑄九鼎成上各寫本州山川物產之象令著作郎賈膺福殿中丞薛昌容鳳閣主事李元振司農錄事鍾紹京等分題左尙令曹元廓畫令南北衞士十餘萬人并仗內大牛白象曳之自玄武門入武后自製蔡州永昌鼎歌曰

羲農首出。軒昊膺期。唐虞繼踵。湯禹乘時。天下光宅。海內雍熙。上玄降鑒。方建隆基。

武后詩傳於今者不多。然有莊厚處。有流麗處。居然作者。自如意娘一首。則是其本色也。

從駕幸少林寺

陪鑾遊禁苑。侍賞出蘭闈。雲偃攢峯蓋。霞低插浪旗。日宮疎澗戶。月殿啟巖扉。金輪轉金地。香閣曳香衣。鐸吟輕吹發。幡搖薄霧霏。昔遇焚芝火。山紅連野飛。花臺無半影。蓮塔有全輝。實賴能仁力。攸資善世威。慈緣興福緒。於此欲皈依。風枝不可靜。泣血竟何追。

同太平公主遊九龍潭

山窗遊玉女。澗戶對瓊峰。巖頂翔雙鳳。潭心倒九龍。酒中浮竹葉。杯上寫芙蓉。故驗家山賞。唯有入松風。

如意娘

看朱成碧思紛紛。憔悴支離爲憶君。不信比來長下淚。開箱驗取石榴裙。

武后臨朝二紀。其制詔之文。故宜近臣所作。自餘諸體。並有傳者。裔皇宏麗。率有可觀。茲亦略錄數篇於此。

高宗天皇大帝哀册文

維弘道元年歲次癸未十二月甲寅朔四日丁巳。大行天皇崩於洛陽宮之貞觀殿。殯於乾元殿之西階。粵以文明元年五月壬午朔十五日景申發自瀍洛。旋於鎬京。以其年八月庚辰朔十一日庚寅。將遷座於乾陵。禮也。曉霧收碧。晨霞泛丹。庭分羽衛。肆啟龍攢。哀子嗣皇帝輪。攀訴容車。崩號扆殿。悲蜃輅之空嚴。感鳳樽之虛薦。擗摽糜潰。充窮殞裂。剢思攀而還迷。羸喘輿而復絕。俯惟煢懇。荼毒交侵。瞻白雲而茹泣。望蒼野而摧心。愴遊冠之日遠。哀墜劍之年深。淚有變於湘竹。恨方纏於穀林。念茲孤幼。哽咽荒襟。腸與肝而共斷。憂與痛而相尋。顧慕丹楹。迴環紫掖。撫眇嗣而傷今。想宸顏而慟昔。寄柔情於簡素。播天聲於金石。其詞曰。

月。瑤誕慶。雲邱降祥。仙源漢遠。聖緒天長。繞樞飛電。麗室騰光。鳥庭開象。龍德含章。六藝生。知四聰神授。晦迹登序。韜光齒胄。綴玉詞條。緝瓊文囿。發揮綠錯。牢籠紫宙。鑑符敦敏。量本疏通。賓門表譽。納麓彰功。始潛朱邸。或躍靑宮。夏余欽德。周誦傾風。粵自銅闈。虔膺寶命。惠霑動植。信洎翔泳。淳化有敷。至仁無競。敎溢璇寓。道光金鏡。五龍開運。六羽昇年。西雲應呂。南風散絃。晷符義日。蔭廣堯天。賁園旌士。焚林薦賢。濬明上格。財成下濟。問寢承親。在原申悌。戒盈茅宇。蠲奢土砌。衢室禋宗。雲門饗帝。以聖承聖。資明嗣明。禮崇殷夏。樂盛咸英。時和俗泰。天平地成。永同文軌。長垂頌聲。德動乾符。威清地紀。澄氛禨穴。掃沴濛汜。推轂六師。坐知千里。亭毒寰縣。瑩鏡圖史。霜戟林聳。月旗雲亙。疊鼓蕭關。鳴笳松隥。追涼水殿。避暑山楹。霞翻浪井。樹響層城。務簡通三。神凝得一。元池肆賞。青邱佇逸。訪道順風。養眞乘日。拜牧襄野。尊師石室。寶獻河宗。書歸王會。浮毳交影。飛輪繫軑。雲封薦款。日觀申虔。告成七廟。歸功九天。無事無爲。爰遊爰豫。胥域延想。汾川滌慮。儀鳳巢阿。飛鱗在馭。火林歸朔。燭鄉移曙。所冀元壽。齊年紫皇。禋興旅館。災纏未央。遽脫屣於宸極。奄乘雲於帝鄉。亙天維而落構。陋日寓而沈光。殉百身而靡贖。積萬古而徒傷。魂銷志殞。裂骨抽腸。受玉几之遺顧。託寶業於窮荒。嗣君孝切。諒闇居喪。集大務於殘喘。積衆憂於未亡。所以割深哀而克勵。力迷衿而自強。嗚呼哀哉。浹埏遏密。緜區縞素。恨鈞天之不歸。瞻鼎湖以凝慕。嗚呼哀哉。攀聖滋遠。戀德滋深。訴旻穹而雨泗。擗厚載而崩心。泣人靈而灑悲霰。晦宇宙而起愁陰。嗚呼哀哉。緹琯移序。朱明應律。蛩竄方營。龜謀獻吉。背九洛而移馭。傃八川而從蹕。列璧羽之逶迤。動鍾挽之蕭瑟。顧園邑之蒼翠。望巖墜之紆鬱。喬陽之鳥不追。茂陵之書方出。嗚呼哀哉。跡圖懸圃。神降長流。去重陽之奕奕。襲大夜之悠悠。同霸塋之薄空。契紀壓而莫修。思門山於夕月。悲隴樹於新秋。嗚呼哀哉。想駕軒之攀龍。思鼎山之戀鳳。矧承眷於先房。誓牽毀而哀送。豈謂務切至蓁。事違深倥。仍徇公而抑己。遂奪情以從衆。悲千罔極之悲。痛萬終天之痛。嗚呼哀哉。恭惟聖烈。實鏤微衷。敬因彤管。載撰元功。業彌遙而道彌著。時益遠而聲益隆。播二儀而不極。橫四海而焉窮。嗚呼哀哉。

賜少林寺僧書

暑候將闌。炎序彌溽。山林靜寂。梵宇清虛。宴坐經行。想當休愈。弟子前隨鳳駕。過謁鷲巖。觀寶塔以徘徊。覩先妃之淨業。薰修之所。猶未畢功。一見悲驚。萬感兼集。攀光寶樹。載深風樹之哀。弔影珠泉。更積寒泉之思。弟子自惟薄祜。鎮切煢懷。每屆秋期。倍軫摧心之痛。炎涼遞運。逾添切骨之哀。未極三旬。頻鍾二忌。恨乘時而更恨。悲踐露而逾悲。惟託福田少申荒思。今欲續成先志。重置莊嚴。故遣三思賚金絹等物往彼。就師平章。幸識斯意。即務修營。望及諱辰。終此功德。所冀罄斯誠懇。以奉津梁。稍宣資助之懷。微慰煢迷之緒。略書示意。指不多云。

夏日遊石淙詩序

若夫圓嶠方壺。涉滄波而靡際。金臺玉闕。陟縣圃而無階。唯聞山海之經。空覽神仙之記。

爰有石淙者。卽平樂澗也。爾其近接嵩嶺。俯屆箕峯。瞻少室兮若蓮。睇潁川兮如帶。既而躡崎嶇之山徑。蔭蒙密之藤蘿。淘湧洪湍。落虛潭而送響。高低翠壁。列幽澗而開筵。密葉舒帷。屏梅氛而蕩燠。疏松引吹。清麥候以含涼。就林藪而王心神。對煙霞而滌塵累。森沈邱壑。卽是桃源。淼漫平流。還浮竹箭。紉薜荔而成帳。聳蓮石而如樓。洞口全開。溜千年之芳髓。山腰半坼。吐十里之香粳。無煩崑閬之游。自然形勝之所。當使人題綵翰。各寫瓊篇。庶無滯於幽棲。冀不孤於泉石。各題四韻。咸賦七言。

大周新譯大方廣佛華嚴經序

蓋聞造化權輿之首。天道未分。龜龍繫象之初。人文始著。雖萬八千歲。同臨有截之區。七十二君。詎識無邊之義。由是人迷四忍。輪迴於六趣之中。家纏五蓋。沒溺於三途之下。及夫鷲巖西峙。象駕東驅。慧日法王。超四大而高視。中天調御。越十地以居尊。包括鐵圍。延促沙劫。其爲體也。則不生不滅。其爲相也。則無去無來。念處正勤。三十七品爲其行。慈悲喜捨。四無量法運其心。方便之力難思。圓對之機多緒。混太空而爲量。豈算數之能窮。入纖芥之微區。匪名言之可述。無得而稱者。其唯大覺歟。朕曩劫植因。叨承佛記。金山降旨。大雲之偈先彰。玉扆披祥。寶雨之文後及。加以積善餘慶。俯集微躬。遂得地平天成。河清海晏。殊祥絕瑞。既日至而月書。貝牒靈文。亦時臻而歲洽。踰海越漠。獻琛之禮備焉。架險航。深重譯之詞罄矣。大方廣佛華嚴經者。斯乃諸佛之密藏。如來之性海。視之者莫識其指歸。挹之者罕測其涯際。有學無學。志絕窺覦。二乘三乘。寧希聽受。最勝種智。莊嚴之跡既隆。普賢文殊。願行之因斯滿。一句之內。包法界之無邊。一毫之中。置剎土而非隘。摩竭陀國。肇興妙會之緣。普光法堂。爰敷寂滅之理。緬惟奧義。譯在晉朝。時踰六代。年將四百。然一部之典。纔獲三萬餘言。唯啟半珠。未窺全寶。朕聞其梵本先在于闐國中。遣使奉迎。近方至此。既覩百千之妙頌。乃披十萬之正文。粵以證聖元年。歲次乙未。月旅姑洗。朔惟戊申。以其十四日辛酉。於大徧空寺親授筆削。敬譯斯經。遂得甘露流津。預夢庚申之夕。膏雨灑潤。後覃壬戌之辰。式開實相之門。還符一味之澤。以聖歷二年。歲次己亥。十月壬午朔八日己丑。繕寫畢功。添性海之波瀾。廓法界之疆域。大乘頓教。普被於無窮。方廣眞詮。遐該於有識。豈謂後五百歲。忽奉金口之言。娑婆界中。俄啟珠函之秘。所冀闡揚沙界。宣暢塵區。並兩曜而長懸。彌十方而永布。一窺寶偈。慶溢心靈。三復幽宗。喜盈身意。雖則無說無示。理符不二之門。然因言顯言。方闡大千之意。輒申鄙作。爰題序云。

昇仙太子碑 并序

朕聞天地權輿。混玄黃於元氣。陰陽草昧。徵造化於洪鑪。萬品於是資生。三才以之肇建。然則春榮秋落。四時變寒暑之機。玉兎金烏。兩曜遞行藏之運。是知乾坤至大。不能無傾鈇之形。日月至明。不能免盈虧之數。豈若混成爲質。先二儀以開元。兆道標名。母萬物而爲稱。惟恍惟惚。窈冥超言象之端。無去無來。寥廓出寰區之外。驂鸞馭鳳。昇八景而戲仙庭。駕月乘雲。驅百靈而朝上帝。元都迴闕。玉京爲不死之鄉。紫府旁開。金闕乃長生之地。吸朝霞而飲甘露。控白鹿而化青龍。魚腹神符。已效徵於涓子。管中靈藥。方演術於封君。從壺公而見玉堂。召盧敖而赴元闕。炎皇少女。剩往仙家。負局先生。來過吳市。或排烟而長往。或御風而不旋。既化飯以成蜂。亦變枯而生葉。費長房之縮地。目覽遐荒。趙簡子之賓天。親聆廣樂。懷中設饌。標許彥之奇方。座上釣魚。呈左慈之妙技。遙昇閣道。遠睇平衢。鼓琴瑟而駕輜軿。出西關而遊北海。登崐崙而一息。期汗漫於九垓。湘東遺鳥跡之書。濟北致魚山之會。拂虹旌於日路。飛羽蓋於烟郊。既入無窮之門。遂游無極之野。青虬吐甲。爰披五岳之文。丹鳳銜符。式受三皇之訣。瀨鄉九井。漾德水而澄漪。淮南八仙。著眞圖而闡秘。自非天姿拔俗。靈骨超凡。豈能訪金籙於玄門。尋玉皇於碧落者矣。昇仙太子者字子喬。周靈王之太子也。原夫補天益地之崇基。三分有二之洪業。神宗啓胄。先承履帝之祥。聖考興源。幼表靈鬢之相。白魚標於瑞典。赤雀降於禎符。屈叔譽於三窮。錫師曠以四馬。穀洛之鬬。嚴父申欲壅之規。匡救之誠。仙儲切犯顏之諫。播臣子之懿範。顯圖史之芳聲。而靈應難窺。冥徵罕測。紫雲爲蓋。見嘉貺於張陵。白蜺成質。遺神丹於崔子。鳳笙流響。

恆居伊洛之間。鶴駕騰。鑣俄陟神仙之路。嵩高嶺上。雖藉浮邱之迎。緱氏峯前。終待桓良之告。傍稽素篆。仰叩玄經。時將玉帝之游。乍洽琳宮之宴。仙冠岌岌。表嘉稱於芙蓉。右弼巍巍。效靈官於桐栢。九丹可挹。仍標延壽之誠。千載方傳。尙紀仙人之祀。辭青宮而歸九府。棄蒼震而慕重元。無勞羽翼之功。坐致雲霄之賞。雖黃庭衆聖。未接於末塵。紫洞羣靈。豈驂於後乘。斯乃騰芳萬古。擅美千齡。宜與夫松子陶公同年而語者也。我國家先天纂業。闢地裁基。正八柱於乾綱。紐四維於坤載。山鳴鸑鷟。爰彰受命之祥。洛出圖書。式兆興王之運。廓提封於百億。聲敎洽於無垠。被正朔於三千。文軌同於有截。茫茫宇宙。掩沙界以疏疆。眇眇寰區。籠鐵圍而劃境。坐明堂以崇嚴祀。大禮攸陳。謁清廟而展因心。洪規更闡。文山西峙。上聳於圓淸。武井東流。下凝於方濁。駢柯連理。恆騁異於彤墀。九穗兩岐。每呈祥於翠畝。神芝之吐秀。宛成輪蓋之形。歷草抽英。還司朔望之候。山車澤馬。充仞於郊畿。瑞表祥圖。洋溢於中外。乾坤交泰。陰陽和而風雨調。遠肅邇安。兵戈戢而爟烽靜。西鶼東鰈。已告太平之符。鄗黍江茅。屢薦昇中之應。而王公卿士。百辟羣僚。咸詣闕以披陳。請登封而告禪。敬陳嚴配之典。用展禋宗之儀。泥金而叶於告成。瘞玉而騰於茂實。千齡盛禮。一旦咸申。爾迺鳳輦排虛。既造雲霞之路。龍旗拂迥。方馳日月之扃。後殿縈山。先鋒蔽野。千乘萬騎。鉤陳指靈嶽之前。谷邃川停。羽駕陟仙壇之所。既而馳情烟路。係想元門。遙臨松寢之前。近瞰桂巖之下。重巒絕磴。空留落景之暉。複廟連甍。徒見浮雲之影。山扉半毀。纔覩昔年之規。碉牖全傾。更創今辰之製。乃爲子晉重立廟焉。仍改號爲昇仙太子之廟。方依福地。肇啓仙居。開廟後之新基。獲藏中之古劍。昆吾挺質。巨闕標名。白虹將紫電爭鋒。飛景共流星競彩。去夜驚而除衆毒。輕百戶而却三軍。空勞望氣之人。自遇象天之寶。巖巖石室。紀黃老五千之文。赫赫靈壇。披碧洞三元之籙。爰於去歲。嘗遣內史往祠。雖人祇有路隔之言。而冥契著潛通之兆。遂於此日頻感殊禎。迢遞雲間。聞鳳笙之度響。徘徊空裏。瞻鶴駕之來儀。瑞氣氤氳。異香芬馥。欽承景貺。目擊休徵。爾其近對緱岑。遙臨嵩嶺。變維城之往廟。建儲后之今祠。窮工匠之奇精。傍臨絕壑。建山川之體勢。上冠雲霓。其地則測景名都。交風勝壤。仰觀元緯。星文當太室之邦。俯矚黃輿。地理處均霜之境。膏腴宇宙。通百越之樓船。穴險山原。控八方之車騎。危峯切漢。德水橫川。實天下之樞機。極域中之壯觀。於是捫危鑿阯。越壑裁基。命般爾而開筵。召公輸而綴思。梅梁瞰迴。近架烟霞。桂棟臨虛。上連日月。窗明雲母。將曙景而同暉。戶挂琉璃。共晴天而合色。曲閣乘九霄之表。重檐架八景之中。湛休水於天池。發祥花於奇樹。珠闕據縱峯之外。瑤壇接嵩嶠之隈。素女乘雲。窺步檐而不逮。青童駕羽。仰層檻而何階。茂躅鬱兮若生。靈儀肅兮如在。昔峴山墮淚。猶見鉅平之碑。襄水沉波。尚有當陽之碣。況乎上賓天帝。摇山之風樂不歸。下接浮邱。洛浦之笙歌斯遠。豈可使芳猷懿躅。與歲月而推遷。霞宇星壇。共風烟而歇滅。迺刊碑勒頌。用紀徽音。庶億載而惟新。齊兩儀而配久。方佇乘龍使者。爲降還齡之符。駕羽仙人。曲垂駐壽之藥。使璇璣叶度。玉燭調時。百穀喜於豐年。兆庶安於泰俗。虔敷短製。乃作銘云。邈矣元始。悠哉渾成。傍該萬類。仰契三精。至神不測。大象難名。出入太素。驅馳上清。其一 黃庭仙室。丹闕靈臺。銀宮雪合。玉樹花開。夕游雲路。朝挹霞杯。霓旌髣髴。羽駕徘徊。其二 樹基創業。遷朝立市。四險天中。三川地紀。白魚呈貺。丹鳥薦祉。靈骨仙才。芳猷不已。其三 遐瞻帝系。仰睠仙儲。遙馳月域。高步烟墟。名超紫府。職邁玉虛。飄颻芝蓋。容與雲車。其四 遠集崐崙。遙期汗漫。金漿玉液。霧宮霞館。瑤草扶疎。珠林璀璨。萬刼非久。二儀何算。其五 棲心大道。託迹長生。三山可陟。九轉方成。鳧飛舄影。鳳引歌聲。永昇金闕。恆遊玉京。其六 靑童素女。浮邱赤松。位稱桐柏。冠號芙蓉。尋眞御辯。控鶴乘龍。高排雲霧。輕舉遐蹤。其七 歲往年移。天長地久。霄漢爲室。烟霞作友。舞鶴飛蓋。歌鸞送酒。絕迹氛埃。芳名不朽。其八 粤我大周。上膺元命。補天立極。重光累聖。嘉瑞屢臻。殊祥疊映。歸功蒼昊。昇中表慶。其九 爰因展禮。途接靈居。年載超忽。庭宇凋疎。更安珠敦。重開玉虛。方依翠壁。敬勒丹書。其十 新基建趾。古劍騰文。鳳笙飛韻。鶴駕淩雲。休符雜沓。嘉瑞氤氳。仙儀靡見。逸響空聞。其十一 仰聖思元。求眞懷昔。霞軒月殿。星宮霧驛。萬歲須臾。千齡朝夕。紀盛德於芳翰。勒鴻名於貞石。其十二右錄文數首。雖不能定其決爲武后自作。然流傳已久。當時固宜並在武后集中。且其工麗如出一手。唐初文士。未能或之先也。武后詩文集。多至百餘卷。爲古今婦人之冠。如昇仙太子碑等。自來婦人亦無此大手筆。此外尚有大福光寺浮圖碑莊嚴楞伽諸經序等制詔傳者。餘數十通。並不復著云。

第三章　五宋與鮑君徽（附牛應貞）

五宋固亦宮人。今以其家學爲歷朝尊禮。別著於此。貝州宋廷芬者之問裔孫也。能辭章生五女。皆警慧善屬文。長若華。次若昭。若倫。若憲。若荀。華昭文尤高。皆性素潔。鄙薰澤靚妝。不願歸人。欲以學名家。家亦不欲與寒卿凡裔爲姻對。聽其學。若華誨諸妹如嚴師。著女論語十篇。大抵準論語。以韋逞母宣文君代孔子。曹大家等爲顏冉。推明婦道所宜。若昭又爲傳申釋之。貞元中。李抱眞表其才。德宗召入禁中。試文章。并問經史大義。帝咨美。悉留宮中。帝能詩。每與侍臣賡和。五人皆預。凡進御。未嘗不蒙賞。又高其風操。不以妾侍命之。呼學士。憲宗元和末。若華卒。自貞元七年。秘禁圖籍。詔若華總領。穆宗以若昭尤通練。拜尚宮。嗣若華所職。歷憲穆敬三朝。皆呼先生。后妃與諸王主率以師禮見。寶歷初卒。若憲代司秘書。文宗尚學。以若憲善屬辭。粹議論。尤禮之。五宋遺文可見者具錄如下。

五宋詩文。惟若華若昭若憲所作。猶有存者。倫荀先卒。故遺文不傳。若華惟存七絕一首。雲安公主下嫁。吳人陸暢爲儐相。暢才思敏捷。應對如流。六宮大異之。暢吳音。若華以詩嘲之曰。

十二層樓倚翠空。鳳鸞相對立梧桐。雙成走報監門衞。莫使吳歈入漢宮。

若昭存詩一首。及牛應貞傳。

奉和御製麟德殿宴百僚應制

垂衣臨八極。肅穆四門通。自是無爲化。非關輔弼功。修文招隱伏。尙武殄妖兇。德炳韶光熾。恩霑雨露濃。衣冠陪御宴。禮樂盛朝宗。萬壽稱觴日。千官信一同。

牛應貞傳

牛肅長女曰應貞。適宏農楊唐源。少而聰穎。經耳必誦。年十三。凡誦佛經二百餘卷。儒書子史又數百餘卷。親族驚異之。初應貞未讀左傳。方擬授之。而夜初眠中忽誦春秋。起惠公元妃孟子卒。終智伯貪而愎故韓魏反而喪之。凡三十卷。一字無遺。天曉而畢。當誦時有敎之者。或相酬和。其父驚駭。數呼之。都不答。誦已而覺。問何故。亦不知。試令開卷則已精熟矣。著文章百餘首。後遂學窮三敎。博涉多能。每夜中眠熟。與文人談論。文人皆古之知名者。往來答難。或稱王弼鄭玄王衍陸機。辯論鋒起。或論文章。談名理。往往數夜不已。年二十四而卒。今採其文魍魎問影賦著於篇。其序曰。庚辰歲。予嬰沈痛之疾。不起者十旬。毀頓精神。羸瘁形體。藥物救療。有加無瘳。感莊子有魍魎責影之義。故假之爲賦。庶解疾焉。魍魎問於予影曰。君英達之人。聰明之子。學包六藝。文兼百氏。頤道家之秘言。探釋部之幽旨。旣虔恭於中饋。又希慕於前史。不矯枉以干名。不毀物而成已。伊淑德之如此。卽精神之足恃。何故羸厥姿貌。沮其精神。煩寃枕席。憔悴衣巾。子惟形兮是寄。形與子兮相親。何不誨之以崇德。敎之以自倫。異萊妻之樂道。殊鴻婦之安貧。豈痼疾而無生賴。將微賤而欲忘身。今節變歲移。臘終春首。照晴光於郊甸。動暄氣於梅柳。冰解凍而繞軒。風扇和而入牖。固可蠲憂釋疾。怡神養壽。何默爾無營。自貽伊咎。僕於是勃然而應曰。子居於無人之域。遊乎魑魅之鄉。形旣圖於夏鼎。名又著於蒙莊。何所見之不博。何所談之不長。夫影依日而生。像因人而見。豈言談之足曉。何節物之能辯。隨晦明以興滅。逐形體以遷變。以愚夫畏影而蒙鄙之性。以彰智者視陰而遲暮之心。可見伊美惡兮由已。影何辜而遇譴。且予聞至道之精窈兮冥。至道之極昏兮默。達人委性命之修短。君子任時運之通塞。悔吝不能纏。榮耀不能惑。喪之不以爲喪。得之不以爲得。君子何乃怒予之不賞芳春。責予之不貴華飾。且吾之秉操。奚子智之能測。言未卒。魍魎惕然而驚。歎而起曰。僕生於絕域之外。長於荒遐之境。未曉智者之處身。是以造君而問影。旣談元之至妙。請終身以藏屏。初應眞夢製書而食之。每夢食數十卷。則文體一變。如是非一。遂工爲賦頌文名曰遺芳也。

此外尚傳有若昭女論語序。其文不類。故不錄。牛應貞遺芳集不傳。惟見於若昭此文。傳中畧於事蹟而存其一賦。深得史法也。

樂府有宋氏宛轉歌。長相思。採桑三曲。卽若憲所作。或但題大家宋氏。

宛轉歌

風已淸。月朗琴復鳴。掩抑非千態。殷勤是一聲。歌宛轉。宛轉和且長。願爲雙鴻（一作黃）鵠。比翼共翺翔。

日已暮。長簷鳥聲度。此時（一本無上二字）望君君不來。此時（一本無上二字）思君君不顧。歌宛轉。宛轉那能異棲宿。願爲形與影。出入恆相逐。

長相思

長相思。久離別。關山阻。風煙絕。臺上鏡文銷。袖中書字滅。不見君形影。何曾有歡悅。

採桑

春來南雁歸。日去西蠶遠。妾思紛何極。客（一作君）遊殊未返。

若憲詩樂府以外。尚存二章。

催粧詩

雲安公主貴。出嫁五侯家。天母親調粉。日兄憐賜花。催鋪百子帳。待障七香車。借問妝成未。東方欲曉霞。

奉和御製麟德殿宴百僚

端拱承休命。時清荷聖皇。四聰聞受諫。五服遠朝王。景媚暄初轉。春殘日正長。御筵多濟濟。盛樂復鏘鏘。酆鎬誰能敵。橫汾未可方。願齊山岳壽。福祉永無疆。

與五宋齊名者。有鮑君徽。君徽字文姬。鮑徵君女。善詩。德宗嘗召入宮。與侍臣賡和。賞賚甚厚。蓋與五宋同時。而文采相埒。然入宮不久。即乞歸。其乞歸疏曰。

臣以草茅嫠婦。重荷寵恩。自謂生有餘幸矣。獨念妾也幼鮮昆季。長失椿庭。室無雞黍之餐。堂有垂白之母。衷情迫切。臣不啻隱忍。方慮控訴無門焉。茲者幸遇聖明。詔臣吟詠。一入御庭。百有餘日。弄文舞字。上既以洽明聖之歡心。搦管揮毫。下既以倡諸臣之賡和。惟是煢然老母。置諸不問。豈爲子女者。恝然若是耶。臣一思維。寸腸百結。伏願陛下開莫大之宏恩。聽愚臣之片牘。得賜歸家。以供甘旨。則老母一日之餘生。即陛下一日之恩賜也。

臣不揣愚昧。冒死以進。

鮑君徽詩。今存四首。從容雅靜。而不爲炫燿。亦足尙也。

關山月

高高秋月明。北照遼陽城。寒迴光初滿。風多暈更深。征人望鄉思。戰馬聞鼙驚。朔風悲邊草。沙漠昏虜營。霜凝匣中劍。風憊原上旌。早晚謁金闕。不聞刁斗聲。

惜春花

枝上花。花下人。可憐顏色俱青春。昨日看花花灼灼。今日看花花欲落。不如盡此花下歡。莫待春風總吹却。鶯歌蝶舞媚韶光。紅爐煮茗松花香。粧成吟罷恣游樂。獨把花枝歸洞房。

奉和御製麟德殿宴百僚

睿澤光寰海。功成展武韶。戈鋋清外壘。文物盛中朝。聖祚山河固。宸章日月昭。玉筵鸞鵠集。仙管鳳皇調。御柳新低綠。宮鶯乍囀嬌。願承億兆慶。千祀奉神堯。

東亭茶宴

閑朝向曉出簾櫳。茗宴東亭四望通。遠眺城池山色裏。俯聆絃管水聲中。幽篁引沿新抽翠。芳槿低檐欲吐紅。坐久此中無限興。更憐團扇起清風。

第四章　唐之女冠文學

唐時重道。貴人名家多出爲女冠。至其末流。或倘佻達而慾禮法。故唐之女冠。恆與士人往來酬答。失之流蕩。蓋異於娼優者鮮矣。就中李季蘭魚玄機。雅有文才。爲當時詩人所許。雖其行檢不足稱。而其文亦不可沒也。

李治字季蘭。吳興人。五六歲時。其父令咏薔薇云經時未架却。心緒亂縱橫。父恚之曰。此失行婦也。後爲女冠。劉長卿諸人皆與往還。高仲武云。季蘭詩自鮑照以下。罕有其倫。如遠水浮仙棹。寒星伴使車。五言之佳者也。其詩存者十餘首。今選錄數章。

相思怨

人道海水深。不抵相思半。海水尚有涯。相思渺無畔。携琴上高樓。樓虛月華滿。彈得相思曲。絃腸一時斷。

寄朱放

望水試登山。山高湖又濶。相思無曉夕。相望經年月。鬱鬱山木青。緜緜野花發。別後無限情。相逢一時說。

聽蕭叔子彈琴賦得三峽流泉歌

妾家本住巫山雲。巫山流泉常自聞。玉琴彈出轉寥敻。疑是當時夢裏聽。三峽迢迢幾千里。一時流入深閨裏。巨石崩崖指下生。飛泉走浪絃中起。初疑憤怒含雷風。又似嗚咽流不通。迴湍曲瀨勢將盡。時復滴瀝平沙中。憶昔阮公爲此曲。能令仲容聽不足。一彈既罷復一彈。願作流泉鎭相續。

寄校書七兄

無事烏程縣。蹉跎歲月餘。不知芸閣吏。寂寞竟何如。遠水浮仙棹。寒星伴使車。因過大雷岸。莫忘八行書。

湖上臥病喜陸鴻漸至

昔去繁霜月。今來苦霧時。相逢仍臥病。欲語淚先垂。强勸陶家酒。還吟謝客詩。偶然成一醉。此外更何之。

送韓揆之江西

相看指楊柳。別恨轉依依。萬里江西水。孤舟何處歸。湓城潮不到。夏口信應稀。唯有衡陽雁。年年來去飛。

送閻二十六赴剡縣

流水閶門外。孤舟日復西。離情遍芳草。無處不萋萋。妾夢經吳苑。君行到剡溪。歸來重相訪。莫學阮郎迷。

恩命追入留別廣陵故人

無才多病分龍鍾。不料虛名達九重。仰媿彈冠上華髮。多慚拂鏡理衰容。馳心北闕隨芳草。極目南山望舊峯。桂樹不能留野客。沙鷗出浦謾相逢。

蓋季蘭爲詩有重名於時。晚年亦曾召入宮禁也。魚玄機。字幼微。一字蕙蘭。長安里家女。喜讀書。有才思。補闕李億納爲妾。愛衰。遂從冠帔於咸宜觀。後以笞殺女童綠翹事。爲京兆溫璋所戮。其詩文藻有餘。格局不高。然意致大抵流逸。視季蘭稍遜矣。

暮春有感寄友人

鶯語驚殘夢。輕妝改淚容。竹陰初月薄。江靜晚煙濃。溼觜銜泥燕。香鬚採蕊蜂。獨憐無限思。吟罷亞枝松。

題任處士創資福寺

幽人刱奇境。游客駐行程。粉壁空留字。蓮宮未有名。鑿池泉自出。開徑草重生。百尺金輪閣。當川豁眼明。

早秋

嫩菊含新彩。遠山閑夕煙。涼風驚綠樹。清韻入朱絃。思婦機中錦。征人塞外天。鴈飛魚在水。書信若爲傳。

寄飛卿

階砌亂蛩鳴。庭柯煙露清。月中鄰樂響。樓上遠山明。珍簟涼風著。瑤琴寄恨生。嵇君懶書札。底物慰秋情。

夏日山居

移得仙居此地來。花叢自偏不曾栽。庭前亞樹張衣桁。坐上新泉泛酒杯。軒檻暗傳深竹徑。綺羅長擁亂書堆。閑乘畫舫吟明月。信任輕風吹却回。

隔漢江寄子安

江南江北愁望。相思相憶空吟。鴛鴦暖臥沙浦。鸂鶒閑飛橘林。煙裏歌聲隱隱。渡頭月色沈沈。含情咫尺千里。況聽家家遠砧。

寓言

紅桃處處春色。碧柳家家月明。樓上新妝待夜。閨中獨坐含情。芙蓉月下魚戲。螮蝀天邊雀聲。人世悲歡一夢。如何得作雙成。

江陵愁望寄子安

楓葉千枝復萬枝。江橋掩映暮帆遲。憶君心似西江水。日夜東流無歇時。

次光威裒韻

昔聞南國容華少。今日東鄰姊妹三。粧閣相看鸚鵡賦。碧牕應繡鳳凰衫。紅芳滿院參差折。綠醑盈杯次第銜。恐向瑤池曾作女。謫來塵世未爲男。文姬有貌終堪比。西子無言我更慚。一曲艷歌琴杳杳。四絃輕撥語喃喃。當臺競鬬青絲髮。對月爭誇白玉簪。小有洞中松露滴。大羅天上柳煙含。但能爲雨心常在。不怕吹簫事未諳。阿母幾嗔花下語。潘郎曾向夢中參。暫持淸句魂猶斷。若覩紅顏死亦甘。悵望佳人何處在。行雲歸北又歸南

附光威裒聯句原作光威裒蓋姊妹三人之名逸其姓

朱樓影直日當午。玉樹陰低月已三。光 膩粉暗銷銀鏤合。錯刀閑翦泥金衫。威 繡牀怕引烏龍吠。錦字愁教靑鳥銜。裒 百味鍊來憐益母。千花開處鬬宜男。光 鴛鴦有伴誰能羨。鸚鵡無言我自慚。威 浪喜游蜂飛撲撲。佯驚孤燕語喃喃。裒 偏憐愛數蟏蛸掌。每憶光抽玳瑁簪。光 煙洞幾年悲尙在。星橋一夕帳空含。威 牕前時節羞虛擲。世上風流笑苦諳。裒 獨結香綃偸餉送。暗垂檀袖學通參。光 須知化石心難定。却是爲雲分易甘。威 看見風光零落盡。絃聲猶逐望江南。裒

又有元淳亦女道士。洛中人。亦善吟詠。唐末海印。蜀慈光寺尼。才思淸峻。並方外婦人之能詩者。茲附著於此。

寄洛中諸姊

舊國經年別。關河萬里思。題詩憑雁翼。望月想蛾眉。白髮愁偏覺。歸心夢獨知。誰堪離亂處。掩淚向南枝。

舟夜

水色連天色。風聲益浪聲。旅人歸思苦。漁叟夢魂驚。舉棹雲先到。移舟月逐行。旋吟詩句罷。猶見遠山橫。

第五章　薛濤與娼妓文學

章學誠婦學曰。自唐宋以訖前明。國制不廢女樂。公卿入直。則有翠袖薰鑪。官司供張。每見紅裙侑酒。梧桐金井。驛亭有秋感之緣。蘭麝天香。曲江有春明之誓。見於紀載。蓋亦詳矣。又前朝虐政。凡縉紳籍沒。波及妻孥。以致詩禮大家。多淪北里。其有妙兼色藝。慧擅聲詩。都人大夫。從而酬唱。大抵情綿春草。思遠秋楓。投贈類於交游。殷勤通於燕婉。詩情闊達。不復嫌疑。閨閣之篇。鼓鐘閫外。其道固當然耳。且如聲詩盛於三唐。而女子傳篇亦寡。今就一代計之。篇什最高。莫如李冶、薛濤、魚玄機三人。其他莫能並焉。是知女冠坊妓。多文因酬接之繁。禮法名門。篇簡自非儀之誠。此亦其明徵矣。又曰。夫傾城名妓。屢接名流。酬答詩章。其命意也。兼具夫妻朋友。可謂善藉辭矣。而古人思君懷友。多託男女殷情。若詩人風刺。邪淫文代姣狂。自述區分三種。蹊徑略同。品騭韻言。不可不知所辨也。夫忠臣誼友。隱躍存懇摯之誠。諷惡嫉邪。言外見憂傷之意。自序說廢。而詩之得失懸殊。本旨不明。而辭之工拙迴異。（離騷求女爲眞情則語無倫次。國風溱洧爲自述。亦徑直無味。作爲擬託。文情自深。）故無名男女之詩。殆如太極陰陽之理。存諸天壤。而智者自見智。仁者自見仁也。名妓工詩。亦通古義。轉以男女慕悅之實。託於詩人溫厚之辭。故其遺言雅而有則眞而不穢。流傳千載。得耀簡編。不能以人廢也。第立言有體。婦異於男。比如薤露雖工。惟施於挽郎爲稱。櫂歌縱妙。亦用於舟婦爲宜。彼之贈李利張所處應爾。良家閨閣內言且不可聞。門外唱酬。此言何爲而至耶。

實齋當乾嘉之際。袁子才之流。頗收一時閨媛。列弟子籍。故實齋主張禮敎。以爲後世男女唱酬。惟坊妓之處地則然。然又以名妓工詩。以男女慕悅之實。託詩人溫厚之詞。雅而有則。眞而不穢。不能以人廢。則婦人文學。娼妓之作何得不錄。坊妓能詩自唐爲盛。宋及元明承其流風。唐世女冠亦跡近倡優。已見前章。茲於薛濤諸妓。復次而論之於此。

薛濤字洪度。本長安良家女。父鄖因官流寓於蜀。濤八九歲知詩。一日指井梧曰。庭除一古桐。聳榦入雲中。令濤續之。濤曰。枝迎南北鳥。葉送往來風。父愀然久之。父卒。年及笄。以詩聞於外。又能埽眉塗粉。與時士游。韋皐鎭蜀。召令侍酒賦詩。欲以校書郎奏請之。護軍不可而止。濤出入鎭幕。凡歷事十一鎭。皆以詩受知。其間與濤倡和者。元稹白居易牛僧孺令狐楚裴度嚴綬張籍杜牧劉禹錫張祜諸名士。居浣花溪。能造松花紙及深紅小彩箋。名於時。晚歲居碧雞坊。建吟詩樓。棲息其上。卒年七十二。段文昌爲撰墓志。有洪度集一卷。濤詩頗多。才情軼蕩。而時出閒婉。七絕尤長。然大抵言情之作。今擇錄十餘章於此。

春望詞

花開不同賞。花落不同悲。欲問相思處。花開花落時。
攬草結同心。將以遺知音。春愁正斷絕。春鳥復哀吟。
風花日將老。佳期猶渺渺。不結同心人。空結同心草。
那堪花滿枝。翻作兩相思。玉筯垂朝鏡。春風知不知。

斛石山曉望寄呂侍御

曦輪初轉照仙扃。旋劈煙嵐上窅冥。不得玄暉同指點。天涯蒼翠漫青青。

海棠溪

春教風景駐仙霞。水面魚身總帶花。人世不思靈卉異。競將紅纈染輕沙。

秋泉

冷色初澄一帶煙。幽聲遙瀉十絲絃。長來枕上牽情思。不使愁人半夜眠。

柳絮

二月楊花輕復微。春風搖蕩惹人衣。他家本是無情物。一向南飛又北飛。

送友人

水國蒹葭夜有霜。月寒山色共蒼蒼。誰言千里自今夕。離夢杳如關路長。

送盧員外

玉壘山前風雪夜。錦官城外別離魂。信陵公子如相問。長向夷門感舊恩。

上川主武相國二首

落日重城夕霧收。玳筵雕俎薦諸侯。因令朗月當庭燎。不使珠簾下玉鉤。

東閣移尊綺席陳。貂簪龍節更宜春。軍城畫角三聲歇。雲幕初垂紅燭新。

送姚員外

萬條江柳早秋枝。裊地翻風色未衰。欲折爾來將贈別。莫教煙月兩鄉悲。

酬杜舍人

雙魚底事到儂家。撲手新詩片片霞。唱到白蘋洲畔曲。芙蓉空老蜀江花。

寄舊詩與元微之

詩篇調態人皆有。細膩風光我獨知。月下詠花憐暗澹。雨朝題柳爲欹垂。長教碧玉藏深處。總向紅箋寫自隨。老大不能收拾得。與君開似教男兒。（此首集不載錄之以見濤爲詩自負如此）

唐時坊妓多能詩。茲擇其尤工者一二錄於下。劉采春越中妓有囉嗊曲曰。

不喜秦淮水。生憎江上船。載兒夫婿去。經歲又經年。

借問東園柳。枯來得幾年。自無枝葉分。莫怨太陽偏。

莫作商人婦。金釵當卜錢。朝朝江口望。錯認幾人船。

那年離別日。只道住桐廬。桐廬人不見。今得廣州書。

昨日勝今日。今年老去年。黃河淸有日。白髮黑無緣。

昨日北風寒。牽船浦裏安。潮來打纜斷。搖櫓始知難。

歐陽詹遊太原。悅一妓。約至都相迎。別後妓思之疾甚。乃刃髻作詩寄詹。絕筆而逝。其詩曰

自從別後減容光。半是思郎半恨郎。欲識舊來雲髻樣。爲奴開取縷金箱。

韋蟾廉問鄂州。及罷賓僚祖餞。韋以牋書文選二句。授坐客請續。有妓口占二句。無不嘉嘆。蟾贈數十千納之。其句曰

悲莫悲兮生別離。登山臨水送將歸。武昌無限新栽柳。不見楊花撲面飛。

韋應物愛姬生一女。流落潭州。委身樂部。李翺見而憐之。於賓僚中選士嫁焉。女賦詩獻李曰。

湘江舞罷忽成悲。便脫蠻靴出絳帷。誰是蔡邕琴酒客。魏公懷舊嫁文姬。

常浩亦名妓。有寄遠詩曰

年年二月時。十年期別期。春風不知信。軒蓋獨遲遲。今日無端捲珠箔。始見庭花復零落。人心一往不復歸。歲月來時未嘗錯。可憐熒熒玉鏡臺。塵飛冪冪幾時開。却念容華非昔好。畫眉猶自待君來。

賈中郎與武補闕登峴山。遇一妓同飲。自稱襄陽人。送武補闕詩曰。

弄珠灘上欲銷魂。獨把離懷寄酒尊。無限煙花不留意。忍教芳草怨王孫。

張窈窕寓居於蜀。當時詩人。雅相推重。殆薛洪度之流也。其在成都即事詩曰。

昨日賣衣裳。今日賣衣裳。衣裳渾賣盡。羞見嫁時箱。有賣愁仍緩。無時心轉傷。故園多阻隔。何處事蠶桑。

盛小叢越妓。有突厥三臺詩曰。

雁門山上雁初飛。馬邑闌中馬正肥。日旰山西逢驛使。殷勤南北送征衣。

趙鸞鸞平康名妓。有雲鬟、柳眉、檀口、纖指、酥乳詩。今錄二首。

柳眉

彎彎柳葉愁邊戲。湛湛菱花照處頻。嫵媚不煩螺子黛。春山畫出自精神。

纖指

纖纖軟玉削春葱。長在香羅翠袖中。昨日琵琶弦索上。分明滿甲染猩紅。

徐月英江淮間妓。有集行世。今不傳。錄其詩一首。

敍懷

爲失三從泣淚頻。此身何用處人倫。雖然日逐笙歌樂。長羨荆釵與布裙。

又薛仙姬。亦名妓。作迴文詩。反覆成章。頗有清逸之致。

回文四時詞

花朶幾枝柔傍砌。柳絲千縷細搖風。霞明半嶺西斜日。月上孤村一樹松。吟春

涼回翠簟冰人冷。齒沁清風夏井寒。香篆裊風青縷縷。紙窗明月白團團。吟夏

蘆雪覆汀秋水白。柳風凋樹晚山蒼。孤燈客夢驚空館。獨雁征書寄遠鄉。吟秋

天凍雨寒朝閉戶。雪飛風冷夜關城。殿紅炭火圍鑪暖。淺碧茶甌注茗清。吟冬

第六章　唐之婦女雜文學

唐時婦女能詩文者最多。傳於今者。或僅殘篇斷句。或不知作者姓名。然一時閨閣之好文可知也。輒以次略敍其可見者。

王勃鞶鑑圖序云。上元二年。歲次乙亥。十有一月。庚子朔七日丙子。余將之交趾。旅次南海。有好事者以轉輸鉤枝八花鑑銘示予云。當今之才婦人作也。觀其麗藻反復。文字縈迴。句讀曲屈。韻諧高雅。有陳規起諷之意。可以作鑑前烈。輝映將來者也。昔孔詩十興。不遺衞姜。江篇擬古。無隔班媛。蓋以超俊穎拔。同符君子者矣。嗚呼。何勸非戒。何述非才。風律苟存。士女何算。聊撫鏡以長想。遂援筆而作序。其鞶鑑圖詞。蓋回文四言詩也。惜不知作者何氏。辭曰。

篇章隱約。雅合雍熙。鉛華著飾。盡瘁姸嫿。旋軀合配。懿德章施。宣光炳耀。列象標奇。先人後己。閱禮崇詩。懸堂象設。啟匣光馳。傳芳遠古。照引毫鼇。堅惟瑩澈。跡異磷緇。連星引月。藻振芳垂。姸齊錦繡。色配漣漪。虔思早暮。守謹闈闈。圓虛配道。象罔齊儀。煙疑綴玉。影表方枝。捐瑕滌怪。釋怨忘疲。蓮芳表質。日素凝姿。編辭衍義。質動形隨。前瞻後戒。雪拂雲披。聯翩動鵲。映掩辭螭。蟬輕約鬢。柳翠分眉。全斯節志。敬爾尊卑。鮮含翠羽。影透輕池。源分派引。地等天規。延年益壽。代變時移。箋簡等義。繪綵分詞。

詞分綵繪。義等簡箋。移時變代。壽益年延。規天等地。引派分源。池輕透影。羽翠含鮮。卑尊爾敬。志節斯全。眉分翠柳。鬢約輕蟬。螭辭掩映。鵲動翩聯。坡雲拂雪。戒後瞻前。隨形動質。義衍辭編。姿凝素日。質表芳蓮。疲忘怨釋。怪滌瑕捐。枝方表影。玉綴疑煙。儀齊罔象。道配虛圓。闈闈謹守。暮早思虔。漪漣配色。繡錦齊姸。垂芳振藻。月引星連。緇磷異跡。澈瑩惟堅。鼇毫引照。古遠芳傳。馳光匣啟。設象堂懸。詩崇禮閱。己後人先。奇標象列。耀炳光宣。施章德懿。配合軀旋。嫿姸瘁盡。飾著華鉛。熙雍合雅。約隱章篇。

同時又有南海女子。年七歲。武后召見。令賦誦兄詩。應聲而就。其詩曰。

別路雲初起。離亭葉正飛。所嗟人異雁。不得一行歸。

又有楊容華。華陰人。蓋楊烱姪女。有新妝詩曰。

啼鳥驚眠。罷房櫳乘曉開。鳳釵金作縷。鸞鏡玉爲臺。妝似臨池出。人疑向月來。自憐終不見。欲去復徘徊。

唐婦人多傳詩歌。爲他文章者絕少。今錄李邕妻溫氏爲夫謝罪表。胡愔黃庭內景五臟六腑補瀉圖序。陳邈妻鄭氏進女孝經表。崔元暐母盧氏訓子誡。周氏夫曹因墓志銘。以見當時婦人之爲散文者。

爲夫謝罪表

妾溫氏言。邕效職不謹。狀涉貪婪。逼迫囹圄。獲罪以聞。誠宜不待刑書。便當殞滅。然事有所隱。恐負明時。天地夐遠。號訴不敢倉卒之際。分從嚴誅。豈謂天鑒仁明。邕得生竄荒外。再造之幸。上答何階。死罪死罪。邕少習文章。薄竊時譽。疾惡如讎。往任拾遺。奏張昌宗之黨。後參憲府。劾武三思之罪。坐此爲累。不容於衆。秉邪佞者切齒。攻文章者側目。由是頻謫遠郡。削跡朝端。不見闕庭。何啻十載。歲時凝戀。聞者傷懷。屬國家有事東岳。大禮告成。法駕西旋。路遊近境。曾遵牛酒之獻。各展臣子之心。不意天澤曲垂。恩私屬沐。邕當再躍。何以爲心。懇至夙誠。冀遂申効。妾聞正直見用。邪佞生憂。邕之禍端。自此爲始。且邕比任外官。竟無一議。天顏暫顧。罪則旋生。諺云。士無賢不肖。入朝見嫉。伏惟陛下明察此言。妾之微軀。萬死無恨。死罪死罪。邕初蒙劾。當卽便禁身。水不入口。向逾五日。孤直援寡。邪黨相趨。窘急至深。實不堪忍。氣微息奄。惟命是聽。遣邑手書事生吏口。貸百性糴糧。抑稱枉法市羅。以進令作贓私。吏以爲能。寄此加罪。當時匭使。朝堂潛背。守捉號天訴地。誰肯爲聞。嚴命將行。恭往奔逐。泣血去國。沒骨炎荒。長任欽州。示以無用。願邑充一卒之用。效力明時。膏塗朔邊。骨糞沙壤。使得身死王事。成邑夙心。妾則碎首粉身。萬死爲足。妾夫婦義重。常見其志。不避罪責。冒死上聞。儻天光垂照。卽當殞滅。妾之榮幸。實荷再生。謹奉表投延恩匭。

進女孝經表　　鄭氏

妾聞天地之性。貴剛柔焉。夫婦之道。重禮義焉。仁義禮智信者。是謂五常。五常之教。其來遠矣。總而爲主。實在孝乎。夫孝者感鬼神。動天地。精神至貫。無所不達。蓋以夫婦之道。人倫之始。考其得失。非細務也。易著乾坤。則陰陽之制有別。禮標羔雁。則伉儷之事實陳。妾每覽先聖垂言。觀前賢行事。未嘗不撫躬三復。歎息久之。欲緬想餘芳。遺蹤可躅。妾姪女特蒙天恩。策爲永王妃。以少長閨闈。未嫻詩禮。至於經誥。觸事面牆。夙夜憂惶。戰懼交集。今戒以爲婦之道。由以執經之禮。並述經史正義。無復載乎浮詞。總一十八章。各爲篇目。名曰女孝經。上至皇后。下及庶人。不行孝而成名者。未之聞也。妾不敢自專。因以曹大家爲主。雖不足藏諸巖石。亦可以少補閨庭。輒不揆量。敢茲聞達。輕觸屏扆。伏待罪戾。妾鄭氏誠惶誠恐死罪死罪謹言。

訓子崔元暐誡　盧氏

吾聞姨兄辛元馭云。兒子從宦者有人來云。貧乏不自存。此是好消息。若貲貸充足。裘馬輕肥。此是惡消息。吾嘗以爲確論。比見親表中仕宦者。務多財以奉親。而其親不究所從來。但以爲喜。若出乎祿廩可矣。不然何異盜乎。縱無大咎。獨不內愧於心。汝今爲吏不務潔清。無以載天覆地。宜識吾意。

黃庭內景五臟六腑補瀉圖序　胡愔

夫天主陽食人以五氣。地主陰食人以五味。氣味相感。結爲五臟。五臟之氣。散爲四肢十六部。三百六十關節。引爲筋脉津液血髓。蘊成六腑三膲十二經。通爲九竅。故五臟者爲人形之主。一臟損則病生。五臟損則神滅。故五臟者。神明魂魄志精之所居也。每臟各有所主。是以心主神。肺主魄。肝主魂。脾主意。腎主志。發於外則上應五星。下應五嶽。皆模範天地。稟象日月。觸類而取。不可勝言。若能存神修養。克己勵志。其道成矣。然後五臟堅強。則內受腥腐諸毒不能侵。外遭疾病諸氣不能損。聰明純粹。却老延年。志高神仙。形無困疲。日月精光來附我身。四時六氣來合我體。入變化之道。通神明之理。把握陰陽。呼吸精神。造物者翻爲我所制。至此之時。不假金丹玉液。琅玕大還。自然神化。沖虛氣合。太和而升雲漢。五臟之氣。結五雲而入天中。左召陽神六甲。右呼陰神六丁。千變萬化。馭飛輪而適意。是以不悟者勞苦外求。實非知生之道。是故太上曰。精是吾神。氣是吾道。藏精養氣。保守堅貞。陰陽交會。以立其形。是也。愔夙性不敏。幼慕玄門。鍊志無爲。棲心澹泊。覽黃庭之妙理。窮碧簡之遺文。焦心研精。屢更歲月。伏見舊圖奧密。津路幽深。詞理既玄。賾之者鮮。指以色象。或畧記神名。諸氏纂修。異端斯起。遂使後學之輩。罕得其門。差之毫釐。謬逾千里。今敢搜羅管見。罄竭謏聞。按據諸經。別爲圖式。先明臟腑。次說修行。并引病源。吐納徐疾。旁羅藥理。導引屈伸。察色尋證。月禁食忌。庶使後來學者。披圖而六情可見。開經而萬品昭然。時大中二年戊辰歲述。

胡愔。號見素子。居太白山。註黃庭內景圖一卷。蓋婦人之逸品也。宋慶元三年。信州上饒尉陳莊發土得唐碑。乃婦人爲夫所作。卽周氏所爲其夫曹因墓志也。見洪容齋隨筆。容齋曰。予案唐世上饒本隸饒州。其後分爲信。故曹君爲鄱陽人。能爲達理如此。惜其不傳。故書之以補圖志之缺。

曹因墓誌銘

君姓曹。名因。字鄙夫。世爲番陽人。祖父皆仕於唐高祖之朝。惟公三舉不第。居家以禮義自守。及卒於長安之道。朝廷公卿鄉鄰耆舊。無不太息。惟予獨不然。謂其母曰。家有南畝。

足以養其親。室有遺文。足以訓其子。肖形天地間。範圍陰陽內。死生聚散。特世態耳。何憂喜之有哉。予姓周氏。公之妻室也。歸公八載。恩義有專。故贈之銘曰。

其生也天。其死也天。苟達此理。哀復何言。

又宰相王摶妻楊氏。宏農人。曾著女誡一卷。有傷子辭曰。予有令子。儉衣削食。以紀先功。志刊貞石。彼蒼不遺。俾善莫隆。令予建立。痛寃無窮。其餘賢母往往有之。而遺文不少概見。靡得而述矣。

魏求己妹。其夫未詳。有贈外詩。仿彿卓氏白頭吟。意展轉敍述。情詞黯然。亦不失爲能詩者。贈外詩曰。

浮萍依綠水。弱蔦寄青松。與君結大義。移天得所從。翰林無雙鳥。劍水不分龍。諧和類琴瑟。堅固同膠漆。義重恩欲深。夷險貴如一。本自身不令。積多嬰痛疾。朝夕倦牀枕。形體恥巾櫛。游子倦風塵。從官初解巾。束裝赴南郢。脂駕出西秦。比翼終難遂。銜雌苦未因。徒悲楓岸遠。空對柳園春。男兒不重舊。丈夫多好新。新人喜新聘。朝朝臨粉鏡。兩鴛固無比。雙蛾誰與競。詎憐愁思人。銜啼嗟薄命。蕣華不足恃。松枝有餘勁。所願好九思。勿令虧百行。

薛元曖妻林氏。濟南人。元曖爲隰城丞。早卒。林博涉五經。有母儀令德。訓其子彥輔、彥國、彥偉、彥雲及姪據、摠、播。並登進士第。衣冠榮之。有送男彥輔左貶詩曰。

他日初投杼。勤王在飲冰。有辭期不罰。積毀竟一作意許相仍。謫宦今何在。銜冤猶未勝。天涯分越徼。驛騎一作騍速毘陵。腸斷腹非苦。書傳寫豈能。淚添江水遠。心劇海雲蒸。明月珠難識。甘泉賦可稱。但將忠報主。何懼點青蠅。

寇坦母趙氏有古興詩三首曰。

鬱蒸夏將半。暑氣扇飛閣。驟雨滿空來。當軒卷羅幕。度雲開夕霽。宇宙何清廓。明月流素光。輕風換炎鑠。孤鸞傷對影。寶瑟悲別鶴。君子去不還。遙心欲何託。

金菊延清霜。玉壺多美酒。良人猶不歸。芳菲豈常有。不惜芳菲歇。但傷別離久。含情罷斟酌。凝怨對窗牖。

霽雪舒長野。寒雲半幽谷。嚴風振枯條。猨啼抱冰木。所嗟游宦子。少小荷天祿。前程未云至。悽愴對車僕。歲寒成詠歌。日暮棲林樸。不憚行險道。空悲年運促。

喬氏。馮翊人。喬知之之妹。有詠破簾詩曰。

已漏風聲罷。繩持也不禁。一從經落後。無復有貞心。

元載妻王韞秀。王忠嗣女。載微時爲人所輕。既貴。多慢賓客。氏以詩諷之。及載被誅。上令氏入宮。氏曰。三十年太原節度女。十六年宰相妻。豈復爲長信昭陽給事使乎。死亦幸矣。

偕夫游秦

路掃饑寒跡。天哀志氣人。休零離別淚。携手入西秦。

諫夫詩

楚竹燕歌動畫梁。更闌重換舞衣裳。公孫開館招佳客。知道浮雲不久長。

吉中孚爲大歷十才子之一。其妻張夫人。楚州山陽人亦善吟詠。今所傳者數章。

拜新月

拜新月。拜月出堂前。暗魄初籠桂。虛弓未引絃。拜新月。拜月妝臺上。鸞鏡始安臺。蛾眉已相向。拜新月。拜月不勝情。庭花風露清。月臨人自老。人望月長明。東家阿母亦拜月。一拜一悲聲斷絕。昔年拜月逞容輝。如今拜月雙淚垂。回看衆女拜新月。却憶紅閨年少時。

柳絮

靄靄芳春朝。雪絮起青條。或値花同舞。不因風自飄。過尊浮綠醑。拂幌綴紅綃。那用持愁翫春懷不自聊。

晁采小字試鶯。大歷時人少與鄰生文茂約爲伉儷。及長。茂時寄詩通情。母從其志。遂以歸茂。今擇錄其詩如左。

春日送夫之長安

思君遠別妾心愁。踏翠江邊送畫舟。欲待相看遲此別。只憂紅日向西流。

子夜歌

儂既翦雲鬟。郎亦分絲髮。覓向無人處。綰作同心結。

夜夜不成寐。擁被啼終夕。郎不信儂時。但看枕上跡。

何時得成匹。離恨不復牽。金針刺菡萏。夜夜得見蓮。

相逢逐涼候。黃花忽復香。顰眉臘月露。愁殺未成霜。

明窗弄玉指。指甲如水晶。翦之特寄郎。聊當攜手行。

寄語閨中娘。顏色不常好。含笑對棘實。歡娛須是棗。

良會終有時。勸郎莫得怒。薑蘗畏春蠶。要綿須辛苦。

醉夢幸逢郎。無奈烏啞啞。山中如有酒。敢惜千金價。

信使無虛日。玉醞寄盈觥。一年一日雨。底事太多晴。

繡房擬會郎。四窗日離離。手自施屏障。恐有女伴窺。

相思百餘日。相見苦無期。褰裳摘藕花。要蓮敢恨池。

金盆盥素手。焚香誦普門。來生何所願。與郎爲一身。

花池多芳水。玉杯挹贈郎。避人藏袖裏。溼却素羅裳。

感郎金鍼贈。欲報物俱輕。一雙連素縷。與郎聊定情。

寒風響枯木。通夕不得臥。早起遣問郎。昨宵何以過。

得郎日嗣音。令人不可覩。熊膽磨作墨。書來字字苦。

輕巾手自製。顏色爛含桃。先懷儂袖裏。然後約郎腰。

儂贈綠絲衣。郎遺玉鉤子。郎欲繫儂心。儂思著郎體。

元微之繼室裴淑。字柔之。微之自會稽到京。未踰月。出鎮武昌。裴難之。微之賦詩相慰。裴亦答以詩曰。

侯門初擁節。御苑柳絲新。不是悲殊命。唯愁別近親。黃鶯遷古木。朱履從清塵。想到千山外。滄江正暮春。

元微之作會眞記。有崔鶯鶯詩文。或曰。微之所依託也。又有謂張生卽微之自喻者。今但錄鶯鶯明月三五夜一首。餘詩與其貽張生書則從略焉。

明月三五夜

待月西廂下。迎風戶半開。拂墻花影動。疑是玉人來。

說部中又載姚月華詩。月華幼聰慧。夢月輪墜於粧臺。覺而大悟。未嘗讀書。搦管輒有所得。文詞絕妙。隨父寓揚子江。與一鄰生書詞往來。小說家言其人之有無。事之果否。皆不可信。如楚妃怨。確是高手。非庸庸能造。效徐淑體。則殊平平耳。

效徐淑體怨詩

妾生兮不辰。盛年兮逢屯。寒暑兮心結。夙夜兮眉顰。循環兮不息。如彼兮車輪。車輪兮可歇。妾心兮焉伸。雜沓兮無緒。如彼兮絲棼。絲棼兮可理。妾心兮焉分。空閨兮岑寂。妝閣兮生塵。萱草兮徒樹。茲憂兮豈泯。幸逢兮君子。許結兮殷勤。分香兮翦髮。贈玉兮共珍。指天兮結誓。願爲兮一身。所遭兮多舛。玉體兮難親。損餐兮減寢。帶緩兮羅裙。菱鑑兮慵啟。博鑪兮焉熏。整襪兮欲舉。塞路兮荆榛。逢人兮欲語。鞈匝兮頑嚚。煩冤兮憑胸。何時兮可論。願君兮見察。妾死兮何瞋。

怨詩寄楊達一作古怨

春江一作水悠悠春草綠。對此思君淚相續。羞將離恨向東風。理盡秦箏一作瑤琴不成曲。與君形影分吳越。玉枕經一作終年對離別。登臺一作高北望烟雨深。回身泣向寥天月。

楚妃怨

梧桐葉下黃金井。橫架轆轤牽素綆。美人初起天未明。手拂銀瓶秋水冷。

貞元時杜羔妻趙氏善屬文羔仕至尙書今傳詩數章錄二首

雜言寄杜羔

君從淮海游。再過蘭杜秋。歸來未須臾。又欲向梁州。梁州秦嶺西。棧道與雲齊。羌虜萬餘落。矛戟自高低。已忿寡儔侶。復慮勞攣蹐。丈夫重志氣。兒女空悲啼。臨卭滯游地。肯顧濁水泥。人生賦命有厚薄。君但遨游我寂寞。

聞杜羔登第

長安此去無多地。鬱鬱葱葱佳氣浮。良人得意正年少。今夜醉眠何處樓。

王氏太原人。永福潘令之妻。王氏隨夫宰永福。任滿祖餞。留連累日。王先解舟泊五里汰王灘下。俟久不至。月夜登岸。題詩石壁。末署太原族望。歲久詩漫滅。獨太原二字入石。邑人因以名灘。詩曰。

何事潘郎戀別筵。歡情未斷妾心懸。汰王灘下相思處。猨叫山山月滿船。

薛蘊字馥彥。輔孫女也。其贈鄭女郎詩曰。

艷陽灼灼河洛神。珠簾繡戶青樓春。能彈箜篌弄纖指。愁殺門前少年子。笑開一面紅粉妝。東園幾樹桃花死。朝理曲。暮理曲。獨坐窗前一片玉。行也嬌。坐也嬌。見之令人魂魄銷。堂前錦褥紅地爐。綠沈香檻傾屠蘇。解佩時時歇歌管。芙蓉帳裏蘭麝滿。晚起羅衣香不斷。滅燭每嫌秋夜短。

陳玉蘭吳人王駕妻也。有寄夫詩曰。

夫戍邊關妾在吳。西風吹妾妾憂夫。一行書信千行淚。寒到君邊衣到無。

薛媛。濠梁人。南楚材妻也。楚材旅游陳。受穎牧之眷。欲以女妻之。楚材許諾。因託言有訪道行。不復返。舊薛媛善書。妙屬文。微知其意。對鏡圖形。爲詩寄之。楚材大慙。遂歸偕老。其詩曰。

欲下丹青筆。先拈寶鏡寒。已經顏索寞。漸覺鬢凋殘。淚眼描將易。愁腸寫出難。恐君渾忘却。時展畫圖看。

孫氏。樂昌人。進士孟昌期妻也。善詩。每代夫作。一日忽曰。才思非婦人事。遂焚其集。

聞琴

玉指朱絃軋復清。湘妃愁怨最難聽。初疑颯颯涼風動。又似蕭蕭暮雨零。近比流泉來碧嶂。遠如玄鶴下青冥。夜深彈罷堪惆悵。露濕叢蘭月滿庭。

侯氏。邊將張揆妻也。揆防戎十餘年不歸。侯爲詩繡作龜形。詣闕上之。武宗覽詩。勅揆還鄉。并賜侯絹三百匹。其詩曰。

睽離已是十秋强。對鏡那堪重理妝。聞雁幾回修尺素。見霜先爲製衣裳。開箱疊練先垂淚。拂杵調砧更斷腸。繡作龜形獻天子。願教征客早還鄉。

愼氏。毘陵儒家女也。適蘄春嚴灌夫。無子被出。愼以詩訣。灌夫感而留之。其訣夫詩曰。

當時心事已相關。雨散雲飛一餉間。便是孤帆從此去。不堪重上望夫山。

竇梁賓。東門人。盧東表侍兒也。有雨中看牡丹詩曰。

東風未放曉泥乾。紅藥花開不奈寒。待得天晴花已老。不如攜手雨中看。

張文姬。鮑參軍妻也。存詩四首。

溪口雲

溶溶溪口雲。纔向溪中吐。不復歸溪中。還作溪中雨。

池上竹

此君臨此池。枝低水相近。碧色綠波中。日日流不盡。

沙上鷺

沙頭一水禽。鼓翼揚清音。只待高風便。非無雲漢心。

雙槿樹

綠影競扶疎。紅姿相照灼。不學桃李花。亂向春風落。

程長文。鄱陽人。嘗爲强暴所誣。長文獻詩雪寃。亦才女子也。

銅雀臺怨

君王去後行人絕。簫箏不響歌喉咽。雄劍無威光彩沈。寶琴零落金星滅。玉堦寂寞墜秋露。月照當時歌舞處。當時歌舞人不迴。化爲今日西陵灰。

李錡妾杜秋娘。本金陵倡家女。嘗歌金縷曲以勸錡酒曰。

勸君莫惜金縷衣。勸君惜取少年時。花開堪折直須折。莫待無花空折枝。

柳氏。韓翃妾。初爲李生姬。後李以贈翃。翃就侯希逸幕。柳留都下。遭亂爲尼。刼於番將沙吒利。虞侯許俊以計取之。復歸翃。先是柳有答翃詩曰。

楊柳枝。芳菲節。可恨年年贈離別。一葉隨風忽報秋。縱使君來豈堪折。

紅綃。大歷中勳臣家妓。後奔崔生。有憶崔生詩曰。

深洞鶯啼恨阮郎。偸來花下解珠璫。碧雲飄斷音書絕。空倚玉簫愁鳳皇。

張建封妾關盼盼。本徐州妓。建封納之。寵眷甚深。及建封歿。盼盼獨居彭城故燕子樓。歷十餘年。白居易贈詩諷其死。盼盼得詩泣曰。妾非不能死。恐我公有從死之妾。玷清範耳。乃和白詩。旬日不食而卒。

燕子樓三首

樓上殘燈伴曉霜。獨眠人起合歡牀。相思一夜情多少。地角天涯不是長。

北邙松柏鎖愁煙。燕子樓中思悄然。自埋劍履歌塵散。紅袖香銷已十年。

適看鴻雁岳陽迴。又覩玄禽逼社來。瑤瑟玉簫無意緒。任從蛛網任從灰。

步非煙。河南功曹武公業妾。鄰生趙象以詩誘之。非煙答詩。象因踰垣相從。事露笞死。

答趙象

綠慘雙蛾不自持。只緣幽恨在新詩。郎心應似琴心怨。脈脈春情更泥誰。

寄懷

畫簷春燕須同宿。蘭浦雙鴛肯獨飛。長恨桃源諸女伴。等閑花裏送郎歸。

外國女子。爲縉紳妾亦有能詩者。薛瑤。東明國人。左武衞將軍承沖之女。嫁爲郭元振妾。先是薛氏年十五。翦髮出家。六年而返俗。嫁於郭。其返俗有詩曰。

化雲心兮思淑貞。洞寂滅兮不見人。瑤草芳兮思芬薀。將奈何兮青春。

唐時婦人所傳篇章。有不知其時代。僅存姓名。或僅知其爲誰氏妻。而名氏不可考。或俱不可知。但爲出於婦人者。亦多美句。輒擇而錄之於下。

銅雀臺　梁瓊

歌扇向陵開。齊行奠玉杯。舞時飛燕列。夢裏片雲來。月色空餘恨。松聲莫更哀。誰憐未死妾。掩袂下銅臺。

昭君怨　梁瓊

自古無和親。貽災（一作天貽）到妾身。朔風嘶去馬。漢月出行輪。衣薄狼山雪。妝成虜塞春。迴看父母國。生死畢胡塵。

有所思　劉雲

朝亦有所思。暮亦有所思。登樓望君處。藹藹蕭關道。掩淚向浮雲。誰知妾懷抱。一作靄靄浮雲飛浮雲遮却陽關道向晚誰知妾懷抱 玉井蒼苔春院深。桐花落盡一作地無人掃。

獨夜詞

崔公遠一作達

晴天霜落寒風急。錦帳羅幃羞更入。秦箏不復續斷絃。回身掩淚挑燈立。

春詞

張琰

垂柳鳴黃鸝。關關若求友。春情不可耐。愁殺閨中婦。日暮登高樓。誰憐小垂手。

昨日桃花飛。今朝梨花吐。春色能幾時。那堪此愁緒。蕩子遊不歸。春來淚如雨。

銅雀臺一作張琰詩

張琰

君王冥漠不可見。銅雀歌舞空徘徊。西陵嘖嘖悲宿鳥。高一作空殿沈沈閉青苔。青苔無人跡。紅粉空自一作相哀。

長門怨

劉媛

雨滴梧桐一作長門秋夜長。愁心和雨到昭陽。淚痕不學一作共君恩斷。拭却千行更萬行。

學畫蛾眉獨出羣。當時人道便承恩。經年不見君王面。花落黃昏空掩門。

暗別離

劉瑤一作劉妻

槐花結子桐葉焦。單飛越鳥啼青霄。翠軒輾雲輕遙遙。燕脂淚迸紅線條。瑤草歇芳心耿耿。玉佩無聲畫屏冷。朱弦暗斷不見人。風動花枝月中影。青鸞脈脈西飛去。海闊天高不知處。

古意曲　劉瑤

梧桐階下月團團。洞房如水秋夜闌。吳刀翦破機頭錦。茱萸花墜相思枕。綠窗寂寞背燈時。暗數寒更不成寢。

古意　崔萱字伯容

灼灼葉中花。夏萎春又芳。明明天上月。蟾缺圓復光。未如君子情。朝違夕已忘。玉帳枕猶暖。紈扇思何長。願因西南風。吹上玳瑁牀。嬌眠錦衾裏。展轉雙鴛鴦。

敍別　崔萱

碧池漾漾春水綠。中有佳禽暮棲宿。願持此意永相貽。秪慮君情中反覆。

贈所思　崔仲容

所吾幸接鄰。相見不相親。一似雲間月。何殊鏡裏人。丹誠一作成空有夢。腸斷不禁春。願作梁間燕。無由變此身。

贈歌姬　崔仲容

水翦雙眸霧翦衣。當筵一曲媚春輝。瀟湘夜瑟怨猶在。巫峽曉雲愁不飛。皓齒乍分寒玉

細黛眉輕蹙遠山微。渭城朝雨休重唱。滿眼陽關客未歸。　葛鴉兒

會仙詩二首錄一

彩鳳搖搖下翠微。煙光漠漠徧芳枝。玉窗仙會何人見。唯有春風仔細知。

峽中即事　廉氏

清秋三峽此中去。鳴鳥孤猿不可聞。一道水聲多亂石。四時天色少晴雲。日暮泛舟溪溆口。那堪夜永思氛氳。

懷遠　廉氏

隙塵何微微。朝夕通其輝。人生各有託。君去獨不歸。青林有蟬響。赤日無鳥飛。裴回東南望。雙淚空沾衣。

攜手曲　田娥

攜手共惜芳菲節。鶯啼錦花滿城闕。行樂逶迤念容色。色衰祗恐君恩歇。鳳笙龍管白日陰。盈虧自感青天月。

中秋夜泊武昌　劉淑柔

兩城相對峙。一水向東流。今夜素娥月。何年黃鶴樓。悠悠蘭棹晚。渺渺荻花秋。無奈柔腸斷。關山總是愁。

題興元明珠亭　京兆女子

寂寥滿地落花紅。獨有離人萬恨中。回首池塘更無語。手彈珠淚與春風。

題玉泉溪　湘驛女子

紅葉醉秋色。碧溪彈夜絃。佳期不可再。風雨杳如年。

早梅　劉元載妻

南枝向暖北枝寒。一種春風有兩般。憑仗高樓莫吹笛。大家留取倚闌干。

楊柳枝詞　周德華

清江一曲柳千條。二十年前舊板橋。曾與情人橋上別。更無消息到今朝。

夷陵歌　夷陵女子

明月清風。良宵會同。星河易翻。歡娛不終。綠樽翠杓。爲君斟酌。今夕不飲。何時歡樂。

楊柳楊柳。裊裊隨風急。西樓美人春夢中。翠簾斜捲千條入。

題三鄉詩 并序　若耶溪女子

余家本若耶溪東。與同志者二三。級蘭佩蕙。每貪幽閑之境。翫花光於風月之亭。竟晝綿宵往往忘倦。洎乎初筓五換星霜矣。自後不得已從良人西入函關。寓居晉昌里第。其居迴絕塵囂。花木叢翠。東西隣二佛宮。皆上國勝游之最。伺其閑寂。因游覽焉。亦不辜一時之風月也。不意良人已矣。邈然無依。帝里方春。弔影東邁。涉滻水。歷渭川。背終南。陟太華。經虢畧。抵陝郊。挹嘉祥之清流。面女几之蒼翠。凡經過之所。皆曩昔燕笑之地。銜寃茹歎。舉目魂銷。雖殘骸尚存。而精爽都失。假使潘岳復生。無以悼其幽思也。遂命筆聊題。終不能滌其懷抱。絕筆慟哭而去。時會昌壬戌歲仲春十九日。二九子為父後。玉無瑕。弁無首。荆山石。往往有題。

昔逐良人西入關。良人身歿妾空還。謝娘衞女不相待。為雨為雲歸此山。彤管遺編云若耶溪女隱名不書後李舒解之曰二九十八十加八木字子為父後木下子李氏也玉無瑕去其點也弁無首存其廾也王下廾弄字也荊山石往往有者荊山多玉當是姓李名弄玉也

第七章　五代婦女文學與花蘂夫人

五代婦人文學。當以蜀花蘂夫人最為大家。其餘如後唐莊宗母貞簡曹后。明宗后武顯曹后。晉高祖后李皇后。漢高祖昭聖李后。並有制詔。或遺令之屬。著於史籍。然皆當時文臣所為。非必自作也。惟前後蜀后妃。多有文采。王蜀則太后徐氏。太妃徐氏。及宮人李舜絃李玉簫。孟蜀則花蘂夫人是已。

成都徐耕生二女。皆有國色。能為詩。蜀王建納之。姊為賢妃。妹為淑妃。王衍即位。冊賢妃為順聖太后。淑妃為翊聖太妃。咸康元年。衍奉太后太妃同禱青城山。凡游歷之處。各賦詩刻於石。

丈人觀謁先帝御容　徐太后

聖帝歸梧野。躬來謁聖顏。旋登三徑路。似陟九嶷山。日照堆嵐迥。雲橫積翠間。期修封禪禮。方俟再躋攀。

題漢州三學山至夜看聖燈　徐太后

虔禱游靈境。元妃夙志同。玉香焚靜夜。銀燭炫遼空。泉漱雲根月。鐘敲檜杪風。印金標聖迹。飛石顯神功。滿望天涯極。西歸日脚紅。猿來齋石上。僧集講筵中。頓作超三界。渾疑證六通。願成修偃化。社稷保延洪。

元都觀　徐太后

千尋綠嶂夾流溪。登眺因知海（一作衆）岳低。瀑布迸春青石碎。輪菌橫翦翠峯齊。步黏苔蘚龍橋滑。日閉烟蘿（一作巒）鳥徑迷。莫道穹天無路到。此山便是碧雲梯。

題彭州陽平化　徐太妃

雲浮翠輦屆陽平。眞似驂鸞到上清。風起半厓聞虎嘯。雨來當面見龍行。晚尋水澗聽松韻。夜上星壇看月明。長恐前身居此境。玉皇敎向錦城生。

三學山夜看聖燈　徐太妃

聖燈千萬炬。旋向碧空生。細雨濕不暗。好風吹更明。磬敲金地響。僧唱梵天聲。若說無心法。此光如有情。

禱青城山回　徐太妃

翠驛江亭近玉亭。夢魂猶是在青城。比來出看江山景。却被江山看出行。

李弦舜。梓州人。蓋李珣之妹。珣雅有文才。尤工詩詞。王衍納舜弦爲昭儀。有隨駕游青城詩曰。

因隨八馬上仙山。頓隔塵埃物象閑。只恐西追王母宴。却憂難得到人間。

李玉簫亦王衍宮人。有宮詞曰。

鴛鴦瓦上瞥然聲。晝寢宮娥夢裏驚。元是我王金彈子。海棠花下打流鶯。

蜀時有女子黃崇嘏者。臨邛人。幼嘗僞爲男子。以詩謁蜀相周庠。庠薦攝府掾事。甚明敏。庠愛其才。崇嘏賦詩辭。乃知爲黃使君女也。未適人。歸與老嫗同居。終其身。亦奇女子也。而詩甚平平。世多艷稱其事。故附著於此。其辭蜀相詩曰。

一辭拾翠碧江湄。貧守蓬茅但賦詩。自服藍衫居郡掾。永抛鸞鏡畫蛾眉。立身卓爾青松操。挺志堅然白璧姿。幕府若容爲坦腹。願天速變作男兒。

花蘂夫人。姓費氏。幼能爲文。尤工詩。以才貌事孟昶。號花蘂夫人。嘗製宮詞百首。才藻風流。不減王建。宋平蜀。太祖憐其才。重之。嘗論蜀之所以亡。夫人口占答曰。君王城上豎降旗。妾在深宮那得知。十四萬人齊解甲。更無一箇是男兒。後輸織室。悲憂抑鬱。不忘故君。以罪賜死。所作宮詞。清新俊雅。傳者多與王建諸人相亂。乃至百五十餘首。今擇錄數十章於下。

宮詞

五雲樓閣鳳城間。花木長新日月閒。三十六宮連內苑。太平天子住崑山。

會眞廣殿約宮牆。樓閣相扶倚太陽。淨甃玉階橫水岸。御爐香氣撲龍床。

離宮別院繞宮城。金版輕敲合鳳笙。夜夜月明花樹底。傍池長有按歌聲。

梨園子弟簇池頭。小樂攜來候燕游。旋炙銀笙先按拍。海棠花下合梁州。

殿前排宴賞花開。宮女侵晨探幾回。斜望苑門遙舉袖。傳聲宣喚近臣來。

自教宮娥學打毬。玉鞍初跨柳腰柔。上棚知是官家認。遍遍長贏第一籌。

婕妤生長帝王家。常近龍顏逐翠華。楊柳岸長春日暮。傍池行困倚桃花。

羅衫玉帶最風流。斜插銀篦帕裹頭。聞得殿前調御馬。掉鞭橫過小紅樓。

小小宮娥到內園。未梳雲鬢臉如蓮。自從配與夫人後。不使尋花亂入船。

半夜搖船載內家。水門紅蠟一行斜。聖人正在宮中飲。宣使池頭旋折花。

酒庫新修近水旁。潑醅初熟五雲漿。殿前供御頻宣索。進入花間一陣香。

管絃聲急滿龍池。宮女藏鬮夜宴時。好是聖人親捉得。便將濃墨掃雙眉。

龍池九曲遠相通。楊柳絲牽兩岸風。長似江南好風景。畫船來去碧波中。
東內斜將紫禁通。龍池鳳苑夾城中。曉鐘聲斷嚴粧罷。院院紗窗海日紅。
殿名新立號重光。島上亭臺盡改張。但是一人行幸處。黃金閣子鎖牙床。
安排諸院接行廊。水檻周迴十里長。青錦地衣紅繡毯。盡鋪龍腦鬱金香。
厨盤進食簇時新。侍宴無非列近臣。日午殿頭宣索鱠。隔花催喚打魚人。
立春日進內園花。紅蕋輕輕嫩淺霞。跪到玉階猶帶露。一時宣賜與宮娃。
御製新翻曲子成。六宮纔唱未知名。盡將觱篥來抄譜。先按君王玉笛聲。
旋移紅樹劚青苔。宣使龍池更鑿開。展得綠波寬似海。水心樓殿勝蓬萊。
六宮官職總新除。宮女安排入畫圖。二十四司分六局。御前頻見錯相呼。
春風一面曉妝成。偷折花枝傍水行。却被內監遙覷見。故將紅豆打黃鶯。
供奉頭籌不敢爭。上棚等喚近臣名。內人酹酒纔宣賜。馬上齊呼萬歲聲。
翔鸞閣外夕陽天。樹影花光遠接連。望見內家來往處。水門斜過畫樓船。
新秋女伴各相逢。罨畫船飛別渚中。旋折荷花伴歌舞。夕陽斜照滿衣紅。
月頭支給買花錢。滿殿宮人近數千。遇著唱名多不語。含羞走過御牀前。
沉香亭子傍池斜。夏日巡遊歇翠華。簾畔玉盆盛淨水。內人手裏剖銀瓜。

金畫香臺出露盤。黃龍雕刻遶朱欄。焚修每遇三元節。天子親簪白玉冠。
錦城上起凝烟閣。擁殿遮樓一向高。認得聖顏遙望見。碧欄干映赭黃袍。
大臣承寵賜新莊。梔子園東柳院傍。每日聖恩親幸到。板橋頭是讀書堂。
慢梳鬟髻著輕紅。春早爭求芍藥叢。近日承恩移住處。夾城裏面占新宮。
別色宮司御輦家。黃衫束帶臉如花。深宮內苑參承慣。常從金輿到日斜。
太液波清水殿涼。畫船驚起宿鴛鴦。翠眉不及池邊柳。取次飛花入建章。
海棠花發盛春天。遊賞無時引御筵。遶岸結成紅錦帳。暖枝猶拂畫樓船。
明朝臘日官家出。隨駕先須點內人。回鶻衣裝回鶻馬。就中偏稱小腰身。
鞍韉盤龍閃色裝。黃金壓胯紫游韁。自從揀得眞龍骨。別置東頭小馬房。
翠輦每從城畔出。內人相次立池邊。嫩荷花裏搖船去。一陣香風逐水來。
宮娥小小豔紅妝。唱得歌聲遶畫梁。緣是太妃新進入。座前頒賜小羅箱。
池心小樣釣魚船。入玩偏宜向晚天。掛得綵帆教便放。急風吹過水門邊。
嫩荷香撲釣魚亭。水面文魚作隊行。宮女競來池畔看。傍簾呼喚勿高聲。
白藤花限白銀花。閣子當門寢殿斜。近被宮中知了事。每來隨駕使煎茶。
西毬場裏打毬回。御宴先於苑內開。宣索教坊諸妓樂。傍池催喚入船來。

新翻酒令著詞章。侍宴初開意却忙。宣使近臣傳內本。書家院裏遍抄將。
三清臺近苑牆東。樓檻層層映水紅。盡日綺羅人度曲。管絃歌在半天中。
內人承寵賜新房。紅紙泥窗遶畫廊。種得海柑纔結子。乞求自進與君王。
金碧欄干倚岸邊。捲簾初聽一聲蟬。殿頭日午搖紈扇。宮女爭來玉座前。
侍女爭揮玉彈弓。金丸飛入亂花中。一時驚起流鶯散。踏破殘花滿地紅。
翠華香重玉鑪添。雙鳳樓頭曉日暹。扇掩紅鸞金殿悄。一聲清蹕掩珠簾。
春心滴破花邊漏。曉夢敲回禁裏鐘。十二楚山何處是。御樓曾見兩三峰。
蕙炷香銷燭影殘。御衣熏盡輒更闌。歸來困頓眠紅帳。一枕西風夢裏寒。

中國婦女文學史四終

第三編上　近世婦女文學（宋遼）

第一章　宋之宮廷文學

婦女文學至宋愈衰。卽宮廷文學亦不及前代之盛。太宗廣慧夫人。號稱有文才。今僅傳迴文一記。英宗高后歷神宗哲宗二朝。晚臨朝政。登用司馬光、呂公著、文彥博諸人。時稱爲女中堯舜。史雖載其一二詔令。大抵出於詞臣。惟南渡後寧宗楊后聰慧博學。作宮詞五十首。亦花蘂之亞也。茲選存十餘首如下。

宮詞

瑞日曈曨散曉紅。乾元萬國珮丁東。紫宸北使班纔退。百辟同趨德壽宮。

元宵時雨賞宮梅。恭請光堯壽聖來。醉裏君王扶上輦。鑾輿半仗點燈回。

柳枝挾雨握新綠。桃蕊含風破小紅。天上春光偏得早。嶢峨宮殿五雲中。

曉窗生白已鶯啼。啼在宮花第幾枝。煙斷獸罏香未絕。曲房朱戶夢回時。

一簾小雨卻春寒。禁籞深沉白晝閒。滿地落花紅不掃。黃鸝枝上語綿蠻。

上林花木正芳菲。內裏爭傳御製詞。春賦新翻入宮調。美人羣唱捧瑤卮。

海棠花裏奏琵琶。沉碧池邊醉九霞。禁籞融融春日靜。五雲深護帝王家。

後院深沉景物幽。奇花名竹弄春柔。翠華經歲無遊幸。多少亭臺廢不修。

天中聖節禮非常。躬率羣臣上壽觴。天子捧盤仍再拜。侍中宣達近龍牀。
繞堤翠柳忘憂草。夾岸紅葵安石榴。御水一溝清徹底。晚涼時泛小龍舟。
宮殿鉤簾看水晶。時當三伏熾炎蒸。翰林學士知誰直。今日傳宣與賜冰。
雲影低涵柏子池。秋聲輕度萬年枝。要知玉宇涼多少。正在觀書乙夜時。
瑣窗宮漏滴銅壺。午夢驚回落井梧。風遞樂聲來玉宇。日移花影上金鋪。
涼秋結束鬬炎新。宣入球場尚未明。一朵紅雲黃蓋底。千官下馬起居身。
秋高風動角弓鳴。臂健常嫌斗力輕。玉陛纔傳看御箭。中心雙中謝恩聲。
宮槐映日翠陰濃。薄暑應難到九重。節近賜衣爭試巧。彩絲新樣起盤龍。
一朵榴花插鬢鴉。君王長得笑時誇。內家衫子新番出。淺色新裁艾虎紗。
簾幙深深四面垂。清和天氣漏聲遲。宮中閣裏催繅繭。要趁親蠶作五絲。
小樣盤龍集翠裘。金羈綬控五花騮。繡旗開處鈞天奏。御棒先過第一籌。

又汴梁宮人姓陶名九成。亦有宮詞十五首。幷錄之

宮詞

一入深宮裏。經今十五年。長因批帖子。呼出御牀前。
歲歲逢元夜。金蛾鬧簇巾。見人心自怯。終是女兒身。

殿前輪直罷。偸去賭金釵。怕見黃昏月。慇懃上玉階。
翠翹朱半背。小殿夜藏鉤。驀地羊車至。低頭笑不休。
內府頒金帛。敎酬賀節盤。御宮新有旨。先與問孤寒。
人間多棗栗。不到九重天。長被黃衫吏。花攤月賜錢。
仁聖生辰節。君王進玉巵。壽棚兼壽酒。留待北還時。
邊奏行臺急。東華夜啟封。內人推步輦。不候景陽鐘。
畫燭雙雙引。珠簾一一開。輦前齊下拜。歡飲辟寒杯。
聖躬香閣內。只道下朝遲。扶杖嬌無力。紅綃貼玉肌。
今日天顏喜。東朝內閣開。外邊農事動。詔遣敎坊回。
駕前雙白鶴。日日候朝回。自送鸞輿去。經年更不來。
別殿宮刀響。倉皇接鄭王。尙愁宮正怒。含淚强添妝。
一向傳宣喚。誰知不復還。來時舊鍼線。記得在窗間。
北去遷河漠。誠心畏從行。不知當日死。頭白苦爲生。

宋之舊宮人流落。或改適士人。或爲女冠。見宋遺民詩歌。就中與汪水雲唱和者尤多。金德淑者。宋宮人。入元歸章丘李嘉謨。金姬別傳曰。李嘉謨至元都。月夜獨歌曰。萬里倦行役。秋來瘦幾分。因看河北月。忽憶海東雲。夜靜聞鄰婦有倚樓泣者。明日訪其家。則宋舊宮人金德淑也。因過叩之。德淑曰。客非昨夜悲歌人乎。此亡宋昭儀黃惠清寄汪水雲詩。因言吾輩當日皆有詩贈水雲。乃自舉所作望江南詞。歌畢泣下。其望江南詞贈汪水雲曰。

春睡起。積雪滿燕山。萬里長城橫縞帶。六街燈火已闌珊。人在玉樓間。

又有王清惠。亦宋昭儀。入元爲女道士。號沖虛。疑與贈水雲詩之黃惠清是一人。而傳聞異辭也。王清惠有題驛壁滿江紅詞曰。

太液芙蓉。渾不是。舊時顏色。曾記得。承恩雨露。玉樓金闕。名播蘭簪妃后裏。暈潮蓮臉君王側。忽一朝。鼙鼓揭天來。繁華歇。

龍虎散。風雲滅。千古恨。憑誰說。對山河百二。淚沾襟血。驛館夜驚塵土夢。宮車曉碾關山月。願嫦娥相顧肯從容。隨圓缺。

第二章　李易安

第一節　李易安事略

宋婦女文學。李易安最爲傑出。兼擅詩文各體。而尤長於詞。惜其集不傳。今僅傳漱玉詞一卷耳。宋史李格非傳曰。女清照。詩文尤有稱於時。嫁趙挺之之子明誠。自號易安居士。俞理初易安居士事輯曰。易安居士李清照。宋濟南人。父格非。母王狀元拱辰孫女。並工文章。居歷城城西南之柳絮泉上。易安幼有才藻。元符二年。年十八。適太學生諸城趙明誠。明誠父挺之。時爲吏部侍郎。格非爲禮部員外郎。明誠幼夢誦一書。曰言與司合。安上已脫。芝芙草拔。挺之曰。此離合字。詞女之夫也。此出瑯嬛記。至於易安嫁明誠後。其事蹟略具金石錄後序。及自序甚詳。偶有複文。茲並錄之。易安金石錄後序曰。

予以建中辛已歸趙氏。時丞相作吏部侍郎。家素貧儉。德甫在太學。每朔望謁告出質衣取半千錢。步入相國寺。市碑文果實歸。相對展玩咀嚼。後二年。從官便有窮盡天下古文奇字之志。傳寫未見書。買名人書畫古奇器。有持徐熙牡丹圖。求錢二十萬。留信宿。計無所得。捲還之。夫婦相向惋悵者數日。及連守兩郡。竭俸入以事鉛槧。每獲一書。卽日勘校裝緝。得名畫彝器。亦摩玩舒卷。摘指疵病。盡一燭爲率。故紙札精緻。字畫全整。冠於諸家每飯罷。坐歸來堂。烹茶。指堆積書史。言某事在某書某卷第幾葉第幾行。以中否勝負爲飲茶先後。中則舉。否則大笑。或至茶覆懷中。不得而起。凡書史百家字不刓缺本不誤者輒市之。儲作副本。靖康丙午。德甫守淄川。聞虜犯京師。盈箱溢篋。戀戀悵悵。知其必不爲己物。建炎丁未。奔太夫人喪南來。既長物不能盡載。乃先去書之印本重大者。畫之多幅者。器之無款識者。已又去書之監本者。畫之平常者。器之重大者。所載尚十五連艫渡淮江。其青州故第。所鎖十間屋。期以明年具舟載之。又化爲煨燼。己酉歲六月。德甫駐家池陽獨赴行都。自岸上望舟中告別。予意甚惡。呼曰如傳聞城中緩急奈何。遙應曰從衆。必不得已。先棄輜重。次衣衾。次書冊卷軸。次古器。獨宗器者可自負抱。與身俱存亡。勿忘之。徑馳馬去。秋八月。德甫以病不起。時六宮往江西。予遣二吏部所存書二萬卷。金石刻二千本。先往洪州。至冬。虜陷洪。遂盡委棄。所謂連艫渡江者。又散爲雲煙矣。獨餘輕小卷軸寫本李杜韓柳集。世說鹽鐵論。石刻數十副。軸鼎鼐十數。及南唐書數篋。偶在臥內。巋然獨存。上江既不可往。乃之台溫之衢之越之杭。寄物於嵊縣。庚戌春。官收叛卒。悉取去入故李將軍家。巋然者十失五六。猶有五七簏。挈家寓越城。一夕爲盜穴壁負五簏去。盡爲吳說運使賤價得之。僅存不成部帙殘書策數種。忽閱此書。如見故人。因憶德甫在東萊靜治堂裝標初就。芸籤縹帶。束十卷作一帙。日校二卷。跋一卷。此二千卷。有題跋者五百二卷耳。今手澤如新。墓木已拱。乃知有有必有無。有聚必有散。亦理之常。又胡足道。所以區區記其終始者。亦欲爲後世好古博雅者之戒云。

易安又自序遭變本末甚悉。與前篇文有詳略。玆並錄之。其辭曰。

靖康丙午歲。侯守淄川。聞金人犯京師。四顧茫然。書畫盈箱篋。且戀戀。且悵悵。知必不爲己物矣。建炎丁未春三月。奔太夫人喪南來。既長物不能盡載。乃先去書之重大印本者。又去畫之多幅者。又去古器之無款識者。後又去書之有監板者。畫之平常者。器之重大者。凡屢減去尚載書十五車。至東海連艫渡淮。至建康時青州故第尚鎖書冊什物用屋十餘間。期明年春具舟載之。十二月金人陷青州。遂爲灰燼。戊申九月侯起復知建康己酉三月罷。具舟上蕪湖入姑孰。將卜居於贛水上。五月至池陽。被旨知湖州。過闕上殿遂住家池陽。獨赴召。六月十三日負擔舍舟坐岸上。葛衣岸巾。精神如虎。目光爛爛射人。望舟中告別。余意甚惡。呼曰忽傳聞城中緩急奈何。戟手遙應曰從衆。必不得已先去輜重。次衣服。次書冊卷軸。次古器。獨所謂宗器者自抱負與身存亡。勿忘也。遂馳馬去。途中奔馳冒大暑感疾。至行在病痁。七月末書報臥病。余驚怛念侯性素急。奈何病痁。或熱必服寒藥疾可憂。遂解舟下。一日夜行三百里。比至果大服茈胡黃芩。瘧且痢病。危在膏肓。余悲泣倉皇不忍問後事。八月十八日遂不起。取筆作詩絕筆而逝。殊無分香賣履之態。葬畢余無所之。時朝廷已分遣六宮。及傳江當禁渡。猶有書二萬餘卷。金石刻二千卷。器皿裀褥可符百客。他長物稱是。余又大病。僅存喘息。事勢日迫。念侯有妹壻任兵部侍郎從衞在洪州。遂遣二故吏先部送行李往投之。十二月金人陷洪州。遂盡委棄。獨余少輕小卷軸書帖寫本李杜韓柳集世說鹽鐵論漢唐石刻副本數十軸。三代鼎彝十數事。又唐寫本書十數冊。偶病中把玩在臥內者獨存。上江既不可往。又虜勢叵測。有弟迒任敕局刪定官。遂往依之。到台台守已遁之剡出睦。棄衣被走黃巖。雇舟入海奔行朝。時駐蹕章安。從卸舟之温。又之越。庚戌十二月放散百官。遂之衢。紹興辛亥三月復赴越。壬子又赴杭。先侯病亟時。有張飛卿學士攜玉壺過示侯。復攜去。其實珉也。不知何人傳道。妄言有頒金之語。或言有密論列者。余大惶怖。不敢言。亦不敢遂已。盡將家中所有銅器等物。欲赴外廷投進。到越已幸四明。不敢留家中。並寫本書寄剡。後官軍收叛卒取去。聞盡入李將軍家。惟有書畫硯墨六七簏。常在臥榻下。手自開合。在會稽卜居士民鍾氏宅。忽一夕穿壁負五簏去。余悲痛不欲活。立重賞收贖。後二日。鄰人鍾復皓出十八軸求賞。故知其盜不遠。萬計求之。其餘遂牢不可出。今盡爲吳說運使賤價得之。所餘一二殘零不成部帙書冊三數種。平平書帖。猶復愛惜如護頭目。何愚也耶。今開此書。如見故人。因憶侯在東萊靜治堂。裝卷初就。芸籤縹帶。束十卷作一帙。每日晚吏散。輒校勘二卷。題跋一卷。此二千卷有題跋者五百二卷耳。今手澤如新。而墓木已拱。悲夫。昔蕭繹江陵陷沒。不惜國亡。而毀裂書畫。楊廣江都傾覆。不悲身死。而復取圖書。豈以性之所著。生死不能忘歟。或者天意以其菲薄。不足以享此尤物耶。抑死者有知。猶斤斤愛惜。不宜留人間耶。何得之難而失之易也。噫。余自少陸機作賦之二年。至過蘧瑗知非之兩歲。三十四年之間。憂患得失。何其多也。然有有必有無。有得必有失。乃理之常。人亡弓。人得之。又何足道。所以區區記此者。亦欲爲後世博雅好古者之戒云爾。

易安生平。就其文中所自述者。大略具矣。而雲麓漫抄及李心傳建炎以來繫年要錄。謂易安於明誠卒後。再嫁張汝舟。後結訟。又詔離之。有文案。漫抄並載易安謝綦崇禮啟。蓋好事者點竄原詞。以實其事。兪理初爲辨誣甚詳。蓋易安晚年殆依弟迒老於金華。未嘗有改適之事也。後人集其所著爲文七卷。詞六卷。行於世。見宋史藝文志。今所傳惟詞略多。原集則久佚矣。其金石錄後序稿在王厚之家。洪邁見之。述其大概於容齋四筆。朱子稱本朝婦人能文章者。曾相布妻魏。及李易安二人而已。易安能詩詞文四六。又能畫。宋濂集。謂陳查良藏有易安畫琵琶行圖。太平清話。謂莫廷韓買得易安畫墨竹一幅。亦見易安不僅能詩詞。且多能藝事。其天才爲不可及矣。

第二節　李易安與詞學

婦人之爲詞者。唐以來有之。而隋侯夫人之看梅曲。或以爲亦詞之濫觴也。其詞曰。

砌雪無消日。捲簾時自顰。庭梅對我有憐意。先露枝頭一點春。

唐人爲詞。蓋緣樂府之變。晚唐五季爲盛。而婦人無名家。楊貴妃之阿那曲。柳氏之楊柳枝。（已見前）皆詞之別體。又王麗眞女郞字字雙曲曰。牀頭錦衾斑復斑。架上朱衣殷復殷。空庭明月閑復閑。夜長路遠山復山。此特詩之流耳。耿玉眞亦唐末女子。乃有菩薩蠻詞曰。

玉京人去秋蕭索。畫簷鵲起梧桐落。欹枕悄無言。月和殘夢圓。　背燈唯暗泣。甚處砧聲急眉黛遠山攢。芭蕉生暮寒。

五代時閩嗣主王延鈞之后陳氏。名金鳳。有樂遊曲曰。

龍舟搖曳東復東。采蓮湖上紅更紅。波淡淡。水溶溶。奴隔荷花路不通。

蓋唐五代之際。婦人爲詞者少。宋時間有作者。在易安前婦人詞傳者。率不過一二闋。至易安獨蔚爲大家。睥睨前世。嘗爲詞論曰。

唐開元天寶間。李八郎者。能歌擅天下。時新及第進士開宴曲江。榜中一名士先召李使易服隱姓名。衣冠故敝。精神慘沮。與之宴所。曰表弟願與坐末。衆皆不顧。既酒行樂作。歌者進以曹元念爲冠。歌罷。衆皆嗟咨稱賞。名士忽指李曰。請表弟歌。衆皆哂。或有怒者。及轉喉發聲一曲。衆皆泣下。起曰。此必李八郎也。自後鄭衛聲熾。流靡煩變。有菩薩蠻。春光好。莎雞子。更漏子。浣溪沙。夢江南。漁父等詞。不可徧舉。五代時江南李氏獨尚文雅。有小樓吹徹玉笙寒之句。及吹皺一池春水。語雖甚奇。所謂亡國之音哀以思也。本朝柳屯田永變舊聲作新聲。出樂章集。大得聲稱於世。雖協音律。而詞語塵下。又有張子野。宋子京兄弟。沈唐。元絳。晁次膺輩繼出。雖時時有妙語。而破碎何足名家。至晏丞相。歐陽永叔。蘇子瞻。學際天人。作爲小歌詞。直如酌蠡水於大海。然皆句讀不葺之詩耳。又往往不協音律。蓋詩文分平側。而歌詞分五音。又分五聲。又分六律。又分淸濁輕重。且如近世所謂聲聲慢雨中花喜遷鶯既押平聲。又押入聲。玉樓春平聲。又押上去聲。又押入聲。其本押側韻者。如本上聲協押入聲則不可通矣。王介甫曾子固文章似西漢若作小歌詞則人必絕倒不可讀也。乃知詞別是一家。知之者少。後晏叔原賀方回秦少游黃魯直出始能知之。而晏苦無鋪敍。賀苦少典重。秦少游專主情致而少故實。譬如貧家美女雖極姸麗豐逸。而終乏富貴態。黃卽尙故實而多疵病。譬如良玉有瑕價自減半矣。

右見漁隱叢話。蓋易安深明音律。譏彈前輩既中其病。而詞亦日益工矣。

易安與明誠結縭未久。明誠出游。易安意殊不忍別。書一翦梅詞於錦帕送之曰。

紅藕香殘玉簟秋。輕解羅裳。獨上蘭舟。雲中誰寄錦書來。雁字回時。月滿西樓。　花自飄零水自流。一種相思。兩處閑愁。此情無計可消除。才下眉頭。卻上心頭。

又嘗以重陽醉花陰詞函致明誠。明誠思勝之。一切謝客。廢寢忘食者三日夜。得五十餘闋。雜易安作以示友人陸德夫。德夫玩誦再三。曰有三句乃絕佳。明誠詰之。曰莫道不消魂。簾卷西風。人比黃花瘦。政易安作也。其全篇曰。

薄霧濃雰愁永晝。瑞腦銷金獸。佳節又重陽。玉枕紗廚。半夜涼初透。　東籬把酒黃昏後。有暗香盈袖。莫道不銷魂。簾卷西風。人比黃花瘦。

張正夫曰。易安元宵永遇樂詞云。落日鎔金。暮雲合璧。已自工緻。至於染柳煙輕。吹梅笛怨。

春意知幾許。氣象更好。後疊云。於今憔悴風鬟霜鬢。怕向花間重去。（二語與今本異見下）皆以尋常語度入音律。鍊句精巧則易。平淡入調者難。且秋詞聲聲慢。此乃公孫大娘舞劍手。本朝非無能詞之士。未曾有一下十四疊字者。後疊又云。到黃昏點點滴滴。又使疊字。俱無斧鑿痕。怎生得黑。黑字不許第二人押。婦人有此奇筆。殆間氣也。

永遇樂

落日鎔金。暮雲合璧。人在何處。染柳煙濃。吹梅笛怨。春意知幾許。元宵佳節。融和天氣。次第豈無風雨。來相召。香車寶馬。謝他酒朋詩侶。　中州盛日。閨門多暇。記得偏重三五。鋪翠冠兒。撚金雪柳。簇帶爭濟楚。如今憔悴。風鬟霧鬢。怕是夜間出去。不如向簾兒底下。聽人笑語。

聲聲慢

尋尋覓覓。冷冷清清。悽悽慘慘戚戚。乍暖還寒時候。最難將息。三杯兩盞淡酒。怎敵他晚來風急。雁過也。正傷心。卻是舊時相識。　滿地黃花堆積。憔悴損。如今有誰堪摘。守著窗兒。獨自怎生得黑。梧桐更兼細雨。到黃昏點點滴滴。這次第。怎一箇愁字了得。

易安詞之尤工者。錄數闋於下。

如夢令

昨夜雨疏風驟。濃睡不消殘酒。試問捲簾人。卻道海棠依舊。知否知否。應是綠肥紅瘦。

苕溪漁隱叢話曰。近時婦人能文詞。如李易安頗多佳句。如云綠肥紅瘦。只此語甚新。黃了翁曰。一問極有情。答以依舊。答得極澹。跌出知否二句來。而綠肥紅瘦。無限悽惋。卻又妙在含蓄。短幅中藏無數曲折。自是聖於詞者。

壺中天慢

蕭條庭院。又斜風細雨。重門深閉。寵柳嬌花寒食近。種種惱人天氣。險韻詩成。扶頭酒醒。別是閒滋味。征鴻過盡。萬千心事難寄。　樓上幾日春寒。簾垂四面。玉闌干慵倚。被冷香消新夢覺。不許愁人不起。清露晨流。新桐初引。多少游春意。日高煙斂。更看今日晴未。

黃叔暘云。前輩稱易安綠肥紅瘦爲佳句。予謂寵柳嬌花語亦甚奇俊。前此未有能道之者。

鳳凰臺上憶吹簫

香冷金猊。被翻紅浪。起來慵自梳頭。任寶奩塵滿。日上簾鉤。生怕離懷別苦。多少事。欲說還休。新來瘦。非干病酒。不是悲秋。　休休。這回去也。千萬徧陽關。也則難留。念武陵人遠。煙鎖秦樓。唯有樓前流水。應念我終日凝眸。凝眸處。從今又添一段新愁。

孤雁兒 幷序

世人作梅詞。下筆便俗。予試作一篇。乃知前言不妄耳。

藤牀紙帳朝眠起。說不盡無佳思。沈香煙斷玉鑪寒。伴我情懷如水。笛聲三弄。梅心驚破。多少春情意。　小風疎雨瀟瀟地。又催下千行淚。吹簫人去玉樓空。腸斷與誰同倚。一枝折得。人間天上。沒箇人堪寄。

武陵春

風住塵香花已盡。日晚倦梳頭。物是人非事事休。欲語淚先流。　聞說雙溪春尚好。也擬泛輕舟。只恐雙溪舴艋舟。載不動許多愁。

浣溪沙二首

淡蕩春光寒食天。玉鑪沈水裊殘煙。夢回山枕隱花鈿。　海燕未來人鬭草。紅梅已過柳生綿。黃昏疎雨溼秋千。

前調

髻子傷春懶更梳。晚風庭院落梅初。淡雲來往月疎疎。　玉鴨熏鑪閒瑞腦。朱櫻斗帳掩流蘇。通犀還解辟寒無。

第三節　李易安之詩

碧雞漫志謂易安自少年。兼有詩名。才力華贍。逼近前輩。朱子稱易安詩。兩漢本繼紹新室如贅疣。所以嵇中散至死薄殷周。不圖婦人有此筆力。然不見全篇。風月堂詩話。引其斷句。

如詩情如夜鵲。三遶未能安。少陵也是可憐人。更待明年試春草。清波雜志謂易安在江寧日。每值天大雪。卽頂笠披蓑。循城遠覽。得句必要賡和。明誠每苦之。蓋易安襟懷超邁。故其詩每有秀逸之氣。惜傳者不多耳。今錄其可見者數章。

易安五言古詩。僅傳二章。其曉夢詩尤飄然有仙骨也。

曉夢

曉夢隨疎鐘。飄然躡雲霞。因緣安期生。邂逅萼綠華。秋風正無賴。吹盡玉井花。共看藕如船。同食棗如瓜。翩翩座上客。意妙語亦佳。嘲辭鬬詭辨。活火分新茶。雖非助帝功。其樂莫可涯。人生能如此。何必歸故家。起來斂衣坐。掩耳厭喧譁。心知不可見。念念猶咨嗟。

上韓樞密詩

三年夏六月。天子視朝久。凝旒望南雲。垂衣思北狩。如聞帝若曰。岳牧與羣后。賢寧違半□運已過陽九。勿勒燕然銘。勿種金城柳。豈無純孝臣。識此霜雪悲。何必舍羹肉。便可載車脂。土地非所惜。玉帛亦塵泥。誰可當將命。幣重辭益卑。四岳僉曰俞。臣下帝所知。中朝第一人。春官有昌黎。身爲百夫特。行爲萬人師。嘉祐與建中。爲政有皋夔。漢家貴王商。唐室重子儀。見時應破膽。將命公所宜。

易安七言古體有四章如下。

和張文潛浯溪中興頌碑詩

五十年功如電埽。華清花柳咸陽草。五坊供奉鬬雞兒。酒肉堆中不知老。胡兵忽自天上來。逆胡亦自姦雄才。勒政樓前走胡馬。珠翠蹋盡香塵埃。六師出戰輒披靡。前致茘支馬多死。堯功舜德誠如天。安用區區紀文字。著碑刻銘眞陋哉。乃令神鬼磨山崖。子儀光弼不自猜。天心悔禍人心開。夏為殷鑒當深戒。簡策汗青今具在。君不見當時張說最多機。雖生已被姚崇賣。

重和前詩

君不見驚人廢興唐天寶。中興碑上今生草。不知負國有奸雄。但說成功尊國老。誰令妃子天上來。虢秦衞國皆仙才。苑中羯鼓玉方響。春風不敢生塵埃。姓名誰復知安史。健兒猛將安眠死。去天尺五抱甕峯。峯頭鑿就開元字。時移勢去眞可哀。奸人心醜深如崖。西蜀萬里尙能返。南內一閉何時開。可憐孝德如天大。反使將軍稱好在。嗚呼奴輩胡不能道輔國用事張后專。祇能道春薺長安作斤賣。

上胡尙書詩

胡公清德人所難。謀同德協置器安。解衣已道漢恩煖。離詩不怯關山寒。皇天久陰后土溼。雨勢未迴風勢急。車聲轔轔馬蕭蕭。壯士懦夫俱感泣。閭閻嫠婦亦何知。瀝血投詩干記室。葵邱莒父非荒城。勿輕談士棄儒生。憤王墓下馬猶倚。寒號城邊雞未鳴。巧匠亦曾顧樗櫟。芻蕘之詢或有益。不乞隋珠與和璧。但乞鄉關新信息。靈光雖在應蕭條。草中翁仲今何若。遺民定尙種桑麻。敗將如聞保城郭。嫠家祖父生齊魯。位下名高人比數。當年稷下縱談時。猶記人揮汗如雨。子孫南渡今幾年。漂零遂與流人伍。願將血淚寄河山。去洒青州一抔土。

感懷

窗寒敗几無書史。公路生平竟至此。青州從事孔方兄。終日紛紛喜生事。作詩謝絕聊閉門。虛室香生有佳思。靜中乃見吾眞吾。烏有先生子虛子。

易安近體詩亦傳數章。撰錄數首於下。

皇帝閣

日月堯天大。璿璣舜曆長。或聞行殿帳。多是上書囊。莫是黃金牓。新除玉局牀。春風送庭燎。不復用沈香。

絕句

生當爲人傑。死亦作鬼雄。至今思項羽。不肯過江東。

題八咏樓

千古風流八咏樓。江山留與後人愁。水通南國三千里。氣壓江城十四州。

春殘

春殘何事苦思鄉。病裏梳頭恨髮長。梁燕語多終日在。薔薇風細一簾香。

漁隱叢話載易安句曰。南來猶怯吳江冷。北狩應知易水寒。又云南渡衣冠思王導。北來消息少劉琨。蓋忠憤激發。意悲語明。所非刺者衆矣。又嘗爲詩誚應舉進士曰。露花倒影柳三變。桂子飄香張九成。應舉者服其工。對傳誦而惡之。易安既才高歷詆當世。忌者銜之。遂誣其晚年改適。遺集今又不傳。而其詩筆秀朗。迥出時流。猶可因是考見也。

第四節　李易安雜文與四六

易安本有集七卷。明焦竑國史經籍志云十二卷。則并詞言之。直齋書錄。又有打馬賦一卷。蓋打馬賦當時亦自集中別行也。此外如金石錄後序。已見於前。又別有序一篇及其餘四六雜文。并錄於此。

打馬賦

歲令云徂。盧或可呼。千金一擲。百萬十都。尊俎具陳。已行揖讓之禮。主賓既醉。不有博弈者乎。打馬爰興。樗蒲遂廢。實小道之上流。乃深閨之雅戲。齊驅驥騄。疑穆王萬里之行。間列玄黃。類楊氏五家之隊。珊珊珮響。方驚玉蹬之敲。落落星羅。忽見連錢之碎。若迺吳江楓落。燕山葉飛。玉門關閉。沙苑草肥。臨波不渡。似惜障泥。或出入用奇。有類昆陽之戰。或優游仗義。正如涿鹿之師。或聞望久高。脫復庾郞之失。或聲名素昧。便同癡叔之奇。亦有綏綏而歸。昂昂而立。鳥道驚馳。蟻封安步。欹嶇峻坂。未遇王良。偏促鹽車。難逢造父。且夫邱陵云遠。白雲在天。心存戀豆。志在著鞭。止蹄黃葉。何異金錢。用五十六采之間。行九十一路之內。明以賞罰。覈其殿最。運指揮於方寸之中。決勝負於幾微之外。且好勝者人之常情。游藝者士之末技。說梅止渴。稍蘇奔競之心。畫餅充饑。少謝騰驤之志。將圖實效。故臨難而不回。欲報厚恩。故知幾而先退。或銜枚緩進。已踰關塞之艱。或奮勇爭先。莫悟穽塹之墜。皆因不知止足。自貽尤悔。況爲之不已。事實見於正經。用之以經義。必合於天德。故繞牀大叫。五木皆盧。瀝酒一呼。六子盡赤。平生不負。遂成劍閣之師。別墅未輸。已破淮淝之賊。今日豈無元子。明時不乏安石。又何必陶長沙博局之投。正當師袁彥道布帽之擲也。亂曰。佛貍定見卯年死。貴賤紛紛尚流徙。滿眼驊騮及騄耳。時危安得眞致此。木蘭橫戈好女子。老矣不復志千里。但願相將過淮水。

打馬圖說

慧則通。通則無所不達。專則精。精則無所不妙。故庖丁解牛。郢人運斤。師曠之聽。離婁之察。大至堯舜之仁。桀紂之惡。小至擲豆起蠅。巾角拂棋。皆臻其極者。妙而已。夫博無他。爭先術耳。故專者勝。余性專博。凡所謂博者皆耽之。南渡流離盡散博具。今年冬十月朔。聞淮上警報。江浙之人自東走西。自南走北。居山林者謀入城市。居城市者謀入山林。旁午絡繹。莫知所之。余亦自臨安泝流過嚴灘。抵金華。卜居陳氏第。乍釋舟楫而見窗軒。意頗適然。更長燭明。如此良夜何。於是乎博弈之事講矣。且長行葉子博塞彈棋。世無傳者。打褐大小豬窩族鬼胡畫數倉賭快之類。皆鄙俚不經見。藏酒樗蒲雙蹙融近漸廢絕。選仙加減插關火質魯任命無所施智巧。大小象戲弈棋又止容二人。獨采選打馬特為閨房雅戲。嘗恨采選叢煩勞於檢閱。又能通者少。難遇勁敵。打馬簡要而苦無文采。按打馬世有二種。一種一將十馬者謂之關西馬。一種無將二十馬者謂之依經馬。流傳既久。各有圖經凡例可考。行移賞罰互有同異。宣和間人取二種馬參雜加減。大約交加僥倖古意盡矣。所謂宣和馬者是也。余獨愛依經法。因取其賞罰互度每事作數語隨事附見。使兒輩圖之。不獨施之博徒。亦足貽諸好事。使千百世後知命辭打馬始自易安居士也。時紹興四年十有一月二十四日。

金石錄序

右金石錄三十卷。趙侯德甫所著書也。取上自三代下迄五季。鐘鼎甗鬲盤匜尊敦之款識。豐碑大碣顯人晦士之事迹。凡見於金石刻者二千卷。皆是正譌謬去取褒貶。上足以合聖人之道。下足以訂史氏之失者。皆載之。可謂多矣。嗚呼。自王播元載之禍。書畫與胡椒無異。長輿元凱之病。錢癖與傳癖何殊。名雖不同。其爲惑則一也。

易安尤長四六。瑯嬛記。四六談麈。宋文粹拾遺。並載易安賀孿生啟云。無午未二時之分。有伯仲兩楷之似。既繫臂而繫足。實難弟而難兄。玉刻雙璋。錦挑對褓。注言任文二子孿生。德卿生於午。道卿生於未。張伯楷仲楷兄弟相似。形狀無二。白伋兄弟。母不能辨。以五色采繩一繫於臂。一繫於足。其用事明當如此。四六談麈又載易安祭明誠文有云。白日正中。歎龐公之機敏。堅城自墮。憐杞婦之悲深。皆不見全篇。雲麓漫鈔錄其謝綦崇禮啟。文筆劣下。中雜佳語。兪理初斷爲定是改竄本。近日周荇農宮闈文選。於此啟獨有裁削。荇農博洽。不知他有所據否。或其原文自如此也。今依周本錄之。

謝中書舍人綦崇禮啟

清照素習義方。粗明詩禮。近因疾病。欲至膏肓。牛蟻不分。灰釘已具。豈期末事。乃得上聞。取自宸衷。付之廷尉。抵雀捐金。利將安在。將頭碎璧。失固可知。實自謬愚。分知獄市。內翰承旨。縉紳望族。冠蓋清流。目下無雙。人間第一。奉天收復本緣陸贄之詞。淮蔡底平。共傳昌黎之筆。哀憐無告。義同解驂。感戴洪恩。事眞出己。故茲白首。得免丹書。雖南山之竹。豈能窮多口之談。惟智者之言。可以止無根之謗。

蓋易安以張飛卿玉壺事涉訟。見前所自述。好事者改玉壺爲玉臺。以張飛卿爲張汝舟。遂有改嫁之說。漫抄中謝綦學士啟。乃有猥以桑榆之末景。配茲駔儈之下才。殆就原啟增益詞句以厚誣易安。漁隱叢話及李心傳繫年要錄。並不察其實而妄載之。誠已過矣。已有俞理初爲之詳辨。故不復悉論焉。

第三章　朱淑眞

朱淑眞錢唐人。才色清麗。罕有比者。所偶非倫。賦斷腸詩十卷以自解。臨安王唐佐爲傳述其本末。吳中士夫集其詩二百餘篇。宛陵魏仲恭爲之序。今觀其詩。雖時有翩翩之致。而少深思由其怨懷多觸。遺語容易也。茲掇其尤者數章於此。

傷春

閣淚拋詩卷。無聊酒獨親。客情方惜別。心事已傷春。柳暗輕籠日。花飛半掩塵。鶯聲驚蝶夢。喚起舊愁新。

春陰

陡覺湘裙剩帶圍。情懷常是被春欺。半簷落日飛花後。一陣輕寒微雨時。幽谷想應鶯出晚。舊巢卻怪燕歸遲。間關幾許傷懷處。悒悒柔情不自持。

清晝

竹搖清影罩幽窗。兩兩時禽噪夕陽。謝卻海棠飛盡絮。困人天氣日初長。

晴和

海棠深院雨初收。苔徑無風蝶自由。寂寂珠簾歸燕未。子規啼處一春愁。

寓懷

菊有黃花籬檻邊。哀鴻聲杳下寒天。偏宜小閣幽窗下。獨自燒香獨自眠。

三月三日

林花落盡草初齊。客裏蕭條思欲迷。又是春光去時節。滿城飛絮亂鶯啼。

春曉

挑盡殘燈夢欲迷。子規啼絕小樓西。紗窗偷眼天將曉。無數宿禽花下飛。

淑眞有斷腸詞一卷。清警猶勝於詩也。亦錄數章。

謁金門

春已半。觸目此情無限。十二闌干閒倚遍。愁來天不管。　好是風和日煖。輸與鶯鶯燕燕。滿院落花簾不捲。斷腸芳草遠。

清平樂

惱煙撩露。留我須臾住。攜手藕花湖上路。一霎黃梅細雨。　嬌癡不怕人猜。隨羣暫遣愁懷。最是分攜時候。歸來懶傍妝臺。

眼兒媚

遲遲風日弄輕柔。花徑暗香流。清明過了。不堪回首。雲鎖朱樓。　午窗睡起鶯聲巧。何處喚春愁。綠楊影裏。海棠枝畔。紅杏梢頭。

柳梢青　梅

雪舞霜飛。隔簾花影。微見橫枝。不道寒香。解隨羌管。吹到屏幃。　箇中風味誰知。睡乍起烏雲甚欹。嚼蕊挼英。淺顰輕笑。酒半醒時。

減字木蘭花

獨行獨坐。獨倡獨酬還獨臥。佇立傷神。無奈輕寒著摸人。　此情誰見。淚洗殘妝無一半。愁病相仍。剔盡寒燈夢不成。

蝶戀花

樓外垂楊千萬縷。欲繫青春。少住春還去。猶自風前飄柳絮。隨春且看歸何處。　綠滿山川聞杜宇。便做無情。莫也愁人意。把酒送春春不語。黃昏卻下瀟瀟雨。

江城子

斜風細雨作春寒。對尊前。憶前歡。曾把梨花寂寞淚闌干。芳草斷煙南浦路。和別淚。看青山。昨宵徒得夢魂緣。水雲間。悄無言。爭奈醒來愁恨又依然。展轉衾裯空懊惱。天易見。見伊難。

斷腸詞中多竄入他人之作。如生查子中年年玉鏡臺一闋。爲李易安作。去年元夜時一闋爲歐陽永叔作。茲並不取焉。

第四章　宋婦女之詞

樂府變而有詞。詞至宋而極盛。故宋婦人多工詞者。當時以詞被於絃管。上自閨閣。下逮娼妓。皆習爲詞。亦風氣使然矣。自漱玉詞斷腸詞特爲大家。已述於前。茲復據羣書所載者采而附諸此焉。說部載女子紫竹工詞。然傳者至猥陋。故削不錄。

天聖中有盧氏女者。父爲縣令。女隨從漢州歸。題泥溪驛壁蝶戀花一闋曰。

蜀道青天烟霧翳。帝里繁華。迢遞何時至。回望錦川揮粉淚。鳳釵斜嚲烏雲膩。　綬帶雙垂金縷細。玉珮珠璫。露滴寒如水。從此鸞妝添遠意。畫眉學得遙山翠。

王齊叟彥齡妻舒氏。夫婦皆善詞曲。婦翁本武人。彥齡頗失禮於翁。翁怒。邀其女歸。竟至離絕。女在父家。偶獨行池上。懷其夫。作點絳唇一闋曰。

獨自臨池。悶來强把闌干凭。舊愁新恨。耗卻年時興。　鷺散魚潛。煙斂風初定。波心靜。照人如鏡。少箇年時影。

阮逸女亦能爲詞。有花心動詞曰。

仙苑春濃。小桃開。枝枝已堪攀折。乍雨乍晴。輕煖輕寒。漸近賞花時節。柳搖臺榭東風軟。簾櫳靜。幽禽調舌。斷魂遠。閑尋翠徑。頓成愁結。　此恨無人共說。還立盡黃昏。寸心空切。強整繡衾。獨掩朱扉。簟枕爲誰鋪設。夜長更漏傳聲遠。紗窗映。銀缸明滅。夢回處。梅梢半籠淡月。

曾布妻魏夫人。頗有文才。然今僅傳詩一首。及詞數闋而已。朱子謂宋婦人能文者。惟魏夫人及李易安二人。推之甚至。魏夫人非徒工詞者。以其詞傳者略多。故并入於此。

虞美人

鴻門戰士紛如雪。十萬降兵夜流血。咸陽宮殿三月紅。霸業已隨灰燼滅。剛強必死仁義王。陰陵失道非天亡。英雄本學萬人敵。何用屑屑悲紅妝。三軍散盡旌旗倒。玉帳佳人座中老。香魂夜逐劍光飛。青血化爲原上草。芳心寂寞倚寒枝。舊曲聞來似斂眉。哀怨徘徊愁不語。恰如夜聽楚歌時。滔滔逝水流今古。漢楚興亡兩邱土。當年遺事久成空。慷慨尊前爲誰舞。

菩薩蠻

溪山掩映斜陽裏。樓臺影動鴛鴦起。隔岸兩三家。出牆紅杏花。　綠楊堤下路。早晚溪邊去。三見柳緜飛。離人猶未歸。

好事近

雨後曉寒輕。花外早鶯啼歇。愁聽隔溪殘漏。正一聲淒咽。　不堪西望去程賒。離腸萬回結。不似海棠花下。按梁州時節。

點絳脣

波上清風。畫船明月人歸後。漸消殘酒。獨自凭欄久。　聚散匆匆。此恨年年有。重回首。涉煙疎柳。隱隱蕪城漏。

侯鯖錄云。延安夫人。是蘇子容丞相之妹。有寄妹詞。

更漏子　寄季玉妹

小闌干。深院宇。依舊當時別處。朱戶鎖。玉樓空。一簾霜日紅。　弄珠江。何處是。望斷碧雲無際。凝淚眼。出重城。隔溪羌笛聲。

吳淑姬嫁士人楊子治。有陽春白雪詞五卷。黃暘叔云。淑姬詞佳處不減李易安也。

惜分飛　送別

岸柳依依拖金縷。是我朝來別處。惟有多情絮。故來衣上留人住。　兩眼啼紅彈與。未見桃花又去。一片征帆舉。斷腸遙指苕溪路。

祝英臺近

粉痕消。芳信斷。好夢總無據。病酒無聊。欹枕聽殘雨。斷腸曲曲屏山。温温沈水。卻是舊看承人處。 久離阻。應念一點芳心閑愁知幾許。偷照菱花清瘦自羞覷。可堪梅子酸時。楊花飛絮。亂鶯又催將春去。

鄭意娘者。楊思厚之妻。撒八太尉自盱眙掠得之。不辱而死。

好事近

往事與誰論。無語暗彈清血。何處最堪腸斷。是黃昏時節。 倚樓凝望又徘徊。誰解此情切。無計可同歸雁。趁江南春色。

慕容嵓卿妻。亦工詞。宋人說部書載。平江雍熙寺。月夜有客聞婦人歌浣溪沙詞。傳之姑蘇。嵓卿聞之。曰此亡妻平生作也。寺正其妻殯處。

浣溪沙

滿目江山憶舊游。汀花汀草弄春柔。長亭艤住木蘭舟。 好夢易隨流水去。芳心猶逐曉雲愁。行人莫上望京樓。

黃銖母孫道絢。號沖虛居士。今傳詞數闋。

如夢令 宫詞

翠擘紅蕉影亂。月上朱欄一半。風自碧空。來吹落歌珠成串。不見。不見。人被繡簾遮斷。

憶少年　葛氏姪女告歸送之

雨晴雲斂。煙花淡蕩。遙山凝碧。驅車問征路。賞春風南陌。　正雨後梨花幽豔白。悔匆匆

過了寒食。歸來漸春暮。探酴醾消息。

孫夫人。鄭文妻。文秀州人。肄業太學。孫氏寄以憶秦娥詞。一時傳播都下。酒樓妓席皆歌之。

憶秦娥

花深深。一鈎羅襪行花陰。行花陰。閑將柳帶。試結同心。　日邊消息空沈沈。畫眉樓上愁

登臨。海棠開後。望到如今。

燭影搖紅

乳燕穿簾。亂鶯啼樹。淸明近。隔簾時度柳花飛。猶覺寒成陣。長記眉峰偸隱。臉桃紅猶藏

酒暈。背人微笑。半嚲鸞釵。輕籠蟬鬢。　別久啼多。眼應不似當時俊。滿園珠翠逞春嬌。沒

箇他風韻。若見賓鴻試問。待相將綵箋寄恨。幾時得見。鬭草歸來。雙鴛微潤。

陸遊之蜀。宿一驛中。見題壁詩。詢之則驛中女也。遂納爲妾。半載。夫人逐之。妾賦詞而別。

生查子

只知眉上愁。不識愁來路。窗外有芭蕉。陣陣黃昏雨。　曉起理殘妝。整頓教愁去。不合畫

春山。依舊留愁住。

徐君寶妻。岳州人。嘗被掠。主者欲犯之。告曰。俟祭先夫。然後爲君婦。主者許諾。乃焚香再拜。題詞壁上。投池中死。

滿庭芳 題壁

漢上繁華。江南人物。尙遺宣政風流。綠窗朱戶。十里爛銀鉤。一旦刀兵齊舉。旌旗擁。百萬貔貅。長驅入。歌樓舞榭。風捲落花愁。　淸平三百載。典章人物。埽地都休。幸此身未北。猶客南州。破鑑徐郎何在。空惆悵。相見無由。從今後。斷魂千里。夜夜岳陽樓。

聶勝瓊。長安妓。歸李之問。有寄別李生鷓鴣天詞曰。

玉慘花愁出鳳城。蓮花樓下柳靑靑。尊前一唱陽關曲。別箇人人第五程。　尋好夢。夢難成。有誰知我此時情。枕前淚共階前雨。隔著窗兒滴到明。

第五章　宋之婦女雜文學

張愈。字少愚。益州郫人。高隱不仕。文彥博治蜀。爲置靑城山白雲谿杜光庭故居以處之。卒於家。妻蒲氏名芝。賢而有文。爲之誄曰。

高視往古。哲士實殷。施及秦漢。餘烈氛氳。挺生英傑。卓爾逸羣。孰謂今世。亦有其人。其人伊何。白雲隱君。嘗曰丈夫。趦世不偶。仕非其志。祿不可苟。營營末途。非吾所守。吾生有涯。

少實多艱。窮亦自固。困亦不顯。不貴人爵。知命樂天。脫簪散髮。眠雲聽泉。有峯千仞。有溪數曲。廣成遺祉。吳興高躅。疏石通逕。依林架屋。麋鹿同羣。晝遊夜宿。嶺月破雲。秋霖洒竹。清意何窮。眞心自得。放言遺慮。何榮何辱。孟春感疾。閉戶不出。豈期遂往。英標永隔。抒詞哽噎。揮涕汍瀾。人誰無死。惜乎材賢。已矣吾人。嗚呼哀哉。

蒲芝誄夫文。宋史載之。夫妻偕隱。而有文如此。夫卒。能誄其志。可以繼美柳下惠妻矣。

蒨桃者。寇萊公妾。豔麗能詩。公嘗集諸妓設宴。賞綾綃千數。蒨桃獻詩二絕。其一曰。

一曲清歌一束綾。美人猶自意嫌輕。不知織女寒窗下。幾度拋梭織得成。

蒨桃詩雖達意而已。然其識度迥非尋常妾婦之概。用心亦何摯厚。萊公和之曰。將相功名終若何。不堪急景似流波。人間萬事何須問。且向尊前聽豔歌。

王荆公女吳安持妻有寄父詩曰。

西風吹入小窗紗。秋色應憐我憶家。極目江山千里恨。依然和淚看黃花。

荆公得詩。以新釋楞嚴經與之。且和其詩曰。青燈一點映窗紗。好誦楞嚴莫憶家。了得諸緣如夢幻。世間惟有妙蓮花。

王氏女幼聰慧。父母爲擇配未偶。適作咏懷詩。趙德麟見之。求娶焉。其詩曰。

白藕作花風已秋。不堪殘睡更回頭。晚雲帶雨歸飛急。去作西窗一枕愁。

毘陵女子。年甫十六。姿性明秀。人嘗傳誦其破錢及彈琴詩。甚有思致。今錄之。

題破錢

半輪殘月掩塵埃。依稀猶有開元字。想得清光未破時。買盡人間不平事。

彈琴

昔年嘗笑卓文君。豈信絲桐解誤身。今日未彈心已亂。此心原是不繇人。

王元妻黃氏。有文才。元家貧。獨好吟咏。夫婦共持雅操。元每中夜得句。黃必起燃燈燭供筆硯以待。好事者爲繪圖美之。

聽琴詩

拂琴開素匣。何事獨顰眉。古調俗不樂。正聲公自知。寒泉出澗澁。老檜倚風悲。縱有來聽者。誰堪繼子期。

賀方回工詞。其姬亦善吟咏。有答方回詩曰。

獨倚危樓淚滿襟。小園春色懶追尋。深思總似丁香結。難展芭蕉一寸心。

韓玉父。秦人。因亂遂家錢塘。幼時李易安教以學詩。及笄。父母以妻林子建。後尋夫途次有詩題壁。爲時所傳。

題漢口鋪詩 幷序

妾本秦人。先大父嘗仕於朝。因亂遂家錢塘。幼時易安居士教以學詩。及笄。父母以妻上舍林子建。去年林得官歸閩。妾傾囊以助其行。林許秋冬間遣騎迎妾。久之杳然。何食言耶。不免攜女奴自錢塘而至三山。比至。林已官盱江矣。因而復回延平。經繇順昌。假道昭武而去。歎客旅之可厭。笑人事之多乖。因理髮漠口鋪。漫題數語於壁云。

南行踰萬山。復入武陽路。黎明與雞興。理髮漠口鋪。盱江在何所。極目煙水暮。生平良自珍。羞爲浪子婦。知君非秋胡。强顏且西去。

紀昀槐西雜志曰。永樂大典。有季芳樹刺血詩。不著朝代。亦不詳芳樹始末。世無傳本。余校勘四庫。偶見之。愛其纏綿悱惻。無一毫怨怒之意。殆可泣鬼神。令館吏錄出一紙。久而失去。今于役灤陽。檢點舊帙。忽於小篋內得之。沈湮數百年。終見於世。豈非貞魄怨魂。直貫三光。有不磨滅者乎。陸耳山副憲曰。此詩次韓蘄王孫女詩前。彼在宋末。則芳樹必宋人。以例推之。想當然也。案題之刺血。必非他人代撰。斷爲芳樹自作無疑。一本作姓李。未詳孰是。茲錄其詩於此。

刺血詩

去去復去去。悽惻門前路。行行重行行。輾轉猶含情。含情一回首。見我窗前柳。柳北是高樓。珠簾半上鈎。昨爲樓上女。簾下調鸚鵡。今爲牆外人。紅淚沾羅巾。牆外與樓上。相去無十丈。云何咫尺間。如隔千重山。悲哉兩決絕。從此終天別。別鶴空徘徊。誰念鳴聲哀。徘徊日欲晚。決意投身返。半裂湘裙裾。泣寄藁砧書。可憐帛一尺。字字血痕赤。一字一酸吟。舊愛牽人心。君如收覆水。妾罪甘鞭箠。不然死君前。終勝生棄捐。死亦無別語。願葬君家土。儻化斷腸花。猶得生君家。

嘉熙中閩人潘用中隨父寓居京邸。潘喜弄笛。隔牆亦一樓相對。一女子聞笛聲輒垂簾窺望。問知爲黃氏孫女也。且工詩。潘乃以帕題詩裹胡桃擲去。女亦裹帕擲詩爲答。父母廉知其故。遂諧伉儷。其帕中詩喧傳都下。達於禁中。理宗嗟歎以爲奇遇。黃女詩曰。

欄杆閑倚日偏長。短笛無情苦斷腸。安得身輕如燕子。隨風容易到君傍。

毛友龍應舉落第。其妻封詩寄之曰。

剔燭親封錦字書。擬憑歸雁寄天隅。經年未報千秦策。不識如今舌在無。

林杜娘杭州新城人。賈蓬萊不知何許人。爲詩有晚唐風格。

游碧沼勝居　林杜娘

幽谷泉聲冷。鳥啼僧定深。好花叢古砌。寒瀑發高岑。游客陸鴻漸。居人支道林。欲歸青草路。臨去復沈吟。

閨怨　賈蓬萊

露顆珠團團。冰肌玉釧寒。杏梁棲隻燕。菱鏡掩孤鸞。殘樹枯黃遍。圓荷濕翠乾。繡簾生畫色。窗下帶羞看。

春曉　賈蓬萊

方池冰影薄。曲檻鳥聲嬌。鸞鏡紅綿冷。蛾眉翠黛消。治容舒嫩萼。幽思結柔條。纖指收花露。輕將雪粉調。

謝姊惠鞋　賈蓬萊

蓮瓣娟娟遠寄將。繡羅猶帶指尖香。弓彎著上無行處。獨立花陰看雁行。

韓希孟者。巴陵女子。魏公五世孫。適賈尚書男瓊爲妻。開寶己未。北兵渡江。希孟被虜。義不受辱。書詩衣帛上。投江而死。越三日收其尸。復得詩於其練裙帶中。匪徒節行可嘉。詩筆亦挺拔可誦。

書衣帛詩

宋未有天下。堅正臣禮秉。開國百戰功。每陣惟雄整。及侍周幼主。臣心嘗炯炯。帝曰卿北伐。山戎今有警。死狗莫擊尾。此行當繫頸。即日辭陛行。盡敵心欲逞。陳橋忽兵變。不得守箕潁。禪讓法堯舜。民物頗安靜。有國三百年。仁義道馳騁。未改祖宗法。天胡肆大眚。細思天地理。中有幸不幸。天果喪中原。大似裂冠衽。君誠不獨活。臣寳無魏丙。失人焉得人。垂戎嘗耿耿。江南重謝安。塞北有王猛。所以戎馬來。飛渡巴陵竟。大江限南北。今此一舴艋。本期固封疆。誰謂如畫餅。烈火燎崑岡。不辨金玉鑛。妾本良家子。性僻守孤梗。嫁與尙書兒。銜署紫蘭省。直以才德合。不棄宿瘤癭。初結合歡帶。誓比日月昞。鴛鴦會雙飛、比目原常並。豈期金石堅。化作桑榆景。旄頭勢正然。蚩尤氣先屏。不意風馬牛。復及此燕郢。一方遭劫寇。六族死俄頃。退鷁落迅風。孤鸞弔空影。簪堅折白玉。瓶沉斷青綆。一死空冥冥。憂心長炳炳。妾志堅不移。改邑不改井。我本瑚璉器。安肯作溺皿。志節匪轉石。氣噎如吞鯁。不作爝火燃。願爲死灰冷。貪生念麴蘖。乞憐羞虎穽。借此清江水。葬我全首領。皇天如有知。定作血面請。願鬼化精衞。塡海使成嶺。

練裙帶中詩

我質本瑚璉。宗廟供蘋蘩。一朝嬰禍難、失身戎馬間。寧當血刃死。不作衽席完。漢上有王猛。江南無謝安。長號赴洪流。激烈摧心肝。

宋時倡伎亦多能詩。茲略錄其一二。周韶者。杭妓。能詩。蘇子容過杭。太守陳述古宴之。召韶佐酒。韶因子容求落籍。時韶有服。子容指簾間白鸚鵡。令作一絕。援筆立就。述古遂與落籍。其詩曰。

隴上巢空歲月驚。忍看回首自梳翎。開籠若放雪衣女。長念觀音般若經。

又有胡楚。龍靚。與周韶同籍。並能詩。錄之於下。

送周韶　　胡楚

淡妝輕素鶴翎紅。移入朱欄便不同。應笑西園舊桃李。强勻顏色待春風。

寄人　　胡楚

不見當年丁令威。年來處處是相思。若將此恨同芳草。猶恐靑靑有盡時。

送周韶　　龍靚

桃花流水本無塵。一落人間幾度春。解佩暫酧交甫意。濯纓還見武陵人。

呈張子野　　龍靚

天與尋芳十樣葩。獨分顏色不堪誇。牡丹芍藥人題遍。自分身如鼓子花。

譚意歌。喪親流落妓家。工詞翰。後歸汝州張生。有寄張詩曰。

瀟湘江上探春回。消盡寒冰落盡梅。願得兒夫似春色。一年一度一歸來。

第六章　遼之婦女文學

遼時文翰。罕通中國。其婦女文學。惟蕭后與蕭文妃而已。道宗蕭皇后。小字觀音。欽哀皇后弟樞密使惠之女。姿容冠絕。工詩善談論。自製歌詞。尤善琵琶。爲樞密耶律辛乙所譖。賜自盡。乾統初。追謚宣懿。蕭后有回心院詞。亦宮詞之別體也又有絕命詞等。文采極於哀豔茲並錄之。

回心院詞

埽深殿。閉久金鋪暗。游絲絡網塵作堆。積歲青苔厚階面。埽深殿。待君宴。

拂象牀。憑夢借高唐。敲壞半邊知妾臥。恰當天處少輝光。拂象牀。待君王。

換香枕。一半無雲錦。為是秋來展轉多。更有雙雙淚痕滲。換香枕。待君寢。

鋪翠被。羞殺鴛鴦對。猶憶當時叫合歡。而今獨覆相思塊。鋪翠被。待君睡。

裝繡帳。金鈎未敢上。解卻四角夜光珠。不教照見愁模樣。裝繡帳。待君貺。

疊錦茵。重重空自陳。只願身當白玉體。不願伊當薄命人。疊錦茵。待君臨。

展瑤席。花笑三韓碧。笑妾新鋪玉一牀。從來婦歡不終夕。展瑤席。待君息。

剔銀燈。須知一樣明。偏是君來生彩暈。對妾故作青熒熒。剔銀燈。待君行。

爇薰鑪。能將孤悶蘇。若道妾身多穢賤。自沾御體香徹膚。爇薰鑪。待君娛。

張鳴箏。恰恰語嬌鶯。一從彈作房中曲。常和窗前風雨聲。張鳴箏。待君聽。

絕命詞

嗟薄祐兮多幸。羌作儷兮皇家。承昊穹兮下覆。近日月兮分華。托後鈞兮凝位。忽前星兮啟耀。雖釁纍兮黃牀。庶無罪兮宗廟。欲貫魚兮上進。乘陽德兮天飛。豈禍生兮無朕。蒙穢惡兮宮闈。將剖心兮自陳。冀回照兮白日。寧庶女兮多慚。遏飛霜兮下擊。顧女子兮哀頓。對左右兮摧傷。共西曜兮將墜。忽吾去兮椒房。呼天地兮慘悴。恨今古兮安極。知吾生兮必或。又焉愛兮旦夕。

天祚蕭文妃小字瑟瑟。善歌詩。見女直亂作。帝畋游不息。忠臣被斥。作歌諷諫。天祚銜之。後以廢立事誣妃賜死。

諷諫歌

勿嗟塞上兮暗紅塵。勿傷多難兮畏夷人。不如塞奸邪之路兮。選取賢臣。直須臥薪嘗膽兮。激壯士之捐身。可以朝清漠北兮。夕枕燕雲。

丞相來朝兮劍佩鳴。千官側目兮寂無聲。養成外患兮嗟何及。禍盡忠良兮罰不明。親戚並居兮藩屏位。私門潛蓄兮爪牙兵。可憐往代兮秦天子。猶向宮中兮望太平。

中國婦女文學史五終

第三編下　近世婦女文學(元明)

第一章　元之婦女文學

元代詩人好縟綺之音。故婦人吟詠亦以婉麗爲則。就中鄭允端合稱大家。如孫蕙蘭鄭奎妻、薛氏二女等作皆饒有唐音。殆一時風氣使然也。若駱妃凝香兒則又宮人之有文才者矣。

駱妃者。武帝妃也。有舞月歌曰。

五華兮如織。照臨兮一色。麗正兮中域。同樂兮萬國。

凝香兒順帝時宮人本官妓。以才藝選入宮。善鼓琴。曉音律。能爲翻冠飛履之舞。舞間冠履皆翻覆飛空。尋如故。因是得寵。遂充才人。存歌二曲。

弄月曲

蓉衫兮蕋裳。瑤環兮瓊璫。泛予舟兮芳渚。擊予楫兮徜徉。明皎皎兮水如鏡。弄蟾光兮捉娥影。露團團兮氣清。風颼颼兮力勁。月一輪兮高且圓。華綵發兮鮮復妍。願萬古兮每如此。予同樂兮終年。

採菱曲

伽楠楫兮文梓舟。泛波光兮遠夷猶。波搖搖兮舟不定。揚予袂兮金風競。棹歌起兮纖手揮。青角脫兮水瀠洄。歸去來兮樂更誰。

趙孟頫妻管夫人名道昇字仲姬。能詩畫。曾奉中宮命題所畫梅曰。

雪重瓊枝嫩。霜濃玉蘂寒。前村留不得。移入月中看。

管夫人又有漁父詞曰。

遙想山堂數樹梅。凌寒玉蘂發南枝。山月照。曉風吹。只爲淸香苦欲歸。

元遺山妹爲女冠。高雅不猶人。善吟詠。張平章欲娶之。往探其所居。見其手補天花板。問近有新詩否。卽口占答之。張悚然而退。其詩曰。

補天手段暫施張。不許纖塵落畫堂。寄語新來雙燕子。移巢別處覓雕梁。

鄭允端。吳中施伯仁妻。頴敏工詩詞。其夫村俗不諧。以詩自遣。所著有肅雝集。且多爲古體。雖筆力未遒。而香節自高。律詩亦工整。不易得也。

羅敷曲

邯鄲秦氏女。辛苦爲蠶忙。淸晨出採桑。採桑不盈筐。使君自南來。五馬多輝光。相逢在桑下。遺我雙鳴璫。聽婦前致詞。卑賤那可當。使君自有婦。羅敷自有郞。請君上馬去。長歌陌上桑。

題耕牧圖

幽人薄世味。耕牧山之陰。自抱村野姿。常懷畎畝心。行行南山歌。落落梁甫吟。掛書牛角上。揮鋤瓦中金。飽飯黃昏後。力田春雨深。四體勤樹藝。三生悟浮沉。巢父世高尚。德公人所欽。伊人去已遠。高風邈難尋。撫卷空嘆息。俯仰成古今。

題望夫石

良人有行役。遠在天一方。自期三年歸。一去凡幾霜。登山臨絕巘。引領望歸航。歸航望不及。躑躅空徬徨。化作山頭石。兀立倚穹蒼。至今心不轉。日夜遙相望。石堅有時爛。海枯成田桑。石爛與海枯。行人歸故鄉。

詠鏡

皎皎匳中鏡。相隨越歲年。清光何所如。明月懸中天。我昔十五餘。顏色如花鮮。對之理晨妝。塗抹鬬嬋娟。近來年頗長。貧病相憂煎。形容頗老醜。無復施朱鉛。今朝鏡亦昏。塵垢食連錢。相看自黯黮。焉能分媸妍。人生有盛衰。物情隨變遷。世間類如此。何用增慨然。

聽琴

夜深衆籟寂。天空缺月明。幽人據槁梧。逸響發清聲。一韻再三彈。中含太古情。坐深聽未久。山水有餘清。子期既物化。賞心誰可并。感慨意不已。天地空崢嶸。

題秋胡戲妻卷

婉彼魯姬姜。出採林下桑。遠人何處來。下馬古道傍。黃金致微言。少年爲貴郎。婦人秉素心。鐵石塡衷腸。豈爲物所移。古井波瀾揚。謂謝道傍子。請歌行路章。

擬擣衣曲

男兒遠向交河道。鐵馬金戈事征討。邊城八月霜風寒。欲寄戎衣須及早。急杵清砧擣夜深。玉纖銅斗熨貼平。裁縫織就衣裙襖。千針萬線始得成。封裹重重寄邊使。爲與夫君奮忠義。好將勳業立邊陲。要使功名垂史記。

吳人嫁女辭

種花莫種官路傍。嫁女莫嫁諸侯王。種花官道人折取。嫁女侯王不久長。花落色衰人易變。離鸞破鏡終成怨。不如嫁與田舍郎。白首相看不下堂。

題山水障歌

我有一疋好素絹。畫出江南無數山。筆法豈但李營邱。直擬遠過揚契丹。良工好手不易遇。此畫森然能布置。層巒疊嶂擁復開。怪石長松儼相對。板橋茅屋林之隈。瀑流激石聲如雷。恍然坐我匡廬下。便覺胸次無凡埃。此身能向閨中老。自恨無由致蓬島。布襪青鞋負此生。長對畫圖空懊惱。

題明皇並轡圖

三郎沈醉後。上馬玉環遲。如何西幸日。不是並鞍時。

水檻

近水人家小結廬。軒窗瀟灑勝幽居。凭闌忽聽漁榔響。知有小船來賣魚。

孫蕙蘭。其先汴人也。年六歲。母卒。父教以詩書。事繼母盡孝。作詩皆清雅可誦。女悉毀其稿。家人勸之。則曰。聊適情耳。女子當治織紝組紃以致其孝敬。詞翰非所事也。年二十三。歸新喻傳汝礪爲妻。不數年病卒。遺詩僅十餘章。餘多未成章者。曰綠窗遺稿。

春曉偶成

窗裏人初起。窗前柳正嬌。捲簾衝落絮。開鏡見垂條。坐對分金線。行防拂翠翹。流鶯空巧語。倦聽不須調。

偶成九首

樓前楊柳發新枝。樓上春寒病起時。獨坐小窗無氣力。隔簾風斷海棠絲。

綠窗寂寞掩殘春。繡得羅衣懶上身。昨日翠帷新病起。滿簾飛絮正愁人。

幾點梅花發小盆。冰肌玉骨伴黃昏。隔窗久坐憐清影。閑劃金釵記月痕。

繡被寒多未欲眠。梨花枝上聽春鵑。明朝又是清明節。愁見人家買紙錢。

春雨隨風濕粉墻。園花滴滴斷人腸。愁紅怨白知多少。流過長溝水亦香。

春風昨夜碧桃開。正想瑤池月滿臺。欲折一枝寄王母。青鸞飛去幾時回。
空堦日晚雨纔乾。小婢相隨倚畫欄。金釵誤掛緋桃落。羅袖愁依翠竹寒。
小窗今日繡鍼閒。坐對銀蟾整翠鬟。凡世何曾到天上。月宮依舊似人間。
庭院深深早閉門。停針無語對黃昏。碧紗窗外初生月。照見梅花欲斷魂。

鄭奎妻有四時詞及他詩數章。通體清麗而無累病。閨閣中罕見此才。茲具錄之。

四時詞

春風吹花落紅雪。楊柳陰濃啼百舌。東家蝴蝶西家飛。前歲櫻桃今歲結。鞦韆蹴罷鬢鬖髿。粉汗凝香沁綠紗。侍女亦知心內事。銀瓶汲水煮新茶。春詞

芭蕉葉展青鸞尾。萱草花含金鳳嘴。一雙乳燕出雕梁。數點新荷浮綠水。困人天氣日長時。針線慵拈午漏遲。起向石榴陰畔立。戲將梅子打鶯兒。夏詞

鐵馬聲喧風力緊。雪窗夢破鴛鴦枕。玉鑪燒麝有餘香。羅扇撲螢無定影。洞簫一曲是誰家。河漢西流月半斜。要染纖纖紅指甲。金盤夜搗鳳仙花。秋詞

山茶半開梅半吐。風動簾旌雪花舞。金盤冒冷塑狻猊。繡幙圍春護鸚鵡。倩人呵筆畫雙眉。脂水凝寒上臉遲。妝罷扶頭重照鏡。鳳釵斜壓瑞香枝。冬詞

惜花春起早

胭脂曉破湘桃萼。露重荼蘼香雪落。媚紫濃遮刺繡窗。嬌紅斜映鞦韆索。轆轤驚夢急起來。梳雲未暇臨妝臺。笑呼侍女秉明燭。先照海棠開未開。

愛月夜眠遲

香肌半韡金釵卸。寂寂重門深鎖夜。素魄初離碧海端。清光已透珠簾罅。徘徊不語倚闌干。參橫斗轉風露寒。小娃低語喚歸寢。猶過薔薇架後看。

掬水月在手

銀塘水滿蟾光吐。姮娥夜夜馮夷舞。蕩漾明珠若可捫。分明兔潁如堪數。美人自挹濯春葱。忽訝冰輪在掌中。女伴臨流笑相語。指尖擎出廣寒宮。

弄花香滿衣

餘聲響處東風急。紅紫叢邊久凝立。素手攀條恐刺傷。金蓮移步嫌苔濕。幽芳擷罷掩蘭堂。馥郁餘香滿繡牀。蜂蝶紛紛入窗戶。飛來飛去繞衣裳。

余季女臨海儒家女。有容德。善屬文。贅永宗道。月餘。宗道媿已不若。輒辭歸。閉門讀書。久不返。余裁詩招之。宗道不聽。余遂病卒。宗道亦悲死。

招外五篇

妾誰怨兮薄命。一氣孔神兮化生若甑。春山娟兮秋水淨。秉貞潔兮妾之性。聊復歌兮遣興。

夜夢兮食梨。命靈氛兮貞余占之。曰行道兮遲遲。斂角枕兮粲如。風動帷兮心悲。

雲黯黯兮雪飛棘。夫子介兮如石。苦復留兮不得。望平原兮太息。涕泗橫兮沾臆。

送子去兮春樹青。望子來兮秋樹零。樹有枝兮枝有英。我胡爲兮煢煢子在此兮山城。

織女兮牛郎。豈謂化兮爲參商。欲逕渡兮河無梁。霜露侵襲兮病偃在牀。嗟嗟夫子兮誰與縫裳。

元末姑蘇有薛氏二女者。一名蘭英。一名蕙英。皆敏秀能詩。父遂於宅後建樓居之。名曰蘭蕙聯芳樓。二女日夕吟咏其間。有詩數百首。號聯芳集。時會稽楊鐵崖製西湖竹枝詞。和者百餘家。二女見之笑曰。西湖有竹枝曲。東吳獨無竹枝曲乎。乃效其體。作蘇門竹枝詞十章。時人傳之。十章蓋二女同作也。

姑蘇竹枝詞

姑蘇臺上月團團。姑蘇臺下水潺潺。月落西邊有時出。水流東去幾時還。

館娃宮中麋鹿游。西施去泛五湖舟。香魂玉骨歸何處。不及眞娘葬虎邱。

虎邱山上塔層層。夜靜分明見佛燈。約伴燒香寺中去。自將釵釧施山僧。

門泊東吳萬里船。烏啼月落水如煙。寒山寺裏鐘聲早。漁火江風惱客眠。

洞庭金柑三寸黃。笠澤銀魚一尺長。東南佳味人知少。玉食無由進上方。
荻芽抽筍楝花開。不見河豚石首來。早起腥風滿城市。郎從海口販鮮回。
楊柳靑靑楊柳黃。靑黃變色過年光。妾似柳絲易憔悴。郎如柳絮太顚狂。
翡翠雙飛不待呼。鴛鴦並宿幾曾孤。生憎寶帶橋頭水。半入吳江半太湖。
一綰鳳髻綠如雲。八字牙梳白似銀。斜倚朱門翹首望。往來多少斷腸人。
百尺高樓倚碧天。欄干曲曲畫屏連。儂家自有蘇臺曲。不去西湖唱采蓮。

同時有曹妙清。張妙淨。亦和廉夫竹枝詞。妙清字比玉。號雪齋。錢塘人。有詩集。楊廉夫爲之序。妙淨字惠蓮。亦錢塘人。居姑蘇。

竹枝詞　曹妙清

美人絕似董妖嬈。家住南山第一橋。不肯隨人過湖去。月明夜夜自吹簫。

竹枝詞　張妙淨

憶把明珠買妾時。妾起梳頭郎畫眉。郎今何處妾獨在。怕見花間雙蝶飛。

又有梅花尼。未詳姓氏。有詠梅花絕句。人因呼爲梅花尼。其詩曰。

終日尋春不見春。芒鞋踏破嶺頭雲。歸來笑撚梅花嗅。春在枝頭已十分。

明之宮廷文學傳者甚罕。今姑就其可見者。次而錄之。洪武間馬皇后崩。後宮人思之作歌。不詳作者姓名。其歌曰。

我后聖慈。化行家邦。撫我育我。懷德難忘。懷德難忘。於萬斯年。毖彼下泉。悠悠蒼天。

永樂徐皇后。徐達之女也。幼貞靜。好讀書。稱女諸生。洪武九年。册爲燕王妃。王卽帝位。册爲皇后。嘗自輯內訓二十篇。其序曰。

吾幼承父母之敎。誦詩書之典。職謹女事。蒙先人積善餘慶。夙備掖庭之選。事我孝慈高皇后。朝夕侍朝。高皇后敎諸子婦。禮法唯謹。吾恭奉儀範。日聆敎言。祗敬佩服。不敢有違。肅事今皇帝三十餘年。一遵先志。以行政敎。吾思備位中宮。愧德弗似。歉於率下。無以佑皇上內治之美。以忝高皇后之訓。常觀史傳。求古賢婦貞女。雖稱德性之懿。亦未有不由於敎而成者。古者敎必有方。男子八歲而入小學。女子十年而聽姆敎。小學之書無傳。晦菴朱子爰編輯成書。爲小學之敎者。始有所入。獨女敎未有全書。世惟取范曄後漢書曹大家女誡爲訓。恆病其略。有所謂女憲女則。俱徒有其名耳。近世始有女敎之書盛行。大抵撮曲禮內則之言。與周南召南詩之小序及傳記而爲之者。仰惟我高皇后敎訓之言。卓越往昔。足以垂法萬世。吾耳熟而心藏之。乃於永樂二年冬。用述高皇后之敎以廣之。爲內訓二十篇。以敎宮壼。夫人之所以克聖者。莫嚴於養其德性。以修其身。故首之以德性。次之以修身。修身莫切於謹言行。故次之以謹言愼行。推而至於勤勵節儉。而又次之以警戒。人之所以獲久長之慶者。莫加於積善。所以無過者。莫加於遷善。數者皆修身之要。而所以取法者。則必守我高皇后之教也。故繼之以崇聖訓。遠而取法於古。故次之以景賢範。上而至於事父母事舅姑事君。又推而至於母儀睦親慈幼待下。而終之以待外戚。顧以言辭淺陋。不足以發揚深旨。而其條目亦粗備矣。觀者於此。不必泥於言而但取於意。其治內之道。或有裨於萬一云。

郭國嬪名愛。字善理。鳳陽人。宣宗聞其才。召至京。病卒。贈國嬪。顧玄言云。郭國嬪自哀古體。源出蔡文姬。得性情之正。其自哀辭曰。

修短有數兮不足較也。生而如夢兮死則覺也。先吾親而歸兮。獨慚予之不孝也。心悽悽而不能已兮。是則可悼也。

宣德中宮中女官司綵王氏有宮詞一首曰。

璚花移入大明宮。一樹凝香倚晚風。贏得君王留步輦。玉簫吹徹月明中。

沈瓊蓮。字瑩中。烏程人。弘治初選入掖庭。官女學士。瑩中初入掖庭。泰陵試以守宮論。發題曰。甚矣秦之無道也。宮豈必守哉。泰陵大悅。擢居第一。給事禁中。後吳興人恆稱爲女閣老。瑩中在大內。暇飼白鸚鵡。教之誦尙書無逸篇。此宜載之彤管者也。

宮詞

翠絲蟠袖紫羅襦。偸把黃金小帶輸。中使傳宣光祿宴。內家學士出新除。

香霧濛濛罩碧窗。青燈的的燦銀釭。內人何處敎吹管。驚起庭前鶴一雙。

豆蔻花封小字緘。寄聲千里落雲帆。一春從不尋芳去。高疊香羅舊賜衫。

天子龍樓瞥見妝。芙蓉團殿試羅裳。水風涼好朝西坐。專把書經敎小王。

明窗棐几淨爐熏。閒閱仙書小篆文。晝永簾垂春寂寂。碧桃花映石榴裙。

寄兄

疎明星斗夜闌珊。玉貌花容列女官。風遞（一作度）鳳皇天樂近。雪殘（一作晴）鳷鵲曉樓寒。昭儀引駕臨丹扆。尙寢熏鑪爇紫檀。肅肅六宮懸象魏。春風前殿想鳴鑾。

送弟溥試春官

少小離家侍禁闈。人間天上兩依稀。朝迎鳳輦趨青瑣。夕捧鸞書入紫微。銀燭燒殘空有夢。玉釵敲斷未成歸。年年望汝登金籍。同補山龍上袞衣。

王妃燕京人。以才色得幸於武宗。能詩工書。侍幸薊州溫泉。題七言絕句一首。自書刻石。其詩曰。

塞外風霜凍異常。水池何事曠如湯。溶溶一脈流今古。不爲人間洗冷腸。

神宗鄭貴妃。大興人。嘗重刊呂新吾閨範。有序一首。文雖未爲工。在當時宮廷中。自爲難得。亦著於此。

重刊閨範序

嘗聞閨門者萬化之原。自古聖帝明皇咸愼重之。予賦性不敏。幼承母師之訓。時誦詩書之言。及其十有五年。躬逢聖母廣嗣之恩。遂備九嬪之選。恪執巾櫛。倚蒙帝眷。誕育三王暨諸公主。慚叨皇號。愧無圖報微功。前因儲位久懸。脫簪待罪。賴乾剛獨斷。出閣講學。天人共悅。疑義盡解。益自勤勵。侍御少暇。則敬捧我慈聖皇太后女鑑。莊誦效法。夙夜兢兢。且時聆我皇上諄諄誨以帝鑑圖說。與凡訓誡諸書。庶幾勉修厥德。以肅宮闈。尤思正己宜正人。齊家當治國、欲推廣是心。公諸天下。求諸明白易簡。足爲民法者。近得呂氏坤閨範一書。是書也首列四書五經。旁及諸子百家。上溯唐虞三代。下迄漢宋我朝。賢后哲妃。貞婦烈女。不一而足。嘉言善行。照耀簡編。清風高節。爭光日月。眞所謂扶持綱常。砥礪名節。羽翼王化者是已。然且一人繪一圖。一圖敍一事。附一贊。事核言直。理明詞約。眞閨壼之箴鑑也。雖不敢上擬仁孝之女誡。章聖之女訓。藉令繼是編而並傳。亦庶乎繼述之一事也。獨惜傳播未廣。激勸有遺。願出宮貲。命官重梓。頒布中外。永作法程。嗟嗟。予昔觀河南饑民圖。則捐金賑濟。今觀閨範圖。則用廣敎言。無非欲民不失其敎與養耳。斯世斯民。

有能觀感興起。毅然以往哲自勵。則是圖之刻不爲徒矣。因敘厥指以冠篇端。萬歷二十三年乙未七月望日序。

諸王宮人中。亦有能文者。夏雲英。周憲王宮人。有端清閣詩一卷。凡六十九首。又有法華經讚七篇。

立秋

秋風吹雨過南樓。一夜新涼是立秋。寶鴨香銷沈火冷。侍兒閑自理箜篌。

雨晴

海棠初種竹新移。流水潺潺入小池。春雨乍晴風日好。一聲啼鳥過花枝。

秋夜即事

西風颯颯動羅幃。初夜焚香下玉墀。禮罷眞如庭院靜。銀缸高照看圍棋。

又宸濠翠妃。亦善吟詠。有詠梅花詩云。

繡針刺破紙糊窗。引透寒梅一線香。螻蟻也知春色好。倒拖花片上東牆。

明亡時宮人流散。其文翰每傳於說部書中。如宏光西宮宮人葉子眉題壁詩曰。

馬足飛塵到鬢邊。傷心羞整舊花鈿。回頭難憶宮中事。衰柳空垂起暮煙。

第三章　朱妙端附陳德懿

明初詩人。多沿楊鐵崖與吳中四傑之風。至弘正李何諸子出。而後文必漢魏。詩必盛唐。弘正以前。婦人之作傳者不多。其間惟朱妙端可成一家。妙端字仲嫻。號靜庵。海寧人。尙寶卿朱祚女。光澤敎諭周濟妻。有靜庵集。今就其詩文掇錄一二。可以考焉。

明代女子。多有學爲古賦者。或亦見稱當時。而篇章放失。罕見合作。惟靜庵之雙鶴賦。猶略有魏晉之遺則也。

雙鶴賦

惟仙禽之高潔。禀玉雪之貞姿。翔崐崙之琪樹。啄元圃之靈芝。若遨遊於碧落。同沐浴乎天池。與鸞鳳而爲侶。矧燕雀之敢窺。何虞人之見獲。遂羈絡於軒墀。蒙主人之過愛。聊隱跡而棲遲。故其呼之則應。撫之卽馴。山雞雜處。野鶩爲倫。志昂藏而獨立。情偃蹇而弗伸。若夫春雨初晴。花陰滿庭。臨風振羽。向日梳翎。或翩翾而對舞。或夭矯而同行。望故巢之修阻。徒奮迅而長鳴。旣而白露初降。金風始高。丹頂皎潔。玄裳飄蕭。發清唳於永夜。徹遺響於九皐。感遊子之躑躅。使遷客之無聊。爾乃安於棲息。飲啄適宜。受乘軒之寵渥。釋籠檻之羈縻。愧微軀之菲薄。承眷顧之恩私。感厚德之未報。徒馳情而在茲。永充君之玩好。誓畢世而不違。

靜庵所爲詩。亦多高麗之句。與正統景泰間所謂諸才子相較。固不必愧之也。今選錄數首。

白苧詞

西風蕭蕭天雨霜。館娃宮深更漏長。銀臺絳蠟何煌煌。笙歌勸酒催華觴。美人起舞雪滿堂。清歌宛轉飛雕梁。君王沉醉樂未央。臺前月落天蒼蒼。

春睡詞

茸茸芳草含新綠。露井夭桃錦雲簇。畫闌干外早鶯啼。又喚春光到華屋。綺窗花影搖玲瓏。玉人夢破春溶溶。雲鬟半嚲鳳釵滑。枕痕一縷消輕紅。香汗輕輕透衾濕。含情欲起嬌無力。海棠庭院鳥聲和。睡足東風一竿日。

竹枝詞

西子湖頭賣酒家。春風搖曳酒旗斜。行人沽酒唱歌去。踏碎滿堤山杏花。

橫塘秋老藕花殘。兩兩吳姬蕩槳還。驚起鴛鴦不成浴。翩翩飛過白蘋灘。

客中偶成

異鄉久爲客。風雨阻歸程。兩岸數峯碧。孤舟一羽輕。蓬窗殘燭在。煙樹早鴉鳴。坐待東方曙。依稀見海城。

湖曲

湖光山色映柴扉。茅屋疎籬客到稀。閒摘松花釀春酒。旋裁荷葉製秋衣。紅分夜火明書屋。綠漲晴波沒釣磯。惟有溪頭雙白鳥。朝朝相對亦忘機。

夜坐

吳蠶初出夜無眠。數盡更籌覺暮寒。柳色弄陰春已暝。角聲吹月夜將闌。金爐火冷沈煙細。羅幌風生蠟炬殘。獨坐空庭望銀漢。碧天如水露溥溥。

虞姬

力盡重瞳霸氣消。楚歌聲裏恨迢迢。貞魂化作原頭草。不逐東風入漢郊。

當時浙中婦人有文才。且與靜庵唱和者。有陳德懿。德懿長興人。移居仁和。陳敏政女。嫁同縣李昂。昂爲景泰甲戌進士。官至右副都御史。德懿有詩集。其體格略與靜庵相類。長於近體。其寄靜庵詩曰。

美人曾約來相訪。底事雲軿竟不過。深院雪消芳草綠。小園風過落梅多。欲餐白石先投藥。愛寫黃庭不換鵝。我欲共君修大道。他年銅狄費摩挲。

顧玄言云。德懿詩集頗富。句如深院雪消芳草綠。小園風過落梅多。淸致幽絕。足爲女郎之秀。更錄其一二作如下。

秋興

江上浮雲障碧空。亂山愁鎖夕陽紅。邊城畫角吹殘日。野寺疎鐘度晚風。梧樹著風飄敗葉。菊花經雨發寒叢。愁多倦寫蠅頭字。慢倚胡牀看塞鴻。

秋夕

水滴銅壺夜漏停。樓頭月午睡初醒。丹爐養藥重添火。小閣焚香再禮星。槭槭風聲敲木葉。輝輝燈影照幃屏。擁衾忽爾成奇夢。直駕長鯨過洞庭。

第四章　陸卿子與徐小淑

嘉靖萬歷以來。七子之徒。大變文體。而婦人作者亦衆。其卓然尤推大家者。惟吳中陸卿子與徐小淑。爲著。二人同時齊名。頗相酬和。梅花草堂筆談曰。徐小淑詩高自標位。陸卿子詩幽清古淡。方維儀宮閨詩評曰。徐小淑與陸卿子唱和。稱吳門二大家。然小淑所著絡緯吟。視卿子尤猥雜。今觀二家之作。雖各有所長。而才力信是伯仲之間。卿子及小淑並長洲人。卿子爲尙寶卿師道女。處士趙宧光妻。夫婦偕隱寒山。有臥雲閣考槃諸集。宧光亦博學多著述。時論謂文采不逮其妻云。小淑名媛。副使范允臨之妻。有絡緯吟。今比錄二家詩於下。卿子與小淑詩並刻意摹古。亦猶七子之餘風也。今先列卿子之作。

少婦吟

高樓靄悠悠。皎月澄清光。少婦起悲歎。哀音激淸商。白雲掩秦關。綠水阻荆梁。游子遠從戎。遙遙隔他鄉。天狼耿不滅。旄頭正光芒。庭前蘭蕙花。枝枯葉凋傷。容華隨日歇。雲鬢颯飄颻。剖我昔時鏡。遠寄隴阪長。素心薶黃土。白日辭紅妝。莫念攜手歡。誓死在戰場。男兒生許國。婦女何足傷。

白紵詞

揚清喉。動朱脣。綠雲亭亭翠眉新。邯鄲美女連城珍。流光吐豔掩陽春。爲君抗袖歌白紵。纖纖霧縠臨風舉。青山日落悲激楚。

擬陶

閒居寡世用。性本忘華簪。滌水盈方塘。清風來茂林。弱舫戲漣漪。野鳥鳴好音。日夕時雨來。白雲瀰高岑。庭草滌餘滋。原野藹飛霖。開顏散遙念。濁酒聊自斟。

擬李白古風

重陰翳白日。陽和轉淒薄。霰雪何紛揉。草木盡零落。長風終夜厲。棲鳥將焉託。游子儆貂裘。居人羨藜藿。所以商山翁。高舉往巖壑。

奉懷徐奉常馮夫人

層巒鬱嵯峨。煙雲滯迴互。之子枉清盼。霞飛廓天路。窈窕碧落間。飄颻神仙步。斂迹下遙岑。攝境展元圃。芳香凝晝靄。雅服揚晨霧。澹矣洮寒流。曄彼麗春煦。撫景共逍遙。款語輸情素。永託金蘭契。願爲膠漆固。揮戈回躍烏。竊藥邀潛兔。七曜並時明。千載歡相晤。

贈毘陵安美人

去年花發毘陵道。美人何處踏瑤草。今年草綠姑蘇臺。美人此時花底來。風吹羅袂香不定。流波蕩漾光徘徊。不逐行雲作飛雨。夢裏鉛華學神女。坐久煙霞拂袂生。迴眸愁向空中舉。水遠山長不見君。空令樹上黃鸝語。

閒居卽事

閉門聊自適。陋巷薜蘿深。柳色嘶春鳥。波光澹夕陰。落花閑覆地。空靄靜依林。若問幽棲意。牀頭有素琴。

秋懷

衰草離離滿地愁。雲天漠漠夕陽收。池塘水落芙蓉冷。城郭風生薜荔秋。畫角無聲悲夜月。玉壺有恨咽更籌。傍人欲問靑囊錄。滄海微茫不可求。

塞下曲

塞雁高飛蘆荻秋。朔雲不動動邊愁。黃沙千里行人斷。日暮消魂哭隴頭。
羌笛聲悲怨未還。月明一夜鬢毛斑。閨中莫漫空相憶。西馬朝來又度關

憶秦娥 感舊

砧聲咽。梅花夢斷紗窗月。紗窗月。半枝疎影。一簾淒切。　心頭舊願難重說。花飛春老流

驚絕。流驚絕。今宵試問幾人離別。

畫堂春

晴空煙裊柳絲微。亂紅風定猶飛。杏花零落燕空歸。門外鴉啼。　慵病不禁寬帶。諱愁無那尖眉。香消斜倚畫屏時。此恨誰知。

卿子小淑並多擬樂府。此自明人習氣。然小淑大抵詞勝而意或不逮。至五古如秣陵弔故宮等。則全彷昌黎聯句詩體。七古多學昌谷。好奇而才力多未稱。故方維儀以為猥雜也。卿子小淑詞均不甚工。茲僅錄卿子詞二首。小淑詞即不錄焉。

後行路難　　徐媛

蝴蝶交飛春影弄。冰簾燕語銀鈎重。暗柳著煙亞短牆。滿闌日色簫聲送。思妾停針午窗夢。垂雲鬢枕低斜鳳。梨花小幙生晝涼。瑤席香茵展象牀。珊瑚作梁琥珀珩。芙蓉斗帳玉為廊。洛陽年少新豐舍。繫馬黃金紫絲袴。雙蹄合踏杜陵花。沽酒城頭不論價。五侯七貴競豪奢。銀闕金丸油壁車。龍沙細柳將軍幙。紫閣臺蘭萬戶家。吁嗟人事安可度。旖旎朝華暮成落。功高不數淮陰狗。勢盈空憶華亭鶴。盛衰環轉浩無端。滿眼誰能定哀樂。自來惟見青松根。年年翠葉凌嬌春。

秣陵弔故宮　　徐媛

秋壁枯蝶炭荒邱墳古人。陰松閉幽宮。走犬相狺狺。白景寒風蕭野霜。上苦榛桐柱消土脈。罘罳結杞莖。翠殿徒煙飄。畫鼓沉晝昏。遺香碎象口。守宮冷血痕。花房平烏足。桂寢濕螢生。瓦礫扶鼠母。空桑捕蛇孫。乾石臥魑魅。笑聲起碧燐。古流黑如漆。老蛟齒列銀。跳太截巉涎。暴背豎錦鱗。南原曠號號。靜夜無行人。健犢耘泥膏。壯夫排隴耕。今朝穜稑地。昔日瑤台春。不須春白玉。安用餌黃金。渠似淮南客。相牽翔白雲。

秋夜效李長吉體　徐媛

紫臺孤煙掃白壁。綽綽餘涼動瑤瑟。一葉桐飄驚素秋。絡緯聲悲風淅瀝。紅蘭凝露胭脂泣。古槐霜飛影圓魄。思妾深閨聽暮砧。翦裂齊紈響刀尺。歷歷星橫駕鵲橋。嫦娥桂殿坐終宵。穿線月明花爛熳。曝衣樓掩瑞煙消。天空澹澹明河白。宛轉轆轤響咿軋。秋末芙蓉倚沼生。池塘新水浮雙鴨。

重弔孫夫人　徐媛

杜宇啼聲斷客腸。永安回首路茫茫。錦城絲管渾如夢。惟見春風掃綠楊。

第五章　文氏之擬騷

自來婦人爲騷體者絕少。而明世獨有文氏所作九騷。甚得古意。亦閨閣之奇才也。靜志居詩話曰。文氏者。文在中女。嫁葛氏。早寡。守節。作九騷以見志。九騷者。一曰感往昔。二曰懷湘江。三日望洽陽。四日矢柏舟。五日愀離幃。六日傷落花。七日臨雲嘆。八日待月愁。九日撫玉鏡。茲錄其全文如下。

擬騷 并序

余少時與姑共修閫範。王父授論語毛詩。嗣後執蘋蘩之事。各處一方。不幸遭有柏舟之憂。與姑相繼遇變。凜凜如登崎嶇之阪。夙夜小心。惟德是先。仰觀清都。頫窺幽冥。人生一世。如白駒之過塵。昔嬀汭既徂洽陽。邈矣女道幾墜。廢寢忘飡。秉炬夜覽。述古人之則。掇後賢之思。悲憤不已。託素懷於青編。作九騷。創辭端。蓋奉家大人命云。

感往昔

歲聿莫而歷蹇兮。執霜心以爲柄。揚眞氣之馥馥兮。叩寂寞而見性。刷澒溷之流俗兮。佩蕙纕以自解。驚箕伯之襲幃兮。撞我思之悠悠。捧柏舟之佳韻兮。魂離披而生愁。持徽音之不二兮。憶兩髦之匹儔。覽嫠婦之悲賦兮。涕橫迸而霑襟。聆露雞之三唱兮。夜漫漫而思侵。踈余志於天崿兮。佩秋蘭而采綠芝。心與願之不偕兮。遭坎廩而噫嘻。託素懷於白雲兮。撫蕢茅於九疑。仰清都之剡剡兮。飲沆瀣而餐露葵。昔嬀汭之鸞降兮。欽帝命而名垂。乃洽陽之不作兮。道晻晻而日墮。紛吾髟髟有此內美兮。秉鈞陳之遺志。良夜忽焉而假寐兮。夢女媧之來甚。列清芬於筆端兮。則穢粢而爲粹。效前修之榘規兮。樛玄思乎遠晬。嘉嵞山之獨思兮。惡褒閻之嗎咥。閱女史其怦怦兮。九折撾而申肄。姸嬛媚之爲鄙兮。抱太素之天懿，緬先子之丰標兮。心搖搖而如醉。髮鬤鬤而局曲兮。樹蘐而靡寐。精貞函於方寸兮。飛譽冠乎天庭。處奄奄之塵區兮。敢舍志而違經。思英英而內棲兮。駕騰騰而上征。命靈靈而不昧兮。順天稟而修名。盡中饋之典職兮。調陰教而和羹。思窈窕之洵懿兮。飲瓊瑤之玉漿。步芳躅其不忘兮。撫角枕而彷徨。

懷湘江

覽洞庭之流波兮。帝子游乎瀟湘。神髣髴而忽覩兮。雲滃滃而飛揚。石礚礚而振厓兮。灝長瀾之洋洋。登巉巖之峻丘兮。攀科枝而鳥翔。勁風爲之振木兮。柔條悲鳴而似簧。秋蘭時其未吐兮。芙蓉葱蘢而含香。緬二妃之清塵兮。芳艸蘙焉有輝光。佐重華之隆盛兮。風敎垂於椒房。伊任姒之母周兮。性沉儼而淑良。佳媛千古鮮儷兮。鬱金并爾噴香。文姬蘇蕙焉可比兮。毛嬙西子亦匪其行。慕窈窕之懿範兮。指內則以爲方。握芳椒以流盼兮。折桂枝而樹旌。步前躅之愔愿兮。注烈思之嫈嫈。夫何广寢而忘飡兮。搜典藉而羅瑤瓊。張丹檠而讀史兮。惟砥德之是榮。翻規箴於往牒兮。心戰兢而惺惺。髮鬖鬖而慵整兮。志款款而弗更。希太素之玄風兮。敢撫匳而渝舊盟。惡貪穢之典濁兮。誦綠衣而修名。叩天閽而闢扉兮。謁鈎陳之坤靈。睇太微之光芒兮。顧微軀其何生。將法古以垂後兮。裁靑編而見情庶誕降之不虛兮。弗顧影而媿形。

望洽陽

惟長子其濬哲兮。古翕山之苗裔。遙仰文母之婀娜兮。嗣前徽而婉嫕。羨螽斯之振振兮。吐玉英而樹庭蕙。望關雎於河洲兮。識靈偶之重別。貌雝雝而齊莊兮。氣馥馥以內潔。予誦樛木而知惠兮。殊惡妒婦之催花。垂萬世之閫格兮。咀性中之天葩。馳吾思於雲際兮。慕聖媛之餘響。播清塵於千載兮。覽芳規以目爽。追前修而希靜一兮。宓妃女媧邀以為黨。女貞乃木之佳諱兮。鴻亦非偶而不翔。覩微物之清淑兮。生與儷而休有光。時荏苒其代謝兮。感落葉而心傷。抱素質而自嫮兮。倚恬淡以為牀。余將登閬風以息趾兮。征不死之素鄉。覯銀臺之戴勝兮。贈我白水之瑤漿。攜雙成之婗婆娑兮。眉聯娟而動朱脣。內粧而靡翳兮。神渙渙而絕塵。歲與大鈞齊兮。執恍忽而為眞。棲遐志於浮雲兮。整青絡而越瑤津。端直吾之所願兮。修性理幽惟節與仁。

矢柏舟

汎柏舟之河中兮。忽侘傺而內結。含薄怒以惓惓兮。心鬱鬱而堅節。念兩髦之我儀兮。矢靡他而志訣。持仁義以內修兮。遇緯繣而腸絕。何庭慈之不諒兮。遏心志而摧折。嘉共姜之淑愼兮。遵渠矱而自潔。慟杞妻之崩城兮。赴淄水而嗚咽。徽爽女之志篤兮。屍還陰而

心鐵。哀八軌之血痕兮。令千載而心裂。遭大運之殃咎兮。表貞潔以霜雪傷花妻之蚤逝
兮。閔紗圓於火烈。皆舍生以取義兮。抱靈修而豈更迭撫人生之誰無死兮。一殺身而甄
英傑。遭繽紛而怖覆兮。佩瓊瑤於祁祁。鍾清英之靈秀兮。魂渺渺而何之修靈原之不死
兮。涉天津而采紫芝。夭步余之艱難兮。失比翼之獨居。悲迴腸而傷氣兮。志柏舟而如饑。
奠桂酒而馳念兮。坐蘭閨以凝思。飲修竹之墜露兮。心披披而淚垂。匹陶唐之二女兮。軼
大漢之惠姬。慕孟母以孜孜兮。訓三遷而爲世師。中蹇蹇而閎晉兮。意忳忳而心難夷竭
誠信而專一兮。忘儇媚而如癡。

愀離幃

離玄帳之五載兮。致桂酒而爲羞。神剡剡而如見兮。目無覩而心憂。思舊愛之莫得兮。逝
長往而悠悠。協清和之斌斌兮。獲二儀之嬔柔。闡坤德之英英兮。匹任姒而尹優。親蠶桑
以爲務兮。性勤儉而采荼。持內則其純備兮。克溫恭而行修。想儀容之髣髴兮。意歔欷而
難蒐。感霜露之不停兮。羌棄我於何遊。胸悶悶而倦極兮。忽枕籍而如覩。垂靈袖之納納
兮。呼余來而贈蘅茝。女不聞乎陰陽兮。始太極而爲主。天純一而萬地兮。日月一而星數。
婦以專一之爲美兮。子衆多而一父。陰伏陽以爲德兮。陽統陰以爲明。人在世之貞潔兮。
沒萬代而垂名。昔潔潔之英媛兮。淚瘢瘢而寄情。身處仁而遷義兮。神飄飄而超大淸於

是忽焉而大覺兮。生爲夢而死靈。獻蘭蕙以告神兮。敢不取義以輕生。滌塵垢而不染兮。茹芙蓉之英英。餐秋菊之墜露兮。賁姊茗而供冰清。何顑頷之不舒兮。將荏苒而登帝城。

傷落花

處沖漠之蘭闈兮。心絓結而如醉。歲忽忽其將邁兮。花落落而蕊墜。攀長條之要妙兮。睹鴻造之殊異。悲晨風之震木兮。鳥翔集而爭媚。拾朱英而太息兮。時豈可乎再至。睇焦螟而巢於蚊睫兮。愕蓂莢而內傷。蕤賓主其仲夏兮。蓐收至而變商。感寒暑之代謝兮。素葉零於彤霜。氣鬱邑而填膺兮。陟阿丘而采蝱。瞻蜉蝣之楚楚兮。中悶悶而心驚。哀薄軀之須臾兮。修素質而益榮。陳悽情於姮女兮。垂青盼而顧語。引吾導夫前路兮。涉層霞而求侶。何人生之短期兮。安寄旅而懷憂。登嶰谷以趢趢兮。覽六區之鴻流。逾扶桑而蔭趾兮。雙材旁而抽清謳。將茬蘅以充幃兮。體嬋娟而佩瓊琛。持太淡以爲柄兮。悟往昔之沉迷。閱玉牒之遺於南窗兮。審容膝而獨棲。披惠姬之誡於清案兮。心朗朗而古期。託幽懷於筆端兮。聊以寄情而舒永思。胡然而我念之兮。涕滂沱而心悲。君俟我乎霞表兮。終歸骨而同居。

臨雲歎

臨高雲而三歎兮。撫簡册以致思。步花陰而四顧兮。內傷悲而移時。覩扶光之如箭兮。哀歲月其難追。仰浮雲之飄飄兮，志凜然而與世披，夜皎皎而不寐兮。心朗朗而氣夷。却羅綺之黼帳兮。設黍蔾而療饑。避世途之繽紛兮。崇仁義以爲懿。讀先哲之遺訓兮。身三省而內剌。年四十而不惑兮。修天稟之淳粹。瞰二紀之無窮兮。察五緯之遹皇。姤盤逸之無度兮。樂未畢而哀生。聽素女之撫絃兮。令吾神氣爽而思淸。瞻故都於霞表兮。陟鈎陳之瓊宮。出閶闔其遠眺兮。俯九土而生愁。風騷騷其振衣兮。雪霏霏而似瓊琛。覽太虛之蒼茫兮。羨王睢之悠悠。玄鶴鳴於九皋兮。聲聞野而不收。鳶相羊而戾天兮。魚沉淵而潛游。察至道乎上下兮。理陰陽而度三秋。物貴貞而淑美兮。遵純儭而自修。登銀臺而常羊兮。取玉芝以爲羞。披初服之修潔兮。更思周任之內柔。想兩髦之佳儀兮。心懰慄而懷憂。遭險屯之窮時兮。安薄命而靡郵。

待月愁

夫何月色之燦爛兮。凌樹影而入羅幃。獨倚牀而延佇兮。待女息而欲歸。仰圓靈其萬戶兮。竊皦皦之淸輝。覯姮娥之縱體兮。揚輕袿之繡裳。含然諾其欲吐兮。氣蕤蘭而噴香。當長風之飄飄兮。襲羅衣而彷徨。衆鳥棲於茂林兮。翔千仞之鳳與凰。悼鴻鵠之墜空兮。羌中道而失偶。嘉斯鳥之貞潔兮。觸我思之悠悠。衷懊咿而不止兮。寄愁懷於沙鷗。坐蘭閨之閑夜兮。聆迴飈之颼颼。解垢氛之嬰身兮。心翼翼而無尤。歎三閭之見放兮。增壹鬱而懷憂。惟粲粲之哲人兮。能涸泥而揚清波。覽江汜之淑媛兮。被德化而嘯也歌。睎銀漢之織女兮。供覽裳而弄金梭。正衽衿而危坐兮。如銜枚而無語。神英英而內棲兮。思恍惚而登慮。慮方寸之寂寞兮。安斗室而獨處。藏彩鞏之佳麗兮。性耿介而內專。時青陽以告謝兮。肇朱明而心酸。傷十載之鵠化兮。播幼子而吞熊丸。酌金壘以弛念兮。善懷託於青編。

撫玉鏡

撫玉鏡之纖塵兮。光皎皎而虛明。覩此物之神聖兮。不淑見而心驚。始自軒轅之時兮。含碧水之青瑩。悲朱顏其易改兮。惟寸心之不更。擲榮華於俗外兮。修禮容以爲盟。雞初鳴而披衣兮。視啓明於東方。塞蹠途之旁徑兮。法先聖而師乎邑姜。覽迴文之縱橫而詠胡笳之悲歌兮。則陳哀思而何所補於三綱。於斯之時亦浮華而相尙兮。飾翡翠而道德戕。想窈窕之淑範兮。敦坤德而惟洽陽。仁風衍於百代兮。德業修於椒房。埽蘭个之清潔兮。焚獸鑪而炷寶香。雲飛飛以遠戶兮。風颼颼而襲書窗。時隆冬以冰雹兮。菊英英而吐黃。柏森森而不凋兮。松蒼蒼其冒霜。且草木亦有此勁操兮。吾人何可無此蕙纕。昔宋景之仁德兮。熒惑退而徙三舍。緬塗山之長子兮。內專一而興大夏。無非儀而安處兮。修婦職以遵聖化。崇仁義以爲郭兮。超世俗而爲差。

文氏又有讀書辭曰。

讀旣倦兮草草。步蒼苔兮縹緲。問落花兮多少。怨殘紅兮風埽。鳥喧喧兮人稀。柳依依兮絮飛。思悠悠兮春歸。惟把卷兮送餘暉。

文氏蓋邠州三水人。有君子亭集。其九騷見志。今特表而出之。

第六章　沈宛君與葉氏諸女

明末婦人文學之秀出者。惟葉氏諸女葉女之中。小鸞最慧而早卒。故其文釆未極也。要皆秉其母沈夫人之敎。沈夫人名宜修。字宛君。吳江人。山東副使珫之女。歸同縣工部郎中葉紹袁。紹袁字仲韶。風神雅令。工六朝駢體。同宛君偕隱汾湖。與子女刻意詩詞以自娛樂。宛君所著有鸝吹集。

感秋　沈宜修

月向中天迥。人驚秋暮悲。元霜初落後。客夢未歸時。縹緲三秋雁。蕭條兩鬢絲。空餘舊簫管。愁對月明吹。

秋思　沈宜修

鵠鏡容消只自知。碧雲黃葉動離思。閑愁紫袖山前色。舊恨靑春樹上絲。子夜有情新樂府。傷秋多病送歸辭。頭江八月西風起。寥廓天高鳥度遲。

立秋夜感懷　沈宜修

涼夜悠悠露氣清。晴蟲淒切草間鳴。高林一葉人初去。短夢三更感乍生。自恨迴波千曲繞。空餘殘月半窗明。文園多病悲秋客。搖落西風萬古情。

秋閨回文四首　沈宜修

秋暮愁行客。日斜飛柳煙。流雲歸遠岫。薄霧淡高天。
花庭啼鳥亂。疊恨鎖山眉。霞落映寒渚。蝶飛驚墜枝。
鈎簾暎皎月。永夜簡奇篇。幽徑竹花露。石寒縈碧錢。
疎雨滴高樹。細風飄暮煙。初聞獨雁過。木落自年年。

宛君亦精於倚聲。錄其數闋。

浣溪沙　沈宜修

淡薄輕陰拾翠天。細腰柔似柳飛綿。吹簫閒向畫屏前。　詩句半緣芳草斷。鳥啼多爲杏花殘。夜寒紅露濕秋千。

虞美人 立春　沈宜修

東風已上堤邊柳。雪意還依舊。畫羅綵扇學裁新。不道閑愁又送一番春。　年華只是侵雲鬢。花信何由問。待看雙燕幾時來。猶憶杏花長對月徘徊。

望江南 暮秋　沈宜修

河畔草。一望盡淒迷。金勒不斷新寂寞。靑袍難覓舊葳蕤。野燒又風吹。 蝴蝶去。何處問歸期。一架鞦韆寒月老。滿庭鶗鴂故園非。空自怨萋萋。

宛君教三女長曰紈紈。字昭齊。有芳雪軒遺稿。次曰小紈。字蕙綢。適沈永禎。精於曲律。著有鴛鴦夢雜劇。而小鸞其季也。

暮春赴嶺西道中 葉紈紈

故園別後正春殘。陌上鶯花帶淚看。何處鄉情最悽切。孤舟日暮泊嚴灘。

蝶戀花 葉紈紈

盡日重簾垂不卷。庭院蕭條。已是春光半。一片閑愁難自遣。空憐鏡裏年華換。 寂寞香殘門半掩。脉脉無端。往事思量遍。正是銷魂腸欲斷。數聲新雁南樓晚。

浣溪沙 為侍女隨春作 葉小紈

髻薄金釵半嚲輕。佯羞微笑隱湘屏。嫩紅染面太多情。 長怨曲闌看鬭鴨。慣嗔南陌聽啼鶯。月明簾下理瑤箏。

昭齊蕙綢雖並能爲詩詞。而才未逮於小鸞也。故今錄小鸞之作特多。小鸞字瓊章。一字瑤期。年十七。字崑山張氏。將行而卒。小鸞四歲能誦離騷。十歲能韻語。鈕玉樵曰。小鸞十歲。値秋夜。父仲韶命以句曰。桂寒淸露濕。卽對曰。楓冷亂紅凋。是時以爲夭折之徵。及未婚而歿。

見有五彩雲捧足而去。知前身爲緱嶺女仙。今當歸月府。所存詩詞。皆似不食人間煙火者。

按小鸞固有淸才。惟其早世。故筆力未遒耳。有疎香閣遺集。

雨夜聞簫　葉小鸞

紗窗徙倚倍無聊。香燼熏爐懶更燒。一縷簫聲何處弄。隔簾微雨濕芭蕉

詠畫屏美人　葉小鸞

庭雪初消月半鉤。輕澌月色共相流。玉人斜倚寒無那。兩點春山日日愁。
紅深翠淺最芳年。閒倚晴空破綺煙。何似美人腸斷處。海棠和雨晚風前

送蕙綢姊　葉小鸞

絲絲楊柳拂煙輕。總爲愁人送別情。惟有流波似離恨。共將明月伴君行。

哭姊　葉小鸞

雲散遙天鎖碧岑。人間無路月沈沈。可憐寒食梨花夜。依舊春風小院深。

虞美人燈　葉小鸞

深深一點紅光小。薄縷微烟裊。錦屏斜背漢宮中。曾照阿嬌金屋淚痕濃。　朦朧穗落輕煙散。顧影渾無伴。香消午夜漫凝思。恰似去年秋夜雨窗時。

浣溪沙　葉小鸞

幾日東風倚畫樓。碧天清靄半空浮。韶光多半杏梢頭。　垂柳有情留夕照。飛花無計却春愁。但憑天氣困人休。

曲樹鶯啼翠影重。紅妝春惱淡芳容。疎香滿院閉簾攏。　流水畫橋愁落日。飛花飄絮怨東風。不禁憔悴一春中。

謁金門　葉小鸞

情脈脈。簾卷西風爭入。漫倚危樓窺遠色。晚山留落日。　芳樹重重凝碧。影浸澄波欲濕。人向暮煙深處憶。繡裙愁獨立。

葉氏諸女皆承母教。又張倩倩爲宛君之姑之女。適吳江士人沈自徵君庸。亦善吟咏。有憶宛君詩曰。

故人別後杳沈沈。獨上高樓水國陰。鴻雁不傳書底恨。天涯流落到如今。

倩倩詩詞更錄一二於後。

過行春橋

行春橋上月如鈎。行春橋下月欲流。月光到處還相似。應照銀屏夢裏愁。

蝶戀花　丙寅寒夜與宛君話君庸作

漠漠輕陰籠竹院。細雨無情淚濕桃花面。落葉西風吹不斷。長溝流盡殘紅片。　千徧相思纔夜半。又聽樓前叫過傷心雁。不恨天涯人去遠。三生緣薄吹簫伴。

第七章　方維儀

方維儀。桐城人。大理卿大鎮之女。兵部侍郎孔炤之姊。適姚孫棨。再期而夭。時年十七。遂請大歸。守志於清芬閣。與弟婦吳令儀。以文史代織紝。教其姪以智。儼如人師。嘗取古今女子之作。編爲宮閨詩史。刋落淫哇。分正邪二集。君子高其志。有清芬閣集七卷。其所爲詩。風格甚高。筆力遒勁。有大雅之遺。非如尋常婦人之作。但以蟲鳥月露爲吟賞者也。

死別離

昔聞生別離。不言死別離。無論生與死。我身獨當之。北風吹枯桑。日夜爲我悲。上視滄浪天。下無黃口兒。人生不如死。父母泣相持。黃鳥各東西。秋草亦參差。予生何所爲。死亦何所辭。白日有如此。我心徒自知。

出塞

辭家萬里戍。關路隔風煙。賦重無餘餉。邊荒不種田。小兵知有死。貪吏尚求錢。倚賴君王福。何時唱凱旋。

傷懷

長年依父母。中懷多感傷。奄忽髮將變。空室獨彷徨。此生何蹇劣。事事安可詳。十七喪其夫。十八孤女殤。舊居在東郭。新柳暗河梁。蕭條下霜雪。臺閣起荒涼。人世何不齊。天命何不常。孤身當自慰。且免摧肝腸。鶺鴒棲一枝。故巢安可忘。

獨歸故閣

故里何須問。干戈擾不休。家貧空作計。賦重轉添愁。遠樹蒼山古。荒田白水秋。蕭條離膝下。欲望淚先流。

旅次聞寇

蟋蟀吟秋戶。涼風起暮山。衰年逢世亂。故國幾時還。盜賊侵南甸。軍書下北關。生民塗炭盡。積雪染刀環。

楚江懷吳妹

空林隕葉暮烏啼。雲水迢迢隔皖谿。夜發蒼梧寒夢遠。楚天明月照樓西。

維儀之姊孟式。字耀如。嫁山東布政使張秉文。濟南城潰。同其夫殉節。有紉蘭閣集。

秋興　方孟式

西風傷往事。笑此客中身。葉落蒼煙斷。花開黃菊新。天涯蓬鬢短。邊徼羽書頻。蟋蟀知秋意。階前鳴向人。

寄盛夫人　方孟式

繁霜百歲冷春幃。常共寒燈泣落暉。紅淚已辭機上錦。白頭尙著嫁時衣。煙籠竹葉涼生案。雨濕梨花靜掩扉。杯酒樓頭明月夜。迢迢夢遶楚天微。

又維儀從妹維則。嫁生員吳紹忠。有茂松閣集。當時方氏一門。閨閣中無不能詩文者。其子弟多積學者。有令名。故桐城之方。自後嘗爲望族也。

題竹　方維則

小院何空寂。相依獨此君。雪深愁易折。風急不堪聞。白石移花影。靑苔擁籀文。樓頭明月上。空翠落紛紛。

維儀弟婦吳令儀。字棣倩。蓋孔炤之妻。相夫敎子。均有儀法。不幸早世。維儀爲次其遺稿傳之。

夜　吳令儀

新月不來燈自明。江天獨夜夢頻驚。長年自是無歸思。未必風波不可行。

第八章　明代閨閣文學雜述

靜志居詩話。謂明初識字婦女。得舉女秀才。入尙功局。明史記永樂中梅殷與女秀才劉氏朋邪。萬載縣志。謂敖用敬妻易淵碧。舉女秀才。陳泰圓妻龍玉英。亦舉女秀才。宛委餘編謂明武宗時。林妙玉以女童應試。詔賜女進士。蓋宋以來女學雖廢。而國家猶有奬勵女學之科。爲之秀才進士之目。與男子等。故明代女子詩文傳於世者。所在尚多有也。留青日札及宛委餘編並記宋孝宗時女童林幼玉求試賜進士則女子應試宋已有之矣惟雖能連屬篇翰。而才力或遜古人。茲僅擇其尤著而詞極可誦。或事有可傳。爲前數章所未及者。復雜述於此。短篇斷句。有不可沒。亦附著焉。若夫求備。固所未能也。

郭貞順者。潮陽周伯玉妻也。明初師下嶺南。指揮俞良輔征諸寨之未服者。貞順從伯玉居溪頭寨。作詩上之。良輔大喜。一寨得全。其上俞指揮詩曰。

將軍開國之武臣。早附鳳翼攀龍鱗。煙雲慘淡遍九野。半夜捧出扶桑輪。前年引兵下南粵。眼底羣雄盡流血。馬蹄帶得淮河冰。灑向江南作晴雪。潮陽僻在南海濱。十載不斷干戈塵。客星移處萬里外。天子亦念遐方民。將軍高名邁千古。五千健兒猛如虎。輕裘緩轡踏地來。不減襄陽晉羊祜。此時特奉明主恩。金印斗大龜龍紋。大開藩衞制方面。期以忠義酬明君。宣威布德民大悅。把菜一笠誰敢奪。黃犢春耕萬隴雲。蒼龍夜臥千秋月。去歲壺陽戍守時。下車愛民如愛兒。壺山蒼蒼壺水碧。父老至今歌詠之。欲爲將軍紀勳績。天家自有如椽筆。願屬壺民歌太平。磨厓勒盡韓山石。

明初葉正甫。洞庭人。久留都門。其妻劉氏寄衣作詩曰。

不隨織女渡銀河。每到秋來幾度歌。歲歲爲君身上服。絲絲是妾手中梭。剪刀未動心先碎。鍼線纔縫淚已多。長短只依元式樣。不知肥瘦近如何。

明初詩人林子羽。名鴻。閩中十才子之冠也。先是閩縣女子張紅橋。聰敏善屬文。語父母曰。欲得才如李靑蓮者事之。於是操觚之士爭以五七字爲媒。詩卷堆積案頭。無適意者。獨子羽投詩。乃援筆而答。子羽大喜過望。遂委禽焉。踰年子羽游金陵。紅橋感念而卒。紅橋與子羽唱和詩詞甚多。茲略錄一二首。

初答林子羽

梨花寂寞鬭嬋娟。銀漢斜臨繡戶前。自愛焚香消永夜。從來無事訴靑天。（鴻初投詩曰桂殿焚香酒半醒露華如水點銀屏含情欲訴心中事羞見牽牛織女星紅橋答之如此）

和子羽

橋外千花照碧空。美人遙隔水雲東。一聲寶馬嘶明月。驚起沙汀幾點鴻。

念奴嬌

鳳凰山下。恨聲聲玉漏。今宵易歇。三疊陽關歌未竟。城上棲烏催別。一縷情絲。兩行清淚。漬透千重鐵。重來休問。尊前已是愁絕。　還憶浴罷描眉。夢回携手。踏碎花間月。漫道胸前懷荳蔻。今日總成虛設。桃葉津頭。莫愁湖畔。遠樹雲煙疊。剪燈簾幕。相思誰與同說。

孟淑卿。蘇州人。訓導孟澄之女。自號荆山居士。

春歸

落盡棠梨水拍堤。萋萋芳草望中迷。無情最是枝頭鳥。不管人愁只管啼。

過惠日菴訪尼題亭子上

矮矮圍牆小小亭。竹林深處晝冥冥。紅塵不到無餘事。一炷香消兩卷經。

李玉英者。千戶李雄女也。正德中。千戶李雄西征陣沒。遺孤五人。子二。曰承祖。曰亞奴。女三。曰桂英。曰玉英。曰桃英。諸子皆前妻所產。惟亞奴後妻焦氏生。焦欲令親兒繼襲。雄死。令承祖往戰塲。尋父骸骨。覬其陷於非命。而承祖竟抱骨以歸。乃煽死承祖。支解而埋之。又以桂英鬻豪家爲婢。玉英頗知典籍。年十六。伶仃窮廹。作送春別燕二詩。焦指詩詞。謂有外通等情。俾舅焦榕。執送錦衣衛。誣以姦淫不孝。擬淩遲。嘉靖四年夏。差太監密錄罪囚。凡有寃枉。許行陳奏。於是玉英具本。託其妹桃英賚奏諸寃。疏上。有旨命三法司令勘。焦氏論斬。玉英著錦衣衛選良才擇配焉。

送春

柴門寂寂鎖殘春。滿地榆錢不療貧。雲鬢霞裳半泥土。野花何事亦愁人。

別燕

新巢泥滿舊巢欹。泥滿疏簾欲捲遲。愁對呢喃終一別。畫堂依舊主人非。

楊用修妻黃氏。遂寧人。黃簡肅公珂之女。善爲詩詞。用修遠謫滇南。每有詩寄意。爲時傳誦。

寄升庵

雁飛曾不到衡陽。錦字何由寄永昌。三春花柳妾薄命。六詔風煙君斷腸。曰歸曰歸愁歲暮。其雨其雨怨朝陽。相憐空有刀環約。何日金雞下夜郎。

又寄升庵

嬾把音書寄日邊。別離經歲又經年。郎君自是無歸計。何處青山不杜鵑。

巫山一段雲

巫女朝朝艷。楊妃夜夜嬌。行雲無力困纖腰。媚眼暈紅潮。　阿母梳雲髻。檀郎整翠翹。起來羅襪步蘭苕。一見又魂銷。

屈安人。華陰人屈直之女。嫁參議朝邑韓邦靖。封安人。有集。先是安人生十餘歲。其父課諸兒讀經史。安人刺繡其旁。竊聽背誦。通曉意義。及歸邦靖。詩文倡和。稱雙璧焉。

送夫入覲

君往燕山去。棄妾雒水旁。雒水向東流。妾魂隨飛揚。丈夫輕離別。壯志在四方。努力事明主。肯爲兒女傷。君有雙親老。垂白座高堂。晨昏妾定省。喜懼君自量。珍重復珍重。丁寧須記。將既爲遠別去。飲余手中觴。莫辭手中觴。爲君整行裝。陽關歌欲斷。柳條絲更長。

王素娥。山陰人。號蘗屏。歸胡節。節死。守志以吟詠自遣。

渡錢塘喜晴

風微月落早潮平。江國新晴喜不勝。試看小舟輕似葉。載將山色過西陵。

少室山房筆叢曰。崑山顧茂儉之妹。嫁孫念憲爲婦。甚有才情。春日詩可置玉臺新詠中。

春日

春雨過春城。春庭春草生。春閨動春思。春樹叫春鶯。

丁立祺妻姜氏。新建人。有寄文學士山居詩曰。

何必入山深。居然似漢陰。雨殘雲在竹。野曠日平林。負郭多幽事。爲農長道心。芸窗開卷罷。多是聽鳴琴。

明沈束妻張氏。請代夫囚。楊繼盛妻張氏。請代夫死。其疏文並傳於今。二人並以論嚴嵩獲罪。其妻皆姓張。又同上疏請代。並不獲報。然沈束後卒得出。忠懲竟寃死。是所異也。

乞代夫囚疏 沈束妻張氏

臣夫禮科給事中沈束。猥以愚昧之性。冒妄建言。誠當萬死。荷蒙皇上寬宥。下獄待罪。經今一十四年。束上有老親。下無子女。孤苦伶仃。俯仰無賴。止遺臣一身。寄居旅舍。早暮力作女工。以供口食。艱難萬狀。度日如年。臣夫之父。今年八十有七。衰病侵尋。風燭不定。養生送死之具。更無可託。臣煢煢寡妻。顧此失彼。欲歸以養舅。則夫之饘粥無資。欲留以給夫。則舅又旦夕待盡。臣夫纍囚之臣。誠不敢復顧私家。竊覩聖朝仁恩廣蕩。庶類樂生。豈臣一門窮苦顛連。自遺覆載之外。臣每自念。何惜一死。所以忍苦苟延者。誠望天地有曲全之仁。雨露無不被之澤也。今臣舅已當垂死之年。臣夫未有再生之日。臣願以身代夫繫獄。暫容臣夫送父年終。仍又赴獄待罪。庶臣夫得復見其父。少伸父子之情。臣以舅付託於夫。亦得全夫婦之義。

請代夫死疏

楊繼盛妻張氏

臣夫原任兵部武選司員外郎楊繼盛。因先任本部車駕諫阻馬市預伐仇鸞逆謀。聖恩僅從薄謫。旋因鸞敗首賜湔洗。一歲四遷歷抵前職。臣夫拜命之後。啣恩感泣。思圖報效。或中夜起立。或對食忘餐。臣所親見。不意誤聞市井之談。尚狃書生之習。遂發狂論。委的一時昏昧。復荷皇上天高地厚之恩。不卽加誅。俾從吏議。臣夫自杖後入獄。死而復甦者數次。剜去臀肉兩片。斷落腿筋二條。膿血流約五六十碗。渾身衣服盡皆濡汚。日夜籠箍。備極苦楚。又年荒家貧。常不能給。止臣紡績織履。供給餉食。已經三年。該部兩次奏請。俱蒙特允監候。是臣夫再蹈於死。而皇上累置之生。臣之感佩。惟有焚香禱祝萬壽無疆而已。但聞今歲多官會議。適與張經一同奏請。題奉欽旨依律處決。臣夫雖復捐軀市曹。亦將瞑目地下。臣仰惟皇上方頤養沖和。保合元氣。昆蟲草木。皆欲得所。豈惜一迴宸顧。下垂覆盆。倘蒙鑒臣螻蟻之私。少從末減。不勝大幸。若以罪重不赦。願即將臣斬首都市。以代臣夫之死。夫雖遠禦魑魅。親執戈矛。必能爲疆場效命之鬼。以報皇上。臣於九泉。稍有知識。亦復啣結無旣矣。

祭夫文　楊繼盛妻張氏

於維我夫。兩間正氣。萬古豪傑。忠心慷慨。壯懷激烈。奸回斂手。鬼神號泣。一言犯威。五刑殉節。關腦比心。嚴頭嵇血。朱檻段笏。張齒顏舌。夫君不愧。含笑永訣。渺渺忠魂。常依北闕。

端淑卿當塗人。敎諭端廷弼女。歸芮氏。有綠窗遺稿。

陌柳

楊帝宮中柳。凋零幾度秋。蟬聲悲故國。鶯語怨荒丘。行殿基仍在。空江水自流。行人休折盡。春日更生愁。

春日

院外鶯啼二月中。妝臺日影映簾櫳。潤回春草茸茸綠。暖入瓊枝簇簇紅。乍試輕羅沾社雨。偶嘗新釀醉東風。閒來檢點芳時事。花底青絲墜小蟲。

周玉如名潔。年十四。歸應天府判張鳴鳳。張罷官。攜歸臨桂。後數年。詒書省父。寄詩一冊。名雲巢詩。金陵人競傳寫之。

夢還京

自去長干側。終年桂嶺西。新秋望鄉處。無奈白雲迷。

憶父

憶昔當殘臘。還家雪正飛。三年無一字。不忍見鴻歸。

虎關馬氏女有秋閨夢戍七言律詩一百首。蓋虎關將家婦馬氏所作也。蒲田宋珏客越。得之於荒村老屋中見芳草無言路不明之句。爲驚歎錄而傳之。題曰香魂集。

春閨夢戍 百首之一

夫重封侯妾愛輕。漫欹琥珀戀寒更。游魂自苦人何在。芳草無言路不明。彷彿玉關傷舊別。徘徊油幕訂新盟。夢回簷馬迎風處。猶是沙場劍戟聲。

姚氏嘉興人。號青蛾居士。秀水范應宮之妻。有玉鴛閣遺稿。東海屠隆爲之序。

春閨

芳杜傷心碧。空庭紅暗飄。鳥啣幽夢去。柳綰別魂遙。素被藏金鴨。清臺冷玉簫。不關離思遠。金粉爲誰鎖。

竹枝詞

賣酒家臨煙水濱。酒旗挂出樹頭春。當壚十五半遮面。一酌清泉能醉人。

燕晴花暖春色饒。游情欲醉魂欲銷。紅衣突展綠陰畔。接袖紛紛渡小橋。

謝五孃。萬歷中湖州女子。有讀月居詩詞。調清婉可誦。

小園卽事

翠竹青梧手自栽。芙蓉未秀菊先開。小軒睡起日卓午。黃葉滿庭山雨來。

春日偶成

乳燕啣泥春晝長。倚闌無語立斜陽。桃花紅雨梨花雪。相逐東風過粉牆。

春夜

銀燭燒殘夜漏聲。畫屏香案影孤清。一庭春色無人管。分付梨花伴月明。

春暮

杜鵑啼血訴春歸。驚落殘花滿地飛。惟有簾前雙燕子。惜花啣起帶香泥。

初夏

庭院薰風枕簟清。海榴初發雨初晴。香銷夢斷人無那。聽得新蟬第一聲。

啼鳥聲中午夢回。篆香重撥已成灰。東風似恨春歸去。吹送楊花入戸來。

感懷

四面簾垂碧玉鉤。重重深院鎖春愁。天涯行客無歸信。花落東風懶下樓。

王鳳嫻。字瑞卿。松江華亭人。進士張本嘉妻。有貫珠集。焚餘草。生二女引元。引慶。引元字文姝。嫁楊安世。引慶字媚珠。皆能爲詩詞。並早卒。

悲傷二女遺物　王鳳嫻

壁網蛛絲鏡網塵。花鈿委地不知春。傷心怕見呢喃燕。猶在雕梁覓主人。空閨

少年工製獨稱奇。絕似靈芸夜繡時。笑語樓前爭乞巧。傷心無復見穿絲。閒鍼

曉妝曾整傅鉛華。玉匣新開鬪雪花。今日可憐俱委落。餘香猶自鎖窗紗。剩粉

柳絮風沈恨渺茫。斷腸絲縷在空箱。孤幃老我愁如織。誰記初陽報日長。殘線

山居　張引元

樹密禽語清。日高花氣薄。小窗傍幽巖。當簷挂飛瀑。

梁小玉。武林人。七歲依韻賦落花詩。八歲摹太常帖。長而涉獵羣書。作兩都賦。著古今女史。有鄉環集二卷。亦號鄉環女子。其詩文格不甚高。女史分類甚有思致。茲錄其女史序及詩二首。

古今女史序

批風抹月。鼎呂屬於騷壇。袞正鉞邪。刀球歸於掾筆。余女子也。僭定石渠。無逃越俎。纂修

形管。或兇曠官。二十一史有全書。而女史闕焉。掛一漏百。拾大遺纖。飄零紙上之芳魂。冷落閨中之玉牒。是以旁摭羣書。釐爲八史。顯幽悉闡。鴻細僉收。亦香奩之水鏡。淑媛之志林也。一外史。夫仙風道骨。女流正不乏人。霞佩瓊裾。根器多能度世。故練形蛻去。標塵外之煙姿。持鉢皈依。印法中之正果。直毛女麻姑已哉。二國史。夫媧皇鍊石。補空重新世界。金輪河魁。運手燀赫寰區。代有聖神。制多孅政。千秋生色。萬姓式靈。亦筓黛之義軒。珮環之姚姒也。三隱史。夫煙霞結性。恥嗅羣羶。蘿薜爲衣。生憎俗膩。如接輿婦於陵妻。纍纍可數。洵貪子針砭。廉夫鼓吹。雲中白鶴。天半朱霞。不令巢由傲色。園綺占馨矣。四烈史。夫剛腸所激。何難捐脰明心。正氣常轟。亦可全生矢節。嘗橫襟而覽。擊節而歎。何烈女之多奇也。從容慷慨。各呈夷峭之標。玉瑩霜嚴。俱現孤貞之致。獨睢陽齒常山舌子卿旄節已乎。五才史。夫無才便是德。似矯枉之言。有德不妨才。眞平等之論。迺如巧心濬發。藻思飆飛。著作勒丹青。結撰潤金石。獨照之匠。大雅之宗。千秋大家惠姬輩。未易彈指也。六韻史。夫名姬高翥。多戛玉之鴻篇。仳女幽棲。剩敲金之秀句。冷堪捧腹。淒欲斷腸。汰其繁蕪。茹其精液。傾崑取璇。倒海探珠。詩窮甯獨男子耶。七豔史。夫苧蘿村中。驚琪花之絕代。芙蓉城上。吒異采之如神。是靈氣所蜿蜒。江山所勃崒。望而魄落。見而魂褫。就令叔寶璧人。平叔粉郎。並立西子玉眞間。恐銷減無色也。八諴史。夫桑閒濮上。並厠關睢。治女淫風。可砥芳潔。婦人之點軼失檢者豈少哉。人生於情。而節情乃導情。誰能無欲。而損欲勝多欲。摘爲女戒。是慾火坑中清涼散也。嘻。世有知我者。其目余爲女董狐。

包頭

輕霞薄霧小香羅。傍著蟬鬢香更多。最愛春山縹緲上。横妝一帶小清螺。

雜詠

松響翻清籟。泉聲浣俗塵。白雲堪贈客。明月解留人。
霜杵春清骨。風燈颭夢思。空山懸雨處。斷浦落雲時。

項蘭貞字孟畹。秀水人。貢生黃卯錫妻。有裁雲浣露二草。

送外赴試

柳陰輕綰木蘭舟。杯酒殷勤動別愁。此去但看江上月。清光猶照故園樓。

寄慰寒山趙夫人 即陸卿子

落葉驚秋早。斷鴻天際聞。遙思鹿門侶。愁看嶺頭雲。

黃幼藻莆陽人。嫁爲林恭卿婦。工聲律。通經史。所著有柳絮編。

夏日偶成

深院塵消散午炎。篆煙如夢晝淹淹。輕風似與荷花約。爲送香來自捲簾。

薄少君。太倉州人。秀才沈承妻。承有雋才而早夭。薄爲詩百首以悼之。踰年直承忌日。一慟而卒。詩盛傳於當時。而格不高。錄二首。

悼亡

碧落黃泉兩未知。他生寧有晤言期。情深欲化山頭石。刧盡還愁石爛時。

水次鱗居接葦蕭。魚喧米鬨晚來潮。河梁日暮行人少。猶望君歸過板橋。

李因。字是菴。會稽人。光祿卿葛徵奇妾。有竹笑軒吟草。先是是菴詠梅詩。有一枝留待晚春開之句。葛異而納之。

郊居

避世牆東住。牽船岸上居。雨分三徑竹。晴曝一牀書。上坂驅黃犢。臨淵網白魚。衡門榛草遍。長者莫回車。

顧若璞。字和知。錢唐人。副使黃亨子茂梧之妻。有臥月軒稿。其集中文多經濟大篇。有西京氣格。常與婦女宴坐。卽講究河漕屯田馬政邊備諸大計。明世巾幗中乃有此人。亦一奇也。今世說謂若璞嘗於食頃作七夕詩三十七首。又亨女修娟字媚淸。亦能詩。並著於此。

與張夫人書　顧若璞

冢婦丁從余讀唐人詩。其寄燦有云。故有愁腸不怨君。語幾於怨誹不亂矣。與燦酒間絕不語及家事。時爲天下畫奇。而獨追恨於屯事之壞也。且曰邊屯則患傍擾。官屯則患空言。鮮實事妾與子戮力經營。倘得金錢二十萬。便當北闕上書。請淮南北間田墾萬畝。好義者引而伸之。則粟賤而餉足兵宿飽矣。然後仍舉鹽筴召商田塞下。如此則兵不增而餉自足。使後世稱曰以民屯佐天子。蓋虞孝懿女實始爲之。死且瞑目矣。其言雖誇。然銷兵屯師洒洒成議。其志良不磨。夫人許之否。

與胞弟書

夫溘云逝。骨鑠魂銷。帷殯而哭。不如死之久矣。豈能視息人世。復有所謂緣情靡麗之作耶。徒以死節易守節難。有藐諸孤在。不敢不學古丸熊畫荻者。以俟其成。當是時君舅方督學西江。余復遠我父母兄弟。念不稍涉經史。奚以課藐諸而俟之成。余日惴惴懼終負初志。以不得從夫子於九京也。於是酒漿組紃之暇。陳發所藏書自四子經傳以及古史鑑皇明通紀大政紀之屬。日夜披覽如不及。二子者從傅入內。輒令篝燈坐隅。爲陳說我所明。更相率伊唔至丙夜乃罷。顧復樂之。誠不自知其瘁也。日月漸多。聞見與積。聖賢經傳。育德洗心。旁及騷雅。共諸詞賦。遊焉息焉。冀以自發其哀思。舒其憤悶。幸不底幽憂之疾。而春鳥夏蟲。感時流響。率爾操觚。藏諸笥篋。雖然。亦不平鳴耳。詎敢方古班左諸淑媛。取邯鄲學步之誚耶。

長相思

梅子青。豆子青。飛絮飄飄長短亭。風吹羅袖輕。　恨零星。語零星。正是春歸不忍聽。流鶯啼數聲。

村居卽事

寂寂村居晚。迢迢旅雁稀。煙花迷曲徑。山月澹清輝。黃菊經霜淨。秋蕪帶雨肥。夜深寒漏徹。漁火逐星歸。

商景蘭。字媚生。會稽人。吏部尚書商祚女。祁忠敏公彪佳之室。祁商作配。鄉里有金童玉女之目。伉儷相重。未嘗有妾媵。忠敏懷沙之日。景蘭年僅四十二。教其二子理孫班孫三女德淵德瓊德姬及子婦張德蕙理孫婦朱德蓉班孫婦並善吟詠。爲時所稱。

關山月　商景蘭

秋月開金鏡。涼雲散碧空。風吹榆戍北。露濕柳城東。影滿驚門鵲。光沈起塞鴻。秦關今夜色。應與漢宮同。

擣練子　商景蘭

長相思。久離別。爲誰憔悴憑誰說。卷簾貪看月明多。斜風恰打銀釭滅。

送別黃皆令　祁德淵

萬山寒秋月。一葦寒秋波。美人理遠棹。秋色低星河。送君青雀舫。贈君金叵羅。別路不辭遠。別酒不辭多。良辰惜分袂。分袂當奈何。雖有千金裘。何如五噫歌。

送別黃皆令　祁德茝

畫閣聯吟恰一年。此時分袂兩淒然。雲間歸雁路何處。林裏飛花香可憐。遠客青山皆別思。仙舟明月已無緣。懷君日後添離夢。寂寞荒村度晚煙。

中秋　張德蕙

秋氣中天淨。愁人獨夜看。停橈江逾闊。却扇月初寒。霜入桐陰薄。風飄桂影殘。扣舷情未已。露濕綺羅單。

送別黃皆令　朱德蓉

青青楊柳枝。飄搖大道旁。大道多悲風。游子瞻故鄉。執杯送行客。淚下沾衣裳。憶昔弭遠棹。明月浮景光。壺觴極勝引。歌舞開華堂。好鳥得其侶。舉翼齊翱翔。膠漆兩不解。金石安可方。分袂起倉卒。永夜生盡傷。吳山何渺渺。越水何茫茫。芙蓉被秋渚。采采有餘芳。願言贈所思。日歸紉爲裳。

上巳　朱德蓉

桃花新水浣春衣。舊日蘭亭到亦稀。斷岸羽觴晴日暖。遠山橫笛暮雲飛。沙棠舟近江鷗起。玳瑁梁空海燕歸。尙有采蘩思未定。不堪月色上羅幃。

黃媛貞字嘉德。秀水人。貴陽太守朱茂時副室。有臥雲齋詩集。妹媛介。字皆令。楊元勳室。著湖上草。

丁卯留別妹皆令　黃媛貞

北風淒以慄。不忍吹羅襟。高雲語征鳥。離思兩難沈。今我遠庭闈。與子分芳衾。寧忘攜手好。所以傷我心。一言一回顧。別淚垂不禁。但得頻寄書。毋使相望深。

題畫　黃媛介

嬾登高閣望青山。愧我年來學閉關。淡墨遙傳縹緲意。孤峯只在有無間。

范壼貞字淑英。一字蓉裳。吳縣人。嫁吳氏。有胡繩集。

煙雨樓圖

煙嵐無限雨中情。遠近樓臺一望平。吳苑草荒麋鹿走。越江春盡鷓鴣鳴。長堤柳樹迷春渚。白水菰菱繞郡城。最是晚來新月下。萬家燈火隔湖明。

章有渭字玉璜。華亭人。嫁嘉定侯泓。有燕喜樓草。

舟行即事

曉霧迷離彩鷁輕。櫂歌徐動見新晴。臨湍鷺子亭亭立。夾岸蒲花漫漫生。遙指小山遮塔影。忽經深樹出鐘聲。晚涼不覺羅衣薄。自愛澄湖片月明。

曹壽奴。小字山姑。崇禎間吳興女子。有觀靜齋集。

贈伯姊

草有並蔕花。木有連理枝。果有合歡核。豆有同根萁。魚或比目游。鳥亦比翼隨。同功繭作絲。合巹玉爲卮。我與子姊妹。願得不相離。出必同車輪。居必聯屋楣。見月每共拜。弄珠定雙嬉。子妝我掠鬢。子盥我捧匜。我衣擣子砧。子濯汙我私。機張我績織。鏡聽子秉持。子褻我衾裯。我餔子粥糜。寒輒擁子背。暑還扇我肌。子女迭相抱。帷帳恆並施。生從比肩人。沒以百歲期。

紀映淮。字阿男。金陵人。嫁莒州杜氏。早寡守節終。漁洋詩話稱其秦淮柳枝云。棲鴉流水點秋光。佳句也。

絕句

杏花一孤村。流水數間屋。夕陽不見人。牯牛麥中宿。

小重山 秋閨

蕭瑟幽閨更漏長。庭前叢桂發。暗飄香。月明露白漸生涼。輕風起。時拂鬱金裳。 遠雁一行行。相看還竚立。怯空房。幽懷幾許總難量。蘭缸炧。花影欲窺窗。

盛韞貞。華亭人。明亡夫歿。寡居。有郁居雜感詩曰。

自我來茲地。重門曉夜扃。蕭條門外柳。幾度向人青。采蕨懷商士。占時望歲星。但能安病骨。不必問池亭。

烽火吳關遠。煙花谷水明。孤墳應宿草。白髮隔重城。遺行書難就。玄言較未成。愁心託幽夢。茲夕倍縱橫。

蓬徑無人迹。春廚斷暮煙。稻粱謀自拙。僕隸義相捐。薄俗終難入。幽棲性自便。尺書兼斗粟。慚愧主人賢。

倪仁吉。字心惠。浦江人。進士仁貞之女。王漁洋嘗稱其詩。有題宮意圖絕句曰。

調入蒼梧斑竹枝。瀟湘渺渺水雲思。聽來記得華清夜。疎雨銀缸獨坐時。

明時婦人爲詞多屬小令而罕長調。然此外仍有佳者。劉碧字映清。安陸人。有新秋浪淘沙曰。昨夜雨綿綿。寒澀燈煙。薄衾倦擁不成眠。曉起牀頭看歷日。換了秋天。桐樹小庭偏。碧蔭爭圓。教他知道也淒然。最是西風消息早。一葉階前。沈憲英。字惠思。吳江人。有點絳脣憶瓊章姊曰。簾外輕寒。謝娘風絮無人見。桃花如面。腸斷春歸燕。人去瑤臺。祇覺東風賤。湘簾卷。綠楊千線。煙鎖深深院。王彥泓女名朗。有浪淘沙詠閨情曰。疎雨滴青簽。花壓重簷。繡幃人倦思懨懨。昨夜春寒眠未足。莫捲湘簾。羅袖護摻摻。怕拂香奩。獸爐香倩侍兒添。爲甚雙蛾常鎖翠。也自憎嫌。吳山字岩子。當塗人。上元卞琳室。有青山集。其七夕鵲橋仙曰。思量昨歲秣陵此夕。正水閣風淸天碧。六朝佳處舊繁華。細草路紅燈月白。今年萍寄。隋宮咫尺。歎異代煙花寥寂。情同旅夜起歸思。愁絕是隔江寒笛。徐元端字延香。江都人。有繡閒集。淸平樂曰。繡窗無那。自卷簾兒坐。羞覩黃鶯枝上臥。拋去青梅數顆。東風陣陣相催。胭脂零落蒼苔。春色依然歸去。爲誰留下愁來。其餘不可悉數矣。

第九章　明之娼妓文學

嘉靖中。女子季貞一。有古意詩曰。寄買紅綾束。何須問短長。妾身君抱裹。尺寸自思量。此大類古樂府。或曰是一名妓所作。莫能詳也。明時曲中多有文才。靜志居詩話謂劉、董、羅、葛、段、趙、何、蔣、王、楊、馬、諸先後齊名。所謂十二釵也。然十二釵之詩文不盡傳。亦有名不在十二釵中。而詞采可觀者。今擇其尤錄之。

藝苑卮言載正德間有妓席間詠骰子曰。

一片微寒骨。翻成面面心。自從遭點污。拋擲到如今。

景翩翩字三昧。建昌妓。嫁丁長發。長發爲人誣訟於官。景竟自經死。其詩每有古意。

怨詞

妾作溪中水。水流不離石。君心似楊花。隨風無定跡。

襄陽蹋銅蹄

駿馬蹋銅蹄。金羈艷隴西。郎應重意氣。妾豈向人啼。

寄情十四韻

握粟詹予美。端蓍竟我欺。前魚如未棄。下鳳故應遲。荏苒驚吹律。悽涼憶履綦。漫誇妃子秀。虛齧舍人飴。嬾去初侵鬢。顰回恰到眉。淚痕留琥珀。花勝淡燕支。露遺冰紈冷。風傳畫角悲。題盤緣伯玉。擣素事班姬。苦海塡愁遍。盟山著恨移。秋深仍繫帛。日入已棲塒。石闕何能解。刀頭尙可期。三緣經曲折。五內幾妍媸。塵掩菱花鏡。心搖桂葉旗。何妨梁下信。更作有情癡。

與蘇生話

道是愁無極。還敎仗醉魔。誰知醒時意。說向醉中多。

閨思回文

簫吹靜閣曉含情。片片飛花暎日晴。寥寂淚痕雙對枕。短長歌曲幾停箏。橋垂綠柳侵眉淡。楊繞紅雲拂袖輕。遙望四山靑極目。銷魂黯處亂啼鶯。

本事詩曰。金陵十二名姬。而當時所傳文彩風流。以女俠自命者。馬湘蘭最著。湘蘭名守眞。小字元兒。又字月嬌。以善畫蘭。故又名湘蘭。有詩二卷。萬歷辛卯。王伯穀爲之序。

仲春道中送別

酒香衣袂許追隨。何事東風送客悲。溪路飛花偏細細。津亭垂柳故依依。征帆人與行雲遠。失侶心隨落日遲。滿目流光君自歸。莫教春色共差池

秋日過吳門感舊

香殘帶緩不勝愁。又見蕭條一片秋。身到故鄉翻是客。心惟明月許同舟。數聲新雁凌江下。幾點寒鴉逐水流。遮莫平生多少恨。閒吟欹枕更悠悠。

朱無瑕字泰玉金陵妓工詩善書。萬歷己酉秦淮有社會集天下名士。泰玉詩出。人皆自廢。有繡佛齋集。時人以方馬湘蘭。

閨夢

清霜飛急漏聲遲。遙夜孤幃憶別離。幽夢欲成明月去。却憑何處照相思。

趙彩姬。亦南院妓。字今燕。與無瑕湘蘭齊名。晚居琵琶巷口。號閉門趙四。

送王仲房還新安

暮雪江南路。孤城尊酒期。殷勤折楊柳。還向去年枝。

暮春江上送別

一片潮聲下石頭。江亭送客使人愁。可憐垂柳絲千尺。不爲春江綰去舟。

郝婉然。字蕊珠。京師珠市妓。有調鸚集。

鳳凰臺

雨過荒臺春草長。浮雲暗處是斜陽。杏花零落知多少。黃蝶翻飛野菜香。

楊炎。字玉香。金陵妓。有答林景清詩曰。

銷盡鑪香獨掩門。琵琶聲斷月黃昏。愁心正恐花相笑。不敢花前拭淚痕。

明末名妓能爲詩詞者多。而要以王微尤有清才。度越時輩。微字修微。揚州妓。皈心禪悅。自號草衣道人。初歸歸安茅元儀。晚歸華亭許譽卿。皆不終。其詩詞極爲施子野陳眉公所賞。有集。

暮春歌

春日長兮春草萋。空階濕兮亂鳥啼。花自飛兮樹自芳。惟相思兮不能忘。恩未斷兮怨未休。誰弄笛兮滋我愁。

日沉歌

日思沉兮鳥思歸。深閨寂寂兮思掩羅幃。夢不成兮空斷腸。幾回首兮思茫茫。鳥無知兮歸當暝時。我心愁兮君莫知。

重過雨花臺

春姿靜東岑雲影結遙綮。坐覺高臺空。不知翠微半。落花自古今。啼鳥變昏旦。撫化良易遷。即事聊成玩。況乃晴江開。滌波正拍岸。

起步

衆葉繪山色。日暮殊蒼蒼。山水旣相得。其奇寧自藏。浮雲出前嶺。掩此殘日光。耳目悅新賞。昔游墮渺茫。

江湖互爲勢。暮色不可分。人行丹黃徑。鳥下牛羊羣。絕衆獲一高。伸手及層雲。所見各自領。得意遙相聞。

代送

憶昔藕花時。蓮子心正苦。竭來霜露寒。桐子落何處。月到覺庭空。風來憐葉舞。秋煙擁斷岑。孤雲暗南浦。無計纜子舟。願折篙與櫓。

夾山漾別陳仲醇

夾山寒水落。木葉下紛紛。斜日已難別。扁舟況送君。瑤華一以折。零露不堪聞。爲我題紈扇。新詩寄白雲。

寒夜訊眉公先生

月出林光靜。幽懷正杪冬。臺邊讀書火。煙裏隔溪舂。野鳥晚就食。石泉寒到松。何時重問字。相對最高峯。

舟次江滸

一葉浮空無盡頭。寒雲風切水西流。蒹葭月裏村村杵。蟋蟀霜中處處秋。客思夜通千里夢。鐘聲不散五更愁。孤踪何地堪相記。漠漠荒煙一釣舟。

新秋逢人初度感懷諸女伴

憶昔年年秋未分。曉妝一院氣氤氳。階前暗印朱絲履。窗裏同縫白練裙。子夜歌成猶待月。六時參罷悟行雲。卽今拾翠溪邊望。涼露如珠逗水紋。

憶秦娥

多情月。偷雲出照無情別。無情別。清輝無奈。暫圓常缺。　傷心好對西湖說。湖光如夢湖流咽。湖流咽。離愁燈畔。乍明還滅。（施子野賞其首二句以爲風流醞藉不減李淸照）

第十章　許景樊

鍾伯敬名媛詩歸附錄朝鮮婦人詩。而許景樊尤多。蓋朝鮮本中國藩屬。且其吟詠之工。有非中土士女所及者。固不可得而沒也。許景樊字蘭雪。朝鮮人。適進士金成立。後成立殉難。遂爲女道士。有集。景樊八歲作廣寒宮白玉樓上梁文。文至奇偉。出二兄葑筠之右。其詩饒有唐音。閎麗慕李昌谷溫飛卿。而才力足以副之。朱狀元之蕃使東國。得其集以歸。遂盛傳一時。茲采其詩於下。

湘絃謠

蕉花泣露湘江曲。九點秋煙天外綠。水府涼波龍夜吟。蠻娘輕戛玲瓏玉。離鸞別鳳隔蒼梧。雨氣侵天迷曉珠。閒撥神絃石壁上。花鬟月鬢啼江姝。搖空星漢光超忽。羽蓋金支五雲沒。門外漁郎唱竹枝。銀潭半掛相思月。

洞仙謠

紫簫聲裏彤雲散。簾外霜寒鸕鷀喚。夜闌孤燭照羅幃。時見疎星渡河漢。丁東銀漏響西風。露滴梧枝語夕蟲。鮫綃帕上三更淚。明月應留點點紅。

效崔國輔

妾有黃金釵。嫁時爲首飾。今日贈君行。千里長相憶。

貧女吟

豈是無容色。工鍼復工織。少小生寒門。良媒不相識。

塞下曲

都護防湫挂鐵衣。城南初解十重圍。金戈染盡單于血。白馬天山踏雪歸。

竹枝詞

永安宮外是層灘。灘上行人多少難。潮信有時應自至。郎舟一去幾時還。

游仙詞

瑞露微微隔玉虛。碧箋偸寫紫皇書。青童睡起捲珠箔。星月滿壇花影疎。

瓊樹扶疎露氣濃。月侵簾室影玲瓏。閒催白兎敲靈藥。滿臼天香玉屑紅。

閒解青囊讀素書。露風吹月桂花疎。西妃小女春無事。笑倩飛瓊唱步虛。

閒攜姊妹禮元都。三洞眞人各見呼。分府赤龍花下立。紫皇宮裏看投壺。

后土夫人住馬都。日中吹笛宴麻姑。韋郎年少心慵甚。不寫輕綃五嶽圖

效李義山體

鏡暗鸞休舞。梁空燕不歸。香殘蜀錦被。淚濕越羅衣。驚夢迷蘭渚。輕雲落粉闈。西江今夜月。流影照金微。

效沈亞之體

遲日明紅榭。晴波斂碧潭。柳深鶯睍睆。花落燕呢喃。泥潤埋金屧。鬟低膩玉篸。銀屏錦茵暖。春色夢江南。

次仲兄均見星庵韻

雲光高嶂失芙蓉。琪樹丹崖露氣濃。畫閣香殘僧入定。講堂齋罷鶴歸松。蘿懸古壁啼山

鬼。霧鎖秋潭臥毒龍。向夜一燈明石榻。東林月黑有疎鐘。

贈見星庵女冠

淨埽瑤臺揖上仙。曉星微隔絳河邊。香生嶽女春遊襪。水落湘妃夜雨絃。松色冷侵虛殿夢。天香晴拂碧階泉。玄心已悟三生境。玉塵何年駕紫煙。

次孫內翰北堂韻

初日紅闌上玉鉤。丁香葉葉結春愁。新妝滿面貪看鏡。殘夢關心懶下樓。夜月雕牀寒翡翠。東風羅幙引箜篌。嫣紅落粉空惆悵。莫把銀瓶洗急流。

秋恨

絳紗遙隔夜燈紅。夢覺羅衾一半空。霜冷玉籠鸚鵡語。滿堦梧葉落西風。

明時朝鮮婦人能詩傳於中夏者。尙有李淑媛成氏兪汝舟妻等。然不逮許景樊遠甚。茲各錄其一篇。以見當時婦人好文之風。固遠及於殊域也。

採蓮曲　　李淑媛（自號玉峯上人）

南湖採蓮女。日日南湖歸。淺渚菱子滿。深潭荷葉稀。濕槳嬌無力。水濺越羅衣。無心却迴棹。貪看鴛鴦飛。

竹枝詞　　成氏

空舲灘口雨初晴。巫峽蒼蒼煙靄平。長恨郎心似潮水。早時纔退暮時生。

楊柳詞　俞汝舟妻

按轡營中占一春。藏鴉門外麴絲新。生憎灞水橋頭樹。不解迎人解送人。

中國婦女文學史六終

精裝一册　**清代婦女文學史**　一元五角

梁乙眞編

本書承接謝編中國婦女文學史後，專述清代婦女文學。材料搜羅極富，舉凡漢、滿、閨閣名媛、娼門、女冠、以及雜女、丐婦，都三百餘人；其文學有價值者，無不收輯。敘述極有系統，明清絕續之際，文學蟬蛻，述之爲第一編。嗣王漁洋、袁隨園、方芷齋、阮芸臺等，先後出而鼓吹倡導，蔚爲婦女文學極盛時代，述之爲第二編。陳頤道出，鼓吹倡導之力，不減袁阮，婦女文學，亦頗可觀，述之爲第三編。自後以至清末，述之爲第四編。此外婦女文學家之有詩而無史者，或其生平年代不甚顯著者，則雜述爲第五編。末附清代婦女著作家表及人名索隱表，以便讀者參攷檢查。

中國婦女文學史　謝无量　一册　一元四角

中國六大文豪　謝无量　一册　一元八角

中國大文學史　謝无量　一册　三元

法國文學史　李璜　一册　一元二角

德國文學史大綱　張傳普　一册　四角半

世界文學家列傳　孫俍工　一册　精裝一元五角　並裝一元二角

中華書局發行

民國五年九月印刷
民國五年十月發行
民國二十年六月八版

（中國婦女文學史）全一冊

◎定價銀一元四角

著作者 梓潼謝无量

發行者 中華書局

印刷者 中華書局

印刷所 上海靜安寺路哈同路口 中華書局

總發行所 上海棋盤街中華書局

分發行所 北平天津張家口石家莊邢台保定濟南青島太原開封鄭州西安蘭州成都重慶長沙常德衡州漢口南昌九江安慶蕪湖南京徐州杭州溫州福州廈門廣州汕頭潮州梧州雲南遼寧吉林長春哈爾濱香港新加坡 中華書局